ハヤカワ文庫 FT
〈FT567〉

魔法師グリーシャの騎士団①

太陽の召喚者

リー・バーデュゴ
田辺千幸訳

早川書房
7400

SHADOW AND BONE

by

Leigh Bardugo

Translated by

Chiyuki Tanabe

First published 2014 in Japan by

HAYAKAWA PUBLISHING, INC.

This book is published in Japan by

arrangement with

NEW LEAF LITERARY & MEDIA, INC.

through THE ENGLISH AGENCY (JAPAN) LTD.

祖父に――
ねえ、お話して

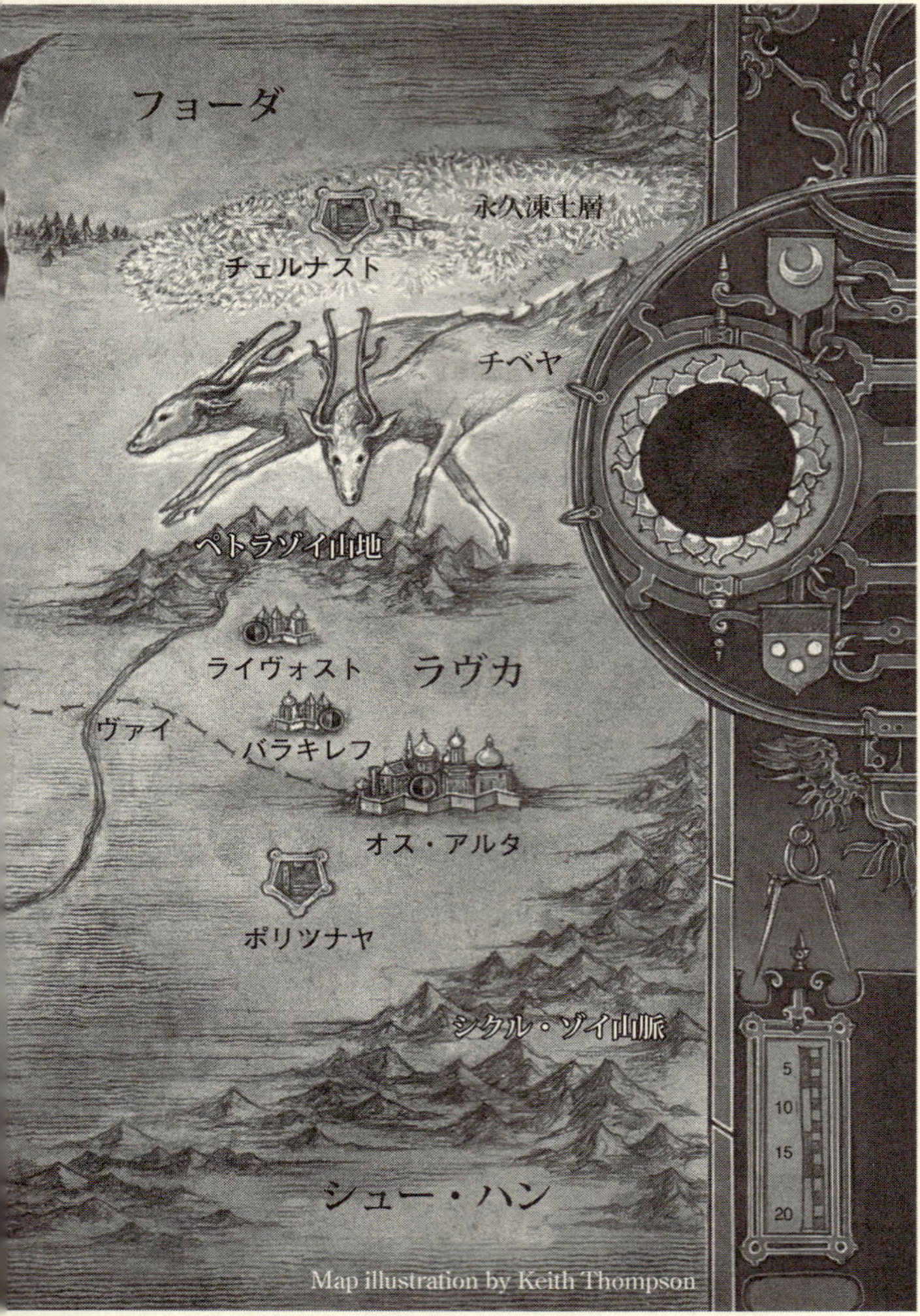
フォーダ
永久凍土層
チェルナスト
チベヤ
ペトラゾイ山地
ライヴォスト
ラヴカ
ヴァイ
バラキレフ
オス・アルタ
ポリツナヤ
シクル・ゾイ山脈
シュー・ハン
5
10
15
20
Map illustration by Keith Thompson

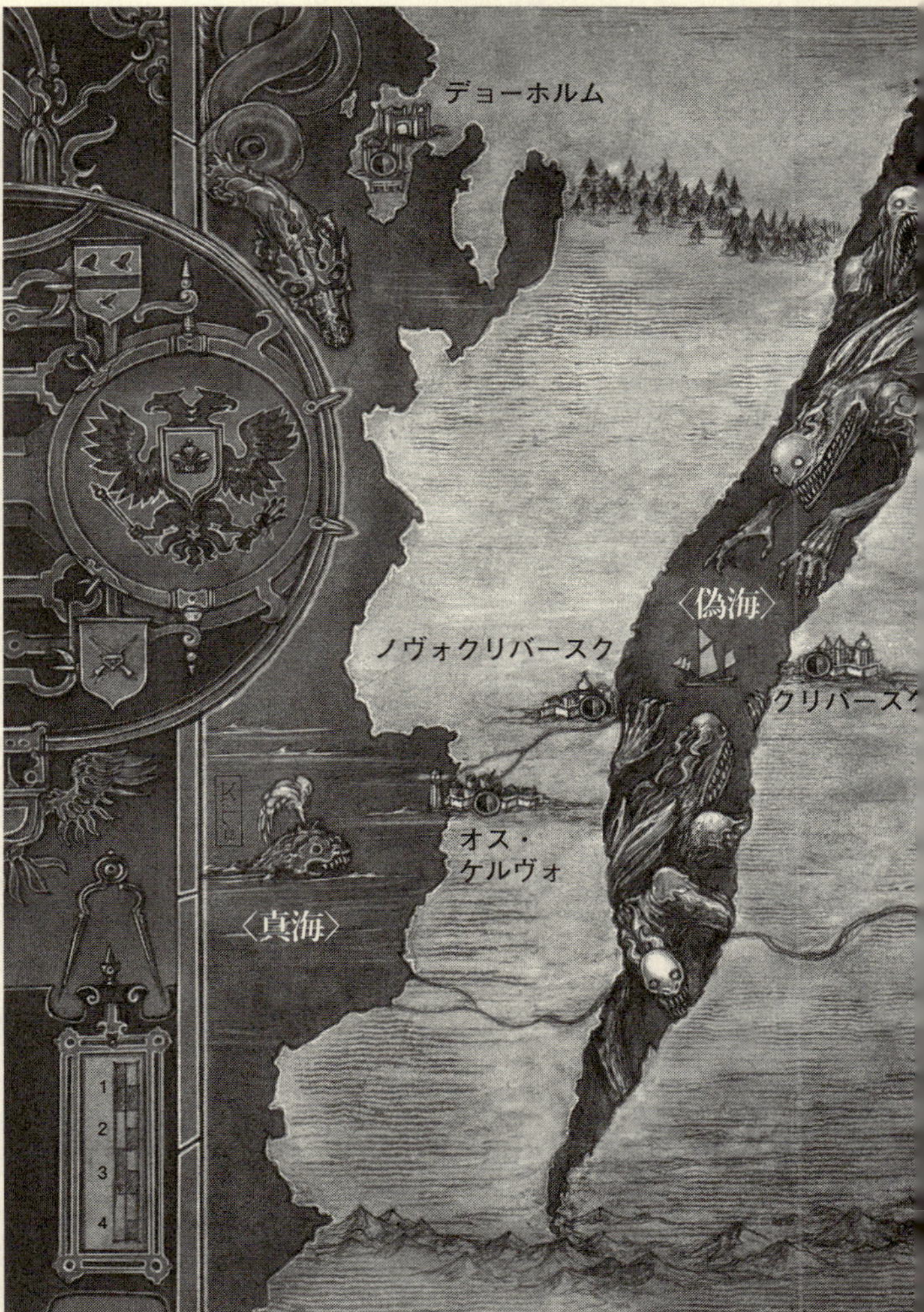
デョーホルム
〈偽海〉
ノヴォクリバースク
クリバース
オス・
ケルヴォ
〈真海〉
1
2
3
4

グリーシャ

第二軍の兵士
微小科学の達人たち

〈闇の主《ダークリング》〉　ケフタ／黒

〈生者と死者の騎士団《コーポラルキ》〉　ケフタ／赤

〈破壊する者《ハートレンダー》〉　袖口と裾の刺繍／黒
〈治す者《ヒーラー》〉　袖口と裾の刺繍／銀
〈仕立てる者《テーラー》〉　袖口と裾の刺繍／金

〈召喚者の騎士団《エセリアルキ》〉　ケフタ／青

〈潮を操る者《タイドメーカー》〉　袖口と裾の刺繍／水色
〈火を呼ぶ者《インフェルニ》〉　袖口と裾の刺繍／赤
〈嵐を呼ぶ者《スクエラー》〉　袖口と裾の刺繍／銀

〈製作者の騎士団《マテリアルキ》〉　ケフタ／紫

〈物質を扱う者《デュラスト》〉　袖口と裾の刺繍／灰色
〈毒と爆薬を扱う者《アルケミ》〉　袖口と裾の刺繍／赤

太陽の召喚者

それ以前

使用人たちはふたりを〝小さな幽霊《マレンクキ》〟と呼んでいた。孤児たちのなかでもっとも小さく、もっとも幼かったからでもあるし、まるで影のように公爵の家のどこにでも入りこんだからだ。ふたりは素早い身のこなしで部屋を出入りし、戸棚に潜んで聞き耳を立て、厨房に忍びこんでその夏最後の桃を盗んだ。

少年と少女は数週間のうちに相次いでやってきた。どちらも国境争いで親を失っていて、読み書きを学び、手に職をつけるため、瓦礫と化した遠くの町から公爵の邸宅に連れて来られたのだ。少年は背が低くてがっちりした体形で、内気だったがいつも笑みを浮かべていた。少女は人とは違ったところがあって、自分でもそれを知っていた。

厨房の戸棚のなかにうずくまり、大人たちの噂話に耳を澄ましていた少女は、公爵の家政婦アナ・クーヤが話すのを聞いた。「あの子は本当に不細工だね。あんな顔をした子供はいないよ。顔色は悪いし、ひねくれているし、まるで腐った牛乳みたいだ」

「そのうえ、がりがりだし」料理人が応じた。

「いつも料理を残すんだから」

少女の隣にいた少年は、少女に顔を向け、小声で尋ねた。「どうして食べないの？」

「だってあの人が作るものはみんな、泥みたいな味がするんだもの」

「ぼくはおいしいと思うけどな」

「あんたはなんだって食べるじゃない」

ふたりは戸棚の扉の隙間に再び耳を当てた。

やがて少年がささやいた。「ぼくはきみが不細工だとは思わないよ」

「シーッ！」少女はそう言ったが、戸棚の暗闇のなかでひそかに笑った。

夏のあいだ、ふたりは長時間の雑用をこなし、その後暑苦しい教室でさらに長時間の勉強をした。暑さがもっとも厳しいときは森へと逃げこみ、鳥の巣を探したり、濁った小川で泳いだり、草地に寝転んで太陽がゆっくりと移動していくのを何時間でも眺めながら、どこに自分たちの酪農場を作り、乳牛を二頭飼うかそれとも三頭にするかを思いめぐらせたりした。冬になって公爵がオス・アルタにある別宅に行ってしまい、昼が短く、寒くなると、教師たちも仕事の手を抜き始め、火のそばに座ってトランプをしたり、クヴァスを飲んだりするようになる。屋内に閉じこめられて退屈した年長の子供たちは、しばしば年下の子供たちに手をあげた。そういうわけでふたりは屋敷のなかの使われていない部屋に隠れ、ネズミを追いかけては体を温めた。

グリーシャの審査官がやってきた日、ふたりはほこりっぽい二階の寝室の窓辺に座り、郵便馬車が来るのを待っていた。だが白い石造りの門を入ってきたのは、三頭の馬にひかせたそりだった。そりは雪のなかを音もなく進み、公爵の屋敷の玄関前に止まった。

優雅な毛皮の帽子とどっしりしたウールのケフタをまとった三人の人物が降り立った。ひとりは真紅、ひとりは濃紺、そしてもうひとりは鮮やかな紫。

「グリーシャだ！」少女がささやいた。

「急げ！」少年が言った。

ふたりはまたたく間に靴を脱ぎ捨てると、音を立てないように廊下を走り、だれもいない音楽室を通り抜け、アナ・クーヤが好んで客を案内する居間が見える廊下の柱の陰に素早く身を隠した。

鳥を思わせる黒いドレスに身を包んだアナ・クーヤはすでにそこにいて、腰につけた大きなキー・リングをがちゃがちゃ言わせながらサモワールから紅茶を注いでいた。

「それでは今年はふたりだけなのですね？」女性が低い声で尋ねた。

ふたりは廊下の手すりの隙間から、階下の部屋をのぞきこんだ。青いケフタのハンサムな男と赤いケフタの高慢そうな女が暖炉のそばに座っている。金髪の若い男は部屋のなかを歩いて脚をほぐしていた。

「はい」アナ・クーヤが答えた。「男の子と女の子がひとりずつです。ここで一番幼くて、八歳くらいだと思います」

「思う？」青のケフタの男が訊き返した。

「両親が亡くなっているので……」

「わかっています」女が言った。「こちらの施設のことは、わたしたちももちろん高く評価しています。庶民に目を向ける貴族たちがもっと増えてくれるといいのですがね」

「わたくしどもの公爵さまは大変立派な方です」アナ・クーヤが言った。

上の廊下では、少年と少女がわけ知り顔でうなずいていた。ふたりの恩人であるケラムソフ公爵は、世に知られた戦争の英雄であり、多くの人々に慕われていた。前線から帰還すると、彼は屋敷を戦争孤児と未亡人のための施設に変えた。ここにいる者たちは、眠る前には必ず公爵の無事を祈るようにと教えられている。

「その子供たちはどういう子なの？」女が訊いた。

「女の子のほうは絵が得意です。男の子は草地や森に通じています」

「それで、その子たちはどういう子なの？」女が繰り返した。

アナ・クーヤは薄い唇を引き結んだ。「どういう子かですか？　行儀が悪くて、へそ曲がりで、仲がよすぎます。あの子たちは――」

「ぼくたちの話を全部聞いていますよ」紫のケフタの若者が言った。

少年と少女はぎくりとして飛びあがった。若者はふたりが隠れている場所をまっすぐに見つめている。柱の陰で身を潜めたが、手遅れだった。

アナ・クーヤの声が鞭のようにふたりに襲いかかった。「アリーナ・スターコフ！　マルイェン・オレツェフ！　いますぐおりていらっしゃい！」

アリーナとマルは仕方なく、通路の突き当たりにある細い螺旋階段をおりた。下までおりると、赤のケフタの女が座っていた椅子から立ちあがり、ふたりを手招きした。

「わたしたちがだれだか知っている？」彼女の髪は鉄灰色で顔にはしわがあったが、いまも美しかった。

「あんたたちは魔女だ！」マルが口走った。

「魔女？」女はとげとげしい声で繰り返すと、アナ・クーヤに向き直った。「ここではそう教えているのですか？　迷信と嘘を？」

アナ・クーヤは顔を赤くした。赤のケフタの女は黒い瞳を怒りにきらめかせながら、マルとアリーナに視線を戻した。「わたしたちは魔女ではないわ。微小科学の実践者よ。この国と王国を守っているの」

「第一軍と同じように」アナ・クーヤが静かな口調で言ったが、明らかにとげがあった。

赤のケフタの女は体を一瞬強張らせ、すぐに言い直した。「王の軍隊と同じように」

紫のケフタの若者は笑みを浮かべ、少年と少女の前に膝をついた。やさしい声で言う。

「木の葉が色を変えたとき、きみたちはそれを魔法と呼ぶかい？　怪我をした手が治ったときは？　水を入れた薬缶を火にかけてお湯になったら、それは魔法かい？」

マルは目を大きく見開いて首を振った。

だがアリーナは顔をしかめて答えた。「だれだってお湯くらい沸かせる」

アナ・クーヤは腹立たしげにため息をついたが、赤のケフタの女は笑った。

「そのとおりね。だれだってお湯は沸かせる。でもだれもが微小科学を身につけることはできないわ。だから、あなたたちを試しにきたのよ」アナ・クーヤに向かって言う。「はずしてちょうだい」

「待って！」マルが叫んだ。「もしぼくたちがグリーシャだったらどうなるの？　ぼくたちはどうなるの？」

赤のケフタの女はふたりを見おろした。「万が一、あなたたちのどちらかがグリーシャだったら、その幸運な子は自分の力の使い方を学ぶ特別な学校に行くのよ」

「最高に上等の服、最高においしい食事、なんでも欲しいものが手に入る」紫のケフタの男が言った。「いいと思わないかい？」

「国王にもっとも貢献できるということです」まだ戸口にいたアナ・クーヤが言った。

「そのとおり」赤のケフタの女はことを荒立てまいとした。

少年と少女は目と目を見交わした。大人たちはたいして注意を払っていなかったから、少女がぎゅっと少年の手を握ったことも、見つめ合うふたりの顔に浮かんだ表情にも気づかなかった。公爵ならわかったかもしれない。常に包囲され、国王やほかのだれの助けもなく戦いを続ける農夫たちのいる荒廃した北の国境で、公爵は何年ものときを過ごしていた。公爵は、突きつけられた何本もの銃剣にもひるむことなく、裸足で戸口に立つ女を見ていた。握りしめた石ひとつで自分の家を守ろうとする男の顔を知っていた。

1

混み合った道路の端に立ち、起伏のある野原とトゥラ・ヴァレーの打ち捨てられた農場のほうに目をやると、その向こうにわたしが初めて見る〈影溜まり〉があった。わたしの所属する連隊がポリツナヤにある軍の野営地を出発したのが、二週間前だ。秋の空から温かな陽射しが降り注いでいたが、わたしは地平線を汚すその染みを見ながら、コートのなかで身震いした。

背後からがっしりした肩がぶつかってきた。わたしはよろめき、ぬかるんだ道路に顔から突っこみそうになった。

「おい！」兵士が怒鳴った。「気をつけろ！」

「あんたのほうが気をつけたら？」怒鳴り返すと、兵士がぎょっとしたような顔になったので、少しだけ気分が晴れた。わたしのような痩せこけた人間が言い返してくるとはだれも考えない。大きな銃を携行している大柄な男たちはなおさらだ。わたしが辛辣な言葉を放つと、たいていは茫然として黙りこむ。

兵士はすぐに気を取り直すと、非難がましい一瞥をくれてから荷物を改めて背負い、丘の頂上を越えてその下の谷へと進んでいく、馬や人間や馬車や荷車の一団に呑みこまれていった。

わたしは集団の先に目を凝らしながら、脚を速めた。測量士たちの馬車につけられた黄色い旗を見失ったのは数時間前だから、かなり遅れているのはわかっていた。

緑色と金色に染まった秋の森のにおいを嗅ぎ、背中に心地よい風を感じながら歩いた。ここは、かつてはオス・アルタからラヴカの西海岸にある裕福な港町をつないでいたヴァイと呼ばれる広々とした道だ。だがそれも、〈影溜まり〉ができる前のことだった。

どこかでだれかが歌っている。歌？ 〈影溜まり〉に向かう道で、いったいどこのばかが歌っているのだろう？ もう一度地平線の汚れに目をやり、体の震えをこらえる。地図では何度も〈影溜まり〉を見たことがあった。ラヴカを海岸線から切り離すように縦に走る黒い筋。ただの染みのように描かれている地図もあれば、形のはっきりしないわびしげな雲のように見えるものもあった。さらには〈影溜まり〉を単なる細長い湖として描き、もうひとつの名である〈偽海〉と記した地図もあった。兵士や商人たちの気持ちを楽にし、横断する勇気を与えるための細工だ。

わたしは鼻を鳴らした。どこかの太った商人はだまされるかもしれないが、わたしは違う。この谷遠くにたちこめる邪悪な靄《もや》から顔を背け、荒廃したトゥラの農園に視線を移した。この谷はかつて、ラヴカでもっとも肥沃な土地だった。農夫たちが作物を育て、羊が牧草を食んでいたこの地に、ある日黒い裂け目が現われた。底なしにも思える暗黒の帯は年ごとに大きくなり、恐怖と共に広がっていった。農夫や家畜や農作物や家や家族——彼らがどこに消えたのかはだれも知らない。

やめなさい、わたしは自分を叱りつけた。そんなことを考えても、恐怖が増すだけ。人々はもう何年も、〈影溜まり〉を横断している……大量の犠牲者は出ているけれど、それでも渡っている。気持ちを落ち着かせようと大きく深呼吸をした。

「道の真ん中で気を失うんじゃないぞ」耳元で声がして、たくましい腕がわたしの肩をぎゅっと抱いた。顔をあげるとそこにはマルの見慣れた顔があって、わたしと並んで歩きながら明るい青い目で微笑みかけた。「ほら、片方の足をもう一方の足の前に出すんだ。やり方は知っているだろう？」

「せっかくの計画を邪魔したんだってわかってる？」

「そうなのか？」

「そうよ。気を失って、踏みつけられて、全身大けがをするつもりだったんだから」

「確かにすばらしい計画だな」

「大けがをしていたら、〈影溜まり〉を横断できないもの」

マルはゆっくりとうなずいた。「なるほどね。お望みとあらば、馬車の前に突き飛ばしてやってもいいぞ」

「考えておく」わたしはそう答えたものの、気分が上向いていることに気づいていた。もうやめようとどれほど自分に言い聞かせても、結局わたしはいまもマルを意識していた。けれどそれはわたしだけではない。かわいらしい金髪の少女がかたわらを行き過ぎながら手を振り、マルの気を引こうとするようなまなざしを投げかけた。

「やあ、ルビー」マルが声をかける。「またあとで」

ルビーはくすくす笑いながら、人ごみのなかに駆けていった。マルはうれしそうに笑っていたが、わたしが天を仰いでいるのを見て言った。

「なんだ？　きみはルビーが好きなんだと思っていたのに」

「わたしたちには共通の話題がないことがわかったの」わたしは冷ややかに応じた。確かにルビーが好きだった──最初のうちは。マルといっしょにケラムツィンにある公爵の孤児院を出て、兵役に就くためにポリツナヤに向かう列車に乗ったときは、知らない人たちに会うことがひどく不安だった。だが親しく声をかけてきてくれた少女が大勢いて、なかでもルビーは熱心だったが、彼女たちがわたしに興味を示したのはマルに近づくためにすぎないことがわかるまでのあいだしか、その友情は続かなかった。

マルは大きく腕を伸ばし、いかにも満足げに秋の空を見あげている。足取りがはずんでいることに気づいて、わたしはあきれた。

「いったいどうしたっていうの？」怒りのこもった口調で尋ねる。

「どうもしないよ。気分がいいだけさ」

「どうしてそんなに……そんなにのんきでいられるの？」

「のんき？　ぼくはのんきだったことはないよ。これからもそうありたいね」

「それじゃあ、その軽い足取りはなに？　死ぬかもしれないし、手足をもぎとられるかもしれないのに、まるでおいしい食事にでも行くみたい」

マルは声をあげて笑った。「心配性だな。国王は火のグリーシャの軍団に船を護衛させているし、あの恐ろしい〈破壊する者《ハートレンダー》〉まで数人つけてくれた。ライフルだってある」マルは背中を示しながら言った。「大丈夫だよ」

「大襲撃を受けたら、ライフルの一丁くらいじゃどうにもできない」

マルはとまどったような顔でわたしを見た。「いったいどうしたんだ？　いつにも増して機嫌が悪いな。ひどい顔をしているし」

「それはどうも。よく眠れないのよ」

「いつものことだろう？」

そのとおりだ。わたしはぐっすり眠れたためしがない。けれどここ数日は輪をかけてひどかった。〈影溜まり〉に行くことを恐れる理由なら山ほどある。運悪く選ばれてそこを横断することになった連隊の人間は皆、同じ恐怖を抱いている。けれどそれとは違うなにか、言葉にはできないもっと根深い不安が、わたしにつきまとっていた。

マルに目を向けた。彼にはなんでも話せたときがかつてはあったのに。「ただ……落ち着かないの」

「そんなに心配することはないさ。ひょっとしたら彼らは、ミカエルを船に乗せるかもしれないぞ。あのたっぷりしたおいしそうな腹を見たら、ヴォルクラもぼくたちには手を出さないさ」

ある記憶が思いがけず蘇った。公爵の書斎の椅子にマルと並んで座り、大きな革表紙の本のページをめくっていたときのこと。ヴォルクラの絵が載っていた。長い不潔なかぎ爪、革のような翼、人間にかぶりつく剃刀のように鋭い歯。何代にもわたって〈影溜まり〉で人を狩りながら暮らしてきたせいで、彼らは視覚を失っているが、数キロメートル離れたところからでも人間の血のにおいを嗅ぎつけると言われている。わたしはそのページを指差して尋ねた。

「かぎ爪がつかんでいるのはなに？」

いまでもマルの答えが聞こえる気がした。「多分——足だと思う」わたしたちはばたんと本を閉じ、悲鳴をあげながら安全な太陽の下へと駆けだしていった……

そのときの記憶を頭から振り払うことができず、自分でも気づかないうちにわたしは足を止め、動けなくなっていた。わたしがついてきていないことに気づいたマルは困ったようなため息をつくと、戻ってきた。両手をわたしの肩に乗せ、軽く揺する。

「冗談さ。だれもミカエルを食べたりしないよ」

「わかってる」わたしは足元を見つめていた。「冗談を言っただけよね」

「アリーナ、大丈夫だって」

「そんなこと、わからない」

「ぼくを見て」わたしはなんとか顔をあげ、マルと視線を合わせた。「きみが怖がっているのはわかっている。ぼくも怖いさ。だがぼくたちは行くんだし、無事に乗り切る。いつだって大丈夫だったじゃないか。そうだろう?」マルに微笑みかけられて、心臓が胸のなかで跳びはねた。

右の手のひらに残る傷跡を親指でなぞり、震えながら息を吸った。「わかった」渋々答えたものの、唇は笑みを作っている。

「お嬢さんのご機嫌がなおったぞ!」マルが叫んだ。「太陽は再び輝いた!」

「もう。やめてよ」

マルを叩こうとしたが、彼がわたしに腕をまわして抱きあげるほうが早かった。ひづめの音と叫び声が空気を引き裂く。道路の端に連れていかれたと思う間もなく、大きな黒い馬車がすぐ脇を勢いよく通り過ぎていった。前にいた人々は、散り散りになって四頭の黒馬から逃げている。鞭をふるう馭者の隣には、濃い灰色の上着をまとったふたりの兵士が座っていた。

〈闇の主《ダークリング》〉。黒の馬車も護衛兵の制服も、見間違うはずがなかった。

赤く塗った二台目の馬車が、よりゆったりした速度で通り過ぎていく。

危機一髪だったことを知って、心臓が激しく打っていた。マルを見あげ、「ありがとう」とつぶやく。マルはわたしを両手で抱きしめていることに不意に気づくと、あわててその手を放し、あとずさった。赤らんだ頬に気づかれないことを願いながら、わたしはコートのほこりをはらった。

三台目の馬車が近づいてきた。青く塗られた車体の窓から、ひとりの少女が身を乗り出している。黒い巻き毛にシルバーフォックスの帽子をかぶっていた。自分を見つめている人々を眺めていたが、案の定、その視線がマルの上で止まった。

あんただって、たったいま彼に見とれていたじゃないの——心のなかで自分を叱りつける。魅力的なグリーシャが同じようにしちゃいけない理由がある？

マルと視線がからまると、彼女の唇がうっすらと笑みを作り、その馬車が視界から消えるまで、彼女は肩越しにマルを見つめ続けていた。

「なにかが飛びこむ前に、口を閉じたらどう？」わたしは辛辣に言った。

マルは目をしばたたいたが、まだぼうっとしているようだ。

「見たか？」大きな声でだれかが言った。振り返ると、滑稽にも見えるような畏怖の表情を浮かべたミカエルがこちらに走ってくるところだった。ミカエルは大きな顔とそれよりさらに太い首をした赤毛の大柄な少年で、そのうしろからひょろひょろした黒髪のダブロフが駆け足でついてくる。ふたりはどちらもマルと同じ部隊の〈追跡者〉で、常に彼のそばにいた。

「見たに決まっているじゃないか」マルの顔から呆けたような表情が消え、生意気そうな笑みに変わった。わたしは天を仰いだ。

「まっすぐおまえを見ていたぞ」ミカエルはマルの背中を叩きながら言った。

マルは何気なさそうに肩をすくめたものの、得意げににやりと笑った。「そうだな」

ダブロフは不安げに身じろぎしている。「グリーシャの女は呪文をかけることができるって聞いたぞ」

わたしは鼻で笑った。

ミカエルはわたしがいることに初めて気づいたかのような顔をした。「やあ、小枝ちゃんじゃないか」わたしの腕を軽く小突く。そのあだ名は嫌いだったから顔をしかめたが、ミカエルはすでにマルに視線を戻していた。「彼女も野営地にいるんだろう？」にやにやしながら言う。

「グリーシャのテントは聖堂みたいに大きいらしいね」ダブロフが言い添える。

「都合のいい暗がりがたくさんある」ミカエルは眉をぴくぴくさせた。

マルは歓声をあげ、三人は叫んだり、小突き合ったりしながら、わたしにはそれ以上目もくれず歩き去っていった。

「会えてよかった」わたしは小声でつぶやくと、肩にかけた鞄のストラップを調節し、道路に戻った。集団からはぐれたほかの落伍者たちに混じって丘をくだり、クリバースクに向かって歩き始める。急ぐつもりはなかった。なんとか文書係用テントにたどり着いても、どちらにしろ怒鳴られるのはわかっている。いまさらどうしようもない。

ミカエルに小突かれた腕をさすった。小枝。わたしはそのあだ名が大嫌いだった。クヴァスを飲んで酔っ払っているときや、春の焚き火でわたしに触ろうとしたときには、そのあだ名では呼ばなかったくせに。なにさ、ばか。

クリバースクはたいして見るところもない町だ。主任地図製作者によれば、〈影溜まり〉以前は市がたつのんびりした町で、ほこりっぽい広場とヴァイを行く疲れた旅人のための宿屋くらいしかなかったらしい。だがいまは常駐の軍の野営地と、人々を闇の向こうの西ラヴカに運ぶための砂船が停泊する乾ドックを中心とした、おんぼろの港町といった風情だ。わたしは、居酒屋やパブや〈王の軍隊〉の兵士たちの欲求を満たすための娼家の前を通り過ぎた。ライフルや石弓やランプやたいまつなど、闇を渡るために必要なあらゆる物を売っている店があり、白漆喰塗りの壁とつややかな玉ねぎ型ドームを持つ小さな教会は、驚くほど状態がよかった。それほど驚くことではないのかもしれない、わたしは思った。〈影溜まり〉を渡ることを考えれば、だれでも足を止めて祈りたくなるだろう。

　測量士たちに割り当てられた宿舎に向かい、自分の寝台に荷物を置くと、文書係用テントに急いだ。幸いなことに主任地図製作者の姿はなく、気づかれずになかに入ることができた。白いキャンバス地のテントに入ると、〈影溜まり〉を見てから初めて肩の力が抜けた。文書係用テントはこれまでの野営地で見たものとほぼ同じで、煌々《こうこう》と明かりが灯り、画家と測量士が作業をする製図台がずらりと並んでいた。喧噪と混雑のなかを旅してきたあとだったから、紙のこすれる音やインクのにおいやペンや絵筆が紙に当たるかすかな音に、心が安らいだ。

　コートのポケットからスケッチブックを取り出し、アレクセイの隣の作業台に腰をおろすと、彼はわたしを見ていらだたしげに尋ねた。「どこにいたんだ？」

「〈闇の主《ダークリング》〉の馬車に轢《ひ》かれそうになったの」わたしはなにも描かれていない紙を取りながら答えた。スケッチブックをぱらぱらとめくり、どれを写そうかと考える。アレクセイとわたしは下級地図製作者の助手で、訓練の一環として完成したスケッチを一日に二枚提出することを義務づけられていた。

アレクセイは音を立てて息を吸った。「本当に？　実際にその目で彼を見たの？」

「実を言うと、死なないようにするのでせいいっぱいだった」

「もっとひどい死に方はいくらでもあるさ」アレクセイは、わたしが写し始めた岩だらけの渓谷のスケッチをちらりと見て言った。「いや、それじゃない」わたしのスケッチブックをぱらぱらとめくり、切り立った尾根の絵を見つけると、指で叩いた。「これだ」

まだろくにペンを動かしてもいないうちに、主任地図製作者がテントに入ってきて、わたしたちの作業の進み具合を確認しながら近づいてきた。

「それは二枚目のスケッチなんだろうね、アリーナ・スターコフ」

「はい、そうです」わたしは嘘をついた。

地図製作者が行ってしまうと、アレクセイが小声で言った。「馬車のことを話してくれよ」

「でも、スケッチを仕あげなきゃ」

「ほら」彼は腹立たしげに言って、一枚のスケッチをわたしのほうに滑らせた。

「あなたのだってわかるわよ」

「これはそんなにいい出来じゃない。きみの絵で通るさ」

「また鼻もちならないアレクセイが顔を出した」わたしは文句を言ったが、スケッチを返そうとはしなかった。アレクセイはもっとも才能のある助手だったし、自分でもそのことを知っていた。

三台のグリーシャの馬車について、アレクセイはあらゆることを知りたがった。彼のスケッチはありがたかったから、わたしは尾根のスケッチを描き、親指で山頂の高さを測りながら、彼の好奇心を満たせるようにできるかぎりのことを答えた。

描き終えるころには、日が暮れかかっていた。わたしたちはスケッチを提出し、食堂テントに向かった。列に並んで汗だくの料理人がよそうどろりとしたシチューを受け取り、ほかの測量士たちといっしょに座った。

アレクセイたちが、野営地での噂や明日に迫った横断のことを不安げに話すのを聞きながら、わたしは黙って食事をした。アレクセイにせがまれて、グリーシャの馬車のことをもう一度説明すると、〈闇の主《ダークリング》〉の話題が出たときはいつもそうであるように、特別な関心と恐怖の入り混じった反応が返ってきた。

「彼は普通じゃない」もうひとりの助手のイヴァが言った。緑色の目は美しかったが、豚のような鼻を相殺できるほどではない。「あの人たちはみんなそうよ」

アレクセイがせせら笑った。「きみの迷信を聞くのはうんざりだよ、イヴァ」

「そもそも〈影溜まり〉を作ったのは〈闇の主《ダークリング》〉だったんだから」

「何百年も前の話じゃないか！　あのときの〈闇の主《ダークリング》〉は完全にいかれていたんだ」

「いまの人だって同じようなものよ」

「田舎者め」アレクセイは片手を振って、彼女をいなした。イヴァは怒りに満ちた目つきで彼をにらんだかと思うと、ぷいと顔を背けてほかの友人たちと話を始めた。

わたしは黙っていた。迷信深いイヴァよりも、わたしのほうがさらに田舎者だ。読み書きができるのはすべて公爵の慈悲のおかげだが、ケラムツィンの話はしないというのがマルとわたしの暗黙の了解だった。

そう考えたことが合図だったかのように騒がしい笑い声が響き、わたしは現実に引き戻された。振り返ると、〈追跡者〉たちのにぎやかなテーブルの中心にマルがいた。

アレクセイがわたしの視線をたどった。「きみたちふたりは、どこで知り合ったんだ？」

「いっしょに育ったの」

「あまり共通点はなさそうだけどな」

肩をすくめる。「子供のころは、共通点を見つけるのが簡単なんじゃないかな」たとえば、孤独。たとえば、忘れるべき両親の記憶。たとえば、言いつけられた雑用から逃げ出して、牧草地で鬼ごっこをする喜び。

アレクセイがいかにも疑り深そうな表情になったので、わたしは笑わずにはいられなかった。「マルは昔から、追跡の達人でグリーシャの娘を誘惑するような〝憧れのマル〟だったわけじゃないんだから」

アレクセイがあんぐりと口を開けた。「グリーシャの娘を誘惑したのか？」

「まだよ。でも時間の問題でしょうね」

「昔のマルはどんなだったんだい？」

「ちびでずんぐりしていてお風呂が嫌いだった」そう答えると、少しすっきりした。

アレクセイはマルを見て言った。「人間って変わるんだな」

わたしは手のひらの傷を親指で撫でながら答えた。「そうみたいね」

食事を終えたわたしたちは食堂テントを出て、ひんやりした夜のなかを歩きだした。わざと遠まわりをして、グリーシャの野営地の脇を通って兵舎に帰ることにした。黒のシルクで覆われたグリーシャのパビリオンは本当に聖堂くらいの大きさがあって、青と赤と紫の三角旗が高いところで風にはためいている。この奥のどこかに、〈生者と死者の騎士団《コーポラルキ》〉と護衛兵に守られた〈闇の主《ダークリング》〉のテントがあるのだ。

アレクセイがその光景に充分満足したところで、わたしたちは自分の兵舎に向かって歩きだした。アレクセイは無口になって指をぽきぽきと鳴らし始めたので、彼もまた明日のことを考えているのだとわかった。兵舎の陰鬱な雰囲気から察するに、それはわたしたちだけではないようだ。すでに寝台の上で眠って――あるいは眠ろうとして――いる者もいれば、イコンを握りしめて座り、それぞれの聖人に祈っている者もいた。

わたしは狭い寝台に毛布を広げ、長靴を脱ぎ、上着を吊るした。毛皮の裏地のついた毛布の下に潜りこみ、天井を見あげて眠りが訪れるのを待つ。ランプの明かりがすべて消え、話し声が静かな寝息と寝返りの音に変わっても、わたしはまだそうしていた。

もしすべてが計画どおりに進めば、明日わたしたちは無事に西ラヴカに渡り、わたしは初めて〈真海〉を目にすることになる。マルやほかの〈追跡者〉たちは、赤狼や海狐やそのほか西部にだけ生息するだれもが欲しがる生き物を捕まえるだろう。わたしはほかの地図製作者たちといっしょにオス・ケルヴォにとどまって訓練を続け、〈影溜まり〉で集めた情報を地図に記す手伝いをする。そのあとはもちろん、家に戻るためにもう一度〈影溜まり〉を渡らなければならないが、いまはとてもそんな先のことまで考えられなかった。

眠れないでいるうちに、なにかを叩く音が聞こえた。コン、コン。一拍おいて、さらにコン。そしてふたたび、コン、コン。一拍おいて、さらにコン。

「どうした?」一番近い寝台からアレクセイの眠たそうな声がした。

「なんでもない」毛布から抜け出し、ブーツに足を突っこみながら答える。

上着をつかむと、できるかぎりの速さで兵舎を抜け出した。ドアを開けたところで、暗い部屋のどこからかくすくす笑いと女性の声が聞こえてきた。「あの〈追跡者〉だったら、なかに入ってわたしを温めてって伝えてちょうだい」

「彼がツィフィルを捕まえるつもりだとしたら、真っ先に来るのはきっとあなたのところよ」愛想よく答え、夜のなかへと足を踏み出す。

冷たい空気が頬に刺さり、スカーフと手袋を持ってくればよかったと思いながら、わたしは襟に顎をうずめた。マルはわたしに背を向けて、崩れそうな階段に座っている。彼の向こうでミカエルとダブロフが瓶からまわし飲みしているのが、道を照らす明かりのなかに見えた。

わたしは顔をしかめた。「これからグリーシャのテントに行くことを教えるために、わたしを起こしたわけじゃないでしょうね。なにが目的なの？　アドバイスでも欲しいわけ？」

「きみは寝ていなかった。ただ横になって、あれこれ考えていただけだ」

「はずれ。グリーシャのパビリオンに忍びこんで、〈生者と死者の騎士団《コーポラルキ》〉のひとりを捕まえる計画をたてていたの」

マルが笑い声をあげ、わたしは戸口近くでためらった。彼のそばにいて、一番つらいのがこれだ――心臓がぎこちないアクロバットを演じることを除けば。彼のくだらない行動にわたしがどれほど傷ついているかを悟られないようにするのはつらい。けれど、彼に気づかれるのはもっといやだった。このままきびすを返し、兵舎のなかに戻ろうかと思ったけれど、嫉妬をぐっと呑みこんで彼の隣に腰をおろした。

「なにかいいものを持ってきてくれたんでしょうね。〝アリーナの誘惑の秘密〟は高いのよ」

マルはにやりとした。「つけにしておいてくれるかい？」

「いいわ。あなたは信用できると思うから」

暗闇に目を凝らすと、瓶の中身をあおったダブロフがぐらりと体を揺らすのが見えた。ミカエルが腕をまわしてそれを支え、ふたりの笑い声が夜風に乗って運ばれてきた。

マルは首を振ってため息をついた。「あいつはいつもミカエルに遅れを取るまいとしている。そのうちぼくのブーツに反吐を吐くんだろうな」

「当然の報いじゃない？　で、あなたはいったいここでなにをしているわけ？」一年前に入隊したころは、マルは毎晩のようにわたしのもとを訪れていたが、ここ数カ月はそういうこともなかった。

マルは肩をすくめた。「わからない。夕食のとき、きみはずいぶんと惨めそうだった」

彼が気づいていたことが意外だった。「横断のことを考えていたの」言葉を選びながら答えた。嘘ではない。〈影溜まり〉に入るのが怖くてたまらなかったのは本当だし、アレクセイにマルの話をしていたことを教える必要はなかった。「でも気にかけてくれてうれしい」

「当たり前さ」マルはにやりとした。「心配しているんだ」

「運がよければ、明日わたしはヴォルクラの朝食になるから、あなたはもう気を揉む必要はなくなる」

「きみがいないと、ぼくが迷子になってしまうことはわかっているだろう？」

「あなたは迷子になったことなんてないじゃない」わたしは鼻で笑った。わたしは地図製作者だけれど、マルは目隠しをして逆立ちをしていても、どちらが北なのかがわかる。

マルは肩をぶつけてきた。「ぼくの言う意味はわかっているくせに」

「まあね」そう答えたけれど、わかっていなかった。本当のところは。

わたしたちは夜気のなかで自分たちの白い息を見つめながら、黙って座っていた。

マルはブーツの爪先を眺めていたが、やがて口を開いた。「ぼくも不安なんだと思う」

わたしは肘で彼を突き、自信のあるふりをした。「アナ・クーヤと対峙できたんだから、ヴォルクラの一、二匹くらいなんてことない」

「ぼくの記憶が正しければ、最後にアナ・クーヤを怒らせたとき、きみは耳をしこたま殴られたし、ぼくたちは馬小屋の掃除をさせられたんじゃなかったかな」

わたしは顔をしかめた。「せっかく元気づけてあげようとしたのに。そうだなって言ってくれたっていいじゃない」

「おもしろいことを教えようか？　ぼくは時々、アナ・クーヤがなつかしくなるんだ」

驚いた顔をしないようにするのがせいいっぱいだった。わたしたちはケラムツィンで十年以上暮らしたが、マルは当時のことをなにもかも忘れたがっているのだと思っていた。わたしのことさえも。あそこにいたころのマルは行き場のない難民で、食べる物があることに感謝しなければならない孤児のひとりにすぎなかった。けれど軍に入ってからのマルは、自分の居場所をしっかりと作りあげていたから、彼がかつては誰にも望まれない少年だったことをいまさら人に教える必要はなかった。

「わたしも。手紙を出すといいかもしれない」

「そうだな」

マルが突然わたしの手を握った。わたしは動揺を必死に抑えこんだ。「明日の今ごろは、ぼくたちはオス・ケルヴォの港にいて、海を見ながらクヴァスを飲んでいるんだ」

わたしはダブロフが体を前後に揺らしているのを見て、笑顔で答えた。「ダブロフのおごり？」

「きみとふたりさ」

「本当に？」

「いつだってきみとふたりだよ、アリーナ」

ほんの一瞬、それが本当に思えた。存在するのはランプの明かりに丸く照らされたこの階段だけ。世界には、闇に浮かんだわたしたちふたりだけ。

「行こうぜ！」ミカエルが小道から叫んだ。

マルは夢から覚めた人間のようにぎくりとして、もう一度わたしの手を握りしめてから離した。「行かなくちゃ」生意気そうな笑みが戻ってくる。「なんとか寝たほうがいいぞ」軽やかに階段をおりて、友人たちに合流した。「幸運を祈ってくれ」振り返って叫んだ。

「がんばってね」わたしは思わずそう応じた自分を蹴飛ばしたくなった。がんばる？ 楽しんできてね、マル。かわいらしいグリーシャを見つけて、彼女を心から愛して、才能に恵まれたきれいな赤ちゃんがたくさんできるといいわね。

わたしは階段に座ったまま、手に残るマルの手のぬくもりを感じつつ三人が遠ざかっていくのを見つめていた。立ちあがりながら、心のなかでつぶやく。途中でどぶにはまればいいのに。

静かに兵舎に戻り、しっかりとドアを閉めてから、ほっとして寝台に潜りこんだ。

あの黒髪のグリーシャ娘は、マルと会うためにパビリオンから出てくるんだろうか？　わたしはその妄想を追い払った。わたしには関係のないことだし、知りたくもない。マルはあの娘やルビーを見るような目でわたしを見てくれたことはなかった。これからも絶対にないだろう。だがわたしたちがいまでも友人だという事実は、それよりも重要だった。

あとどれくらい友人でいられるのだろう？　頭から消えない声があった。アレクセイの言うとおりだ。人は変わる。マルはいいほうに変わった。よりハンサムに、より勇敢に、より生意気になった。そしてわたしは……背が伸びた。ため息をついて、寝台の上で横向きになった。マルとはずっと友人でいられると信じたかったけれど、わたしたちが別の道を歩き始めていることは事実だ。わたしは暗闇のなかで眠りが訪れるのを待ちながら、その道はどんどんふたりを遠ざけていって、いつかわたしたちがまたまったくの他人同士になる日がくるのだろうかと考えていた。

2

朝は混乱のうちに過ぎていった。朝食を終え、文書係用テントで手早くインクと紙を荷造りし、それから混沌とした乾ドックに向かった。ほかの測量士たちといっしょに、小規模の船団に乗りこむ順番が来るのを待つ。背後にあるクリバースクの町は目を覚まし、活動を始めようとしている。前方には、常に形を変える〈影溜まり〉の奇妙な闇が広がっていた。

動物は音をたてすぎるうえ、すぐに怯えるので、〈偽海〉の横断には灰色の死の砂の上をほとんど音もなく滑るように進む、大きな帆をつけた砂船と呼ばれるそりを使う。行きは穀物、木材、綿花といったものを運び、帰りは砂糖やライフル、そのほか西ラヴカの港町で手に入れられるあらゆる種類の加工品を積んで帰ってくるのだ。甲板には帆と壊れそうな手すり以外はほとんどなにもなく、身を隠せる場所はどこにもなかった。

それぞれの船のマストの脇には、重武装の兵士たちを両側に従えた青のケフタ姿の〈召喚者《エセリアルキ》の騎士団〉のグリーシャふたりが立っている。ケフタの袖口と裾に施された銀の刺繍が、彼らが〈嵐を呼ぶ者《スクエラー》〉であることを教えていた。彼らが気圧を操作して砂船の帆を風で膨らませ、その力で〈影溜まり〉を横断するのだ。

ライフルを持った兵士たちは険しい顔の上官に率いられ、両側の手すりに沿って並んでいる。そのあいだに立つ〈召喚者の騎士団《エセリアルキ》〉たちの青いケフタの袖口には、炎を召喚できることを意味する赤い刺繍が施されていた。

船長の合図を受けた主任地図製作者は、わたしとアレクセイを含む助手たちを率いてほかの乗客たちといっしょに船に乗りこむと、闇のなかで道筋を示す手助けをするため、マストの脇にいる〈嵐を呼ぶ者《スクエラー》〉と並んで立った。手にはコンパスを持っているが、〈影溜まり〉に入ってしまえばそんなものはほとんど役に立たない。混み合った甲板の向こう側に、〈追跡者〉たちの集団に混じったマルの姿がちらりと見えた。やはりライフルを持っている。その背後には、グリーシャ鋼の矢じりのついた矢が入った矢筒を背負った射手たちが並んでいた。わたしはベルトに刺した軍支給のナイフの柄を握りしめたが、たいして勇気づけられることはなかった。

桟橋に立つ親方が何事かを叫ぶと、地上にいるたくましい作業員たちが、色のない砂のなかへと船を次々に押し入れていった。そこが〈影溜まり〉の先端だ。一隻を入れるたびに、作業員たちは死の砂に足を焼かれるとでも言わんばかりに、あわててあとずさっている。

そしてわたしたちの番が来た。ぐらりと揺れたかと思うと、地面にこすれてきしみながら船が前方へと動いた。わたしは手すりをつかんで体を支えた。心臓が狂ったように打っている。〈嵐を呼ぶ者《スクエラー》〉たちが両手をあげた。大きな音と共に帆がうねりながら開き、わたしたちの船は〈影溜まり〉のなかを進み始めた。

初めのうちは、熱くもなく火のにおいもしない濃い煙のなかを進んでいるようだった。音がしだいに削がれていくように、静寂が広がっていく。前方を行くほかの砂船が、一隻また一隻と闇に消えていくのを見つめた。自分の船の船首が見えなくなったと思う間もなく、手すりに乗せた自分の手すら見えないことに気づいた。うしろを振り返ってみた。生者の世界はすでにない。闇がわたしたちを包んだ。黒く、重さのない絶対的な闇。そこは〈影溜まり〉のなかだった。

あらゆるものの果てに立っているようだった。しっかりと手すりをつかみ、手のひらに食いこむ固い木の感触を確かめた。その感覚とブーツのなかで甲板を踏みしめる爪先に意識を集中させた。左側からアレクセイの息遣いが聞こえている。

ライフルを持った兵士と青いケフタの火使いのグリーシャのことを考えようとした。〈影溜まり〉を無事に渡れるかどうかは、いかに音を立てず、気づかれずに進めるかどうかにかかっている。発砲音が轟《とどろ》くことも、炎が召喚されることもあってはならないのだ。それでも、彼らがいると思うと安心できた。

どれくらいそうやっていただろう。砂船は静かに進んでいく。聞こえるのは船体をこする砂の音だけだ。数分のようにも思えたけれど、数時間だったのかもしれない。きっと大丈夫、心のなかでつぶやいた。きっと大丈夫。アレクセイがわたしの手首をつかんだのがそのときだった。

「聞こえるか?」ささやいたその声は、恐怖にざらついている。耳を澄ましたが、聞こえるのは彼の乱れた息遣いと砂が船に当たる変わりのない音だけだ。だが次の瞬間、暗闇のどこかから別の音が聞こえた。かすかだが容赦のない音。リズミカルな羽ばたきの音。

わたしは片手でアレクセイの腕をつかみ、もう一方の手でナイフの柄を握った。心臓が激しく打ち始めるのを感じながら、なにか見えはしないかと暗闇に目を凝らす。弾薬を充填する音や、矢をつがえる音が聞こえてきた。だれかがささやく。「構えろ」翼が空気を叩く音がしだいに大きくなるのを聞きながら、わたしたちは待った。それはまるで、迫り来る軍隊の太鼓のようだ。空中で彼らが描く円がどんどん小さくなっていき、頬に当たる空気がざわつくのが感じられる気がした。

「燃やせ！」指揮官の命令に続いて火打石を叩く音が響き、鋭い爆発音と共にそれぞれの船からグリーシャの放つ炎が空に延びた。

わたしは突然のまぶしさに目をすがめ、視力が回復するのを待った。火明かりのなかに、それはいた。ヴォルクラは普通小さな群れで行動するものなのに、そこにいたのは……十頭どころか、数百単位のヴォルクラが砂船のまわりに群がっている。これまで本で見たどんなものより、想像のなかのどんな怪物より恐ろしかった。銃声が轟く。矢が放たれ、ヴォルクラの甲高く、恐ろしい悲鳴が空気を切り裂いた。

ヴォルクラたちが急降下してきた。悲鳴が聞こえ、わたしはひとりの兵士が宙に持ちあげられ、手足をばたつかせる様《さま》をおののきながら見つめた。アレクセイと抱き合うようにして手すりの陰に身を潜めた。世界が悪夢と化すなかでちゃちなナイフを握りしめ、祈りの言葉をつぶやく。男たちは叫び、人々は悲鳴をあげ、兵士は翼のある巨大な生き物と戦っている。グリーシャの金の炎が、〈影溜まり〉の闇に時折きらめいた。

突然、隣から悲鳴があがった。アレクセイにぐっと腕をつかまれ、わたしは息を呑んだ。ほとばしる炎に、片手で手すりを握りしめる彼の姿が浮かびあがった。大きく開いた口と恐怖に見開く目、そしてぬめぬめした灰色の腕で彼をつかむ怪物が見えた。翼をはためかせて彼を持ちあげようとしている。太いかぎ爪が彼の背中に深く食いこんでいて、その先はすでに赤く染まっていた。アレクセイの指が手すりの上で滑った。わたしは彼に飛びついて腕をつかんだ。

「つかまって！」

そこで炎が消え、わたしは暗闇のなかでアレクセイの指が離れるのを感じた。

「アレクセイ！」

ヴォルクラが彼を闇の向こうに運び去り、悲鳴が戦いの喧騒《けんそう》に消えていく。さらなる炎が空を染めたが、すでに彼の姿はなかった。

「アレクセイ！」わたしは手すりに身を乗り出して叫んだ。「アレクセイ！」

返ってきたのは羽音だった。別のヴォルクラがわたしをめがけて急降下してくる。あわてのけぞり、すんでのところでそのかぎ爪をかわした。震える手で握ったナイフを突き出す。ヴォルクラはさらに突進してきた。乳白色に濁った用をなさない目に炎が反射し、大きく開けた口に曲がった鋭く黒い歯が何重にも並んでいるのが見える。視界の隅で粉が散ったかと思うと銃声が轟き、ヴォルクラは怒りと痛みに吠えながらよろめいた。

「逃げろ！」マルだった。顔から血を流しながら、ライフルを構えている。わたしの腕をつかむと、自分のうしろへと押しやった。

ヴォルクラは甲板にかぎ爪を立て、こちらへと進んでくる。片方の翼が妙な角度に折れ曲がっていた。マルは炎の明かりを頼りに弾薬を詰め直そうとしていたが、ヴォルクラの動きは速かった。いっきに飛びかかってきたかと思うと、かぎ爪でマルの胸を切り裂いた。マルが悲鳴をあげる。

わたしはヴォルクラの折れた翼をつかみ、両肩のあいだに深々とナイフを突き立てた。ぬるりとした感触が伝わってくる。ヴォルクラは甲高い声で鳴くと、強引に身を離した。わたしはうしろ向きに倒れ、甲板にしたたかに体を打ちつけた。怒り狂ったヴォルクラは、大きな顎で威嚇しながら飛びかかってきた。

再び銃声が響き、ヴォルクラはよろめいて倒れた。グロテスクな塊のようだ。黒い血が口から流れている。かすかな明かりのなかに、マルがライフルをおろすのが見えた。破けたシャツが血に染まっている。その指からライフルが落ち、体がぐらりと揺れたかと思うと膝をつき、やがて甲板に崩れ落ちた。

「マル！」一瞬のうちにわたしは彼に駆け寄り、どうにかして出血を止めようと両手で胸を押さえていた。「マル！」頬を涙が伝った。

血と火薬のにおいが充満している。銃声と人々の泣き声……そしてなにかを食べている恐ろしい音。グリーシャの炎がしだいに弱くなり、繰り出される間隔も広がってきた。気がつけば、砂船が動きを止めていた。これまでだ、わたしは絶望にかられた。マルにのしかかるようにして、傷をさらに押さえる。

マルの息遣いは荒い。「やつらが来る」あえぎながら言う。

顔をあげると、弱々しいグリーシャの炎の明かりのなかに、二頭のヴォルクラがわたしめがけて急降下してくるのが見えた。

わたしはマルに覆いかぶさった。無駄だとわかっていたが、これがわたしにできるせいいっぱいだ。ヴォルクラの強烈な悪臭が鼻をつき、翼が生み出す風を感じた。マルの額に自分の額を押しつけると、彼が小声で言った。「あの草地で会おう」

怒りと絶望と確実に待ち受ける死を感じたとき、わたしのなかでなにかが崩壊した。手についたマルの血と愛する人の顔に浮かぶ苦痛。ヴォルクラは勝利の雄叫びをあげながら、わたしの肩にかぎ爪を食いこませた。痛みが全身を貫いた。

そして世界が白一色に染まった。

強烈な光の洪水が突然爆発して、わたしは目を閉じた。頭のなかに光が溢れ、視界を奪い、わたしを溺れさせていく。頭上のどこかから恐ろしい悲鳴が聞こえた。ヴォルクラのかぎ爪から力が抜けていくのを感じると同時に、わたしは前向きに倒れて甲板に頭をぶつけ、そのあとはなにもわからなくなった。

3

ぎくりとして目を覚ました。肌に当たる空気の流れを感じて目を開けると、濃い煙のようなものが見えた。砂船の甲板にあおむけに倒れているのだとわかった。煙が薄くなっているのに気づくまで時間はかからなかった。たなびく黒い靄《もや》の合間に、明るい秋の太陽が見える。わたしは安堵に包まれるのを感じながら、再び目を閉じた。〈影溜まり〉を抜けようとしている。やり遂げたんだ。本当に？ヴォルクラの襲撃の記憶がどっと蘇ってきた。マルはどこ？

体を起こそうとすると、肩に激痛が走った。それを無視して座る体勢を取ると、目の前にライフルの銃身が見えた。

「それをどけて」わたしはライフルを払いのけながら言った。

兵士はライフルを元の位置に戻すと、威嚇するようにわたしに突きつけて命じた。「動くな」

わたしは驚いて彼を見あげた。「いったいどういうこと？」

「目を覚ましたぞ！」兵士が肩越しに叫ぶと、ふたりの武装兵と砂船の船長、そして〈生者《コー》と死者の騎士団《ポラルキ》〉のひとりが近づいてきた。わたしはパニックにかられながら、彼女の赤いケフタの袖の刺繍が黒であることを見て取った。〈破壊する者《ハートレンダー》〉がわたしになんの用なの？　あたりを見まわす。〈嵐を呼ぶ者《スクエラー》〉はまだマストのそばにいて、両手をあげ、強い風を起こして船を前方に進めている。かたわらには兵士がひとりいるだけだ。甲板のところどころに血だまりができていた。戦いの恐ろしさを思い出すと、吐き気がこみあげた。〈治す者《ヒーラー》〉が怪我人の治療をしている。マルはどこ？

手すりの近くに兵士とグリーシャたちが立っていた。血にまみれ、火傷を負い、出発したときよりもはるかに数が減っていたが、その全員が用心深いまなざしでわたしを見つめている。恐怖が募るのを感じながら、兵士と〈生者と死者の騎士団《コーポラルキ》〉がわたしを護衛していることに気づいた。まるで囚人を守るように。

「マル・オレツェフは？〈追跡者〉よ。襲撃のときに怪我をしたの。彼はどこ？」だれも何も言わない。「お願い、彼はどこ？」

何かに乗りあげたのか、船ががくんと揺れた。船長がわたしにライフルを突きつけて言った。「立て」

マルがどうなったのかを教えてくれるまで座ったままでいようかと思ったが、〈破壊する《ハートレンダ》者《ー》〉を見て考え直した。肩の痛みに顔をしかめながら立ちあがったところで、船が再び動き始めたのでよろめいた。乾ドックの作業員たちが地上で引っ張っているのだ。体を支えようとして思わず手を伸ばしたが、わたしが触れた兵士は熱い物にでも触られたかのように、ぎくりとして身を引いた。わたしはなんとか足を踏ん張ったものの、頭は混乱していた。

船は再び停止した。

「進め」船長が命じた。

兵士たちはわたしにライフルを突きつけ、船をおりるように促した。好奇と怯えの混じった視線を痛いほど意識しながら、生き残った者たちの前を通りすぎる。兵士に向かってなにかをわめいている主任地図製作者の姿が見えた。アレクセイの身になにがあったのかを話したかったが、足を止めることなく歩き続けた。

乾ドックに降り立つと、驚いたことにそこはクリバースクだった。〈影溜まり〉を渡ることはできなかったのだ。わたしは身震いした。〈偽海〉に戻るよりは、ライフルを突きつけられながら野営地を歩くほうがましだ。

はるかにましとは言えないけれど、とわたしは不安を覚えながら考えた。

幹線道路を進んでいく兵士たちを、人々は仕事の手を止めて見つめている。わたしの頭は必死になって答えを探していたが、なにも見つけることはできなかった。わたしは〈影溜まり〉でなにかいけないことをしたのだろうか？　軍の慣習を破った？　そもそもどうやって〈影溜まり〉から抜け出したんだろう？　肩のあたりの傷がずきずき痛んだ。最後に覚えているのはヴォルクラのかぎ爪が背中に食いこんだ恐ろしい痛みと、強烈な光が炸裂したことだけだ。どうしてわたしたちは助かったの？

将校のテントに近づくにつれ、そういった疑問は脳裏から消えていった。船長が兵士たちに止まれと命じ、テントに入ろうとした。

〈生者と死者の騎士団《コーボラルキ》〉のグリーシャが手を伸ばし、それを押しとどめた。「こんなことは時間の無駄よ。わたしたちはいますぐに――」

「手をどけてもらおう」船長は辛辣な口調で言い、彼女の手を振りほどいた。

彼女は危険な光をたたえたまなざしを船長に向けたが、それもつかの間のことで、やがて冷ややかな笑みを浮かべてお辞儀をした。「いいでしょう、船長」

腕の産毛が逆立った。

船長はテントに入っていき、わたしたちはその場で待った。船長とのいさかいなど忘れたかのようにさっきのグリーシャがこちらをしげしげと眺めていることに気づき、わたしは不安に胸をざわつかせながら横目で彼女を見た。かなり若い。わたしより若いくらいだが、それでも彼女はためらうことなく船長に歯向かった。だが当然かもしれない。彼女は武器など使わずとも、その場で船長を殺すことができるのだ。わたしは消えない寒気を振り払おうとして、自分の腕をこすった。

テントのフラップが開き、船長に続いていかめしい顔つきのラヴスキー大佐が出てきたのを見て、ぞくりとした。高官が出てくるなんて、わたしはいったいなにをしたのだろう？

大佐は風雨にさらされた険しい顔でじっとわたしを見つめた。「おまえは何者だ？」

「地図製作者助手のアリーナ・スターコフです。王党軍付き測量士――」

彼はわたしを遮って尋ねた。「おまえは何者だ？」

わたしは目をしばたたいた。「わたしは……地図を作っています、サー」

ラヴスキーは顔をしかめた。ひとりの兵士を呼び寄せて何事かをささやくと、その兵士は乾ドックへと駆け戻っていった。「行くぞ」ラヴスキーの口調は素っ気なかった。

背中をライフルで突かれ、わたしは前に進んだ。連れていかれる先を考えて、いやな予感がした。ありえない。筋が通らない。必死になってその考えを打ち消す。けれど巨大な黒いテントが目の前でどんどん大きくなるにつれ、行先を疑うことはできなくなった。

グリーシャのテントの入口には、〈生者と死者の騎士団《コーポラルキ》〉の〈破壊する者《ハートレンダー》〉たちと、灰色の制服をまとった〈護衛団《オプリクニキ》〉が立っていた。〈護衛団《オプリクニキ》〉は〈闇の主《ダークリング》〉を護衛する選ばれた兵士たちの集団で、グリーシャではないが同じくらい恐ろしい存在だった。

砂船でいっしょだった〈生者と死者の騎士団《コーポラルキ》〉のグリーシャは、テントの前で護衛兵たちと言葉を交わしたあと、ラヴスキー大佐とふたりでなかへと入っていった。心臓が早鐘のように打っている。うしろからの視線を感じ、ひそひそ声が聞こえてくると、不安はさらに大きくなった。

頭上では四流の旗が風にはためいている。青、赤、紫、そして一番上に黒。マルと友人たちがここに入ることを想像し、そこにはなにがあるのだろうと考えて笑い合っていたのはほんのゆうべのことだ。その答えを見つけるのはわたしになるらしい。マルはいったいどこ？　その問いが頭から離れない。混乱する思考のなかで、はっきりした形を取っているのはそれだけだった。

永遠とも思えるほどの時間がたったあと、グリーシャが戻ってきて船長に向かってうなずき、わたしはグリーシャのテントに招き入れられた。

その瞬間、目の前の美しさに圧倒されて、あらゆる恐怖が消えた。テントの内側は青銅色のシルクのカスケードで覆われていて、シャンデリアの蠟燭の明かりを受けてきらきらと光っている。床にはふかふかの絨毯と毛皮が敷かれている。内部はつややかなシルクの布でいくつもの部屋に仕切られていて、鮮やかな色合いのケフタをまとったグリーシャたちがそこに集まっていた。立ち話をしている者もいれば、クッションに腰をおろしてお茶を飲んでいる者もいる。ふたりで向かい合ってチェスをしている者もいた。どこからかバラライカの音色が聞こえてきた。公爵の屋敷も美しかったが、それはほこりっぽい部屋と、はがれかけた塗料が彷彿とさせる物悲しい美しさで、かつては壮麗だった物の名残でしかなかった。グリーシャのテントはわたしがこれまで目にしたどんな物とも違っている。ここは、権力と富が息づく場所だった。

兵士たちはわたしを連れて絨毯が敷かれた長い通路を進んだ。突き当たりは一段高い壇になっていてその上に黒のパビリオンが作られている。奥へと進むにつれ、好奇心の波がテント内部に広がっていくのがわかった。グリーシャたちは話をやめて、わたしを眺めている。わざわざ立ちあがった者さえいた。

突き当たりにたどり着いたときにはテントのなかは静まりかえっていて、わたしの胸の鼓動が全員に聞こえているに違いないと思えるほどだった。黒いパビリオンの前では、王の双頭の鷲の紋章がついた高級そうな衣装を着た数人の大臣と〈生者と死者の騎士団《コーポラルキ》〉の一団が、地図を広げた長いテーブルを囲んでいる。その中央に置かれた、装飾を施した背もたれの高い漆黒の黒檀の椅子に、黒いケフタをまとったその人が白い手で頬杖をついて座っていた。黒を身に着けるグリーシャはひとりしかいない。それが許されているのはひとりだけだった。ラヴスキー大佐がその脇にいて、わたしに聞こえるはずもない低い声で何事かを話しかけていた。

わたしは恐れを感じると同時に、魅了されてもいた。若すぎる。この〈闇の主《ダークリング》〉は、わたしが生まれる以前からグリーシャの指揮を執っているはずなのに、いま目の前にいるその人は、わたしとたいして変わらないくらいの年齢に見えた。はっきりした美しい顔立ちをしていて、豊かな黒髪と石英のような澄んだ灰色の目の持ち主だ。力のあるグリーシャは長く生きるという話を聞いたことはあったし、〈闇の主《ダークリング》〉はそのなかでも最強の力を持つ。けれどわたしはどこか違和感を覚え、イヴァの言葉を思い出した。〝彼は普通じゃない。あの人たちはみんなそう〟

壇の下でひと塊になっている集団から、鈴を転がすような笑い声が聞こえてきた。〈召喚者の騎士団《エセリアルキ》〉の馬車からマルをじっと見つめていた、青いケフタの美しい少女だとすぐにわかった。栗色の髪の友人に何事かをささやき、ふたりでまた声をたてて笑っている。〈影溜まり〉に入り、お腹をすかせたヴォルクラの群れと戦ったあとだったから、みすぼらしい破れたコートを着た自分がどんなふうに見えるかを想像すると、顔が熱くなった。けれどわたしはぐっと顎をあげて、美しい少女の目をまっすぐに見つめ返した。好きなだけ笑えばいい。なにを言ったのかは知らないが、もっとひどいことなら散々言われてきた。彼女はわたしの視線を受け止めたが、すぐに目を逸らした。満足感を味わったのもつかの間、ラヴスキー大佐の声がわたしを現実に引き戻した。

「あとの者たちを連れてこい」彼が言った。振り返ると、兵士たちがくたびれた様子の当惑した人々を連れて通路を歩いてくるのが見えた。そこには、ヴォルクラの襲撃を受けたときわたしの隣にいた兵士と、主任地図製作者の姿もあった。いつもこざっぱりとしているコートは裂けて汚れ、顔には怯えた表情が浮かんでいる。彼らがわたしと同じ砂船に乗っていた人たちで、目撃者として連れてこられたことを悟ると、不安はさらに大きくなった。〈影溜まり〉でいったいなにがあったんだろう？　わたしがなにをしたと思われているの？

そのなかに〈追跡者〉たちがいることに気づいて、思わず息が止まりそうになった。まずミカエルが見えた。太い首の上で揺れるもじゃもじゃの赤い髪が目に入り、次に彼にすがるようにして歩いてくる真っ青な顔をして、ひどく疲れた様子のマルが見えた。血に染まったシャツから包帯がのぞいている。膝がくずおれそうになり、わたしは口に手を当てて嗚咽をこらえた。

マルは生きていた。人ごみをかきわけて彼に抱きつきたかったけれど、いまはただほっとしてここに立っているしかできなかった。これからなにが起きようと、きっとわたしたちは大丈夫。そう自分に言い聞かせる。〈影溜まり〉を生き延びたのだから、わけのわからないこの状況もきっと切り抜けられる。

壇の上に視線を戻すと、浮き立った気分はしぼんだ。〈闇の主《ダークリング》〉がまっすぐにわたしを見つめている。さっきと同じくつろいだ姿勢のままで、ラヴスキー大佐の話に耳を傾けていることに変わりはなかったが、そのまなざしは熱を帯びたものになっていた。彼が大佐に視線を移したところで、わたしは息を止めていたことに初めて気づいた。

襲撃を生き残ったみすぼらしい集団が壇の下までやってくると、ラヴスキー大佐が命じた。

「船長、報告しろ」

船長は直立不動のまま、抑揚のない声で話し始めた。「横断を始めて三十分ほどたったころ、ヴォルクラの大きな群れに遭遇しました。そこで身動きできなくなり、多数の死傷者が出ました。わたしは砂船の右舷側で戦っていましたが、そのとき……」船長はそこで躊躇した。再び口を開いたときは、その声は自信なさげなものに変わっていた。「なにがあったのか、はっきりとはわかりません。まばゆい光でした。昼間よりもっと明るくて、まるで太陽を見つめているようでした」

あたりがざわめいた。生き残った人々はうなずいていて、気づけばわたしもうなずいていた。わたしもまばゆい光を見たのだ。

船長は再び背筋を伸ばすと、言葉を継いだ。「ヴォルクラは散り散りになり、光が消えていきました。わたしは即座に乾ドックに戻るように命じました」

「娘はどうした?」〈闇の主《ダークリング》〉が尋ねた。

わたしのことを訊いているのだと気づいて、冷たい恐怖が胸を貫いた。

「気づきませんでした、閣下《モア・ソヴェレニエ》」

〈闇の主《ダークリング》〉は片方の眉を吊りあげて、ほかの人たちを見まわした。「なにが起きたのか、実際に見た者はいないのか？」その声は冷ややかで、超然としていて、無関心にも聞こえた。

生き残った人々はたがいに言葉を交わしていたが、やがて主任地図製作者がおそるおそる前に歩み出た。わたしは彼が気の毒になった。こんなにだらしない格好をしているのを見るのは初めてだ。まばらな茶色い髪はあらゆる方向に突っ立ち、台無しになったコートを神経質そうに握りしめている。

「なにを見たのかを説明しろ」ラヴスキーが言った。

地図製作者は唇をなめた。「わたしたちは……襲撃されました」震える声で言う。「いたるところで戦いが行なわれていたんです。すさまじい音。一面の血……少年のひとり、アレクセイが連れ去られました。本当に恐ろしかった」驚いた二羽の鳥のように、彼の手が震えていた。

わたしは顔をしかめた。アレクセイが連れ去られるのを見ていたのなら、どうして助けようとしなかったの？

彼は咳払いをした。「敵はあらゆるところにいました。一頭が彼女を狙って――」

「だれのことだ？」ラヴスキーが訊いた。

「アリーナです。アリーナ・スターコフ、わたしの助手のひとりです」

青いケフタの少女はせせら笑い、友人に顔を寄せてなにかを言った。わたしは歯を食いしばった。ヴォルクラの襲撃の話を聞いている最中でも、グリーシャはお高くとまっていられることがよくわかった。

「続けて」ラヴスキーが促した。

「一頭が、彼女とあの〈追跡者〉を狙っているのを見ました」地図製作者はマルを示した。

「あなたはどこにいたのよ?」考えるより先に、わたしは怒りに満ちた口調でそう尋ねていた。全員がこちらに顔を向けたが、かまわなかった。「あなたは、わたしたちがヴォルクラに襲われているのを見た。アレクセイが連れ去られるのを見た。どうして助けてくれなかったの?」

「わたしにできることはなにもなかった」彼は両手を大きく広げて言った。「あいつらはあらゆるところにいた。混乱状態だったんだ!」

「そのひょろひょろの体でもなんとかしようと思えば、アレクセイは助かったかもしれないのに!」

息を呑む音と笑い声が聞こえた。地図製作者は怒りに顔を赤くし、わたしはすぐに後悔した。もしこの事態を乗り切ることができたなら、わたしはかなり困った羽目に陥るだろう。

「そこまでだ!」ラヴスキーが怒鳴った。「おまえが見たことを話せ、地図製作者」

人々は口をつぐみ、地図製作者はまた唇をなめた。「〈追跡者〉は倒れ、彼女がその傍らにいました。ヴォルクラがふたりに襲いかかって彼女の真上まで来たとき……彼女が光ったんです」

グリーシャは懐疑と嘲りの声をあげた。笑いだした者もいた。わたしもこれほど怯え、当惑していなければ、同じように笑っていたかもしれない。あんなに責めるべきじゃなかったのかもしれない、疲弊した様子の彼を見ながら考える。かわいそうに、襲撃の際に頭を打ったに違いない。

「見たんだ！」彼は叫んだ。「光は彼女から出ていた！」

おおっぴらに彼をあざ笑っているグリーシャもいたが、他の者たちは「彼に話させろ！」と叫んでいた。地図製作者が助けを求めるようなまなざしを同じ船に乗っていた者たちに向けると、驚いたことに何人かがうなずいた。みんな、頭がどうかしたんだろうか？　このわたしがヴォルクラを追い払ったと本気で考えているの？

「ばかばかしい！」声があがった。青いケフタの少女だ。「なにが言いたいの、おじいさん？　〈太陽の召喚者〉を見つけたとでも？」

「別になにも言いたいわけじゃない」彼は反論した。「見たことを話しているだけだ」

「ありえないことではない」ずんぐりした体格のグリーシャが口をはさんだ。〈製作者の騎士団《マテリアルキ》〉の紫のケフタを着ている。「そういう話は――」

「ばかを言わないで」少女はいかにも軽蔑しているように笑った。「あの人はヴォルクラのせいで、頭がどうかしたに決まっている！」

あちこちで議論が始まった。

わたしは不意に激しい疲れを感じた。ヴォルクラにかぎ爪でつかまれた肩が痛む。地図製作者や船に乗っていた他の人間がなにを見たと思っているのかは知らないが、とんでもない間違いが起きていて、この喜劇の最後に笑い者になるのがわたしであることだけは確かだ。なにもかもが終わったあとでどれほどからかわれるかを思うと、身がすくんだ。いまはただ、早く終わることを願うだけだ。

「静かに」〈闇の主《ダークリング》〉はまったく声を張りあげたようには思えなかったが、その命令は部屋の隅々にまで届き、人々はとたんに口をつぐんだ。

わたしは身震いしたくなるのをこらえた。〈闇の主《ダークリング》〉はこの一連の出来事をさほどおもしろいとは思わないかもしれない。わたしを責めないでくれることを祈るだけだ。彼は冷酷なことで知られている。あとでからかわれることよりも、チベヤに追放されるかもしれないことを心配するべきなのかもしれない。それとももっと恐ろしい事態になることを。〈闇の主《ダークリング》〉が、裏切り者の口を永遠に閉じるように〈治す者《ヒーラー》〉に命じたという話をイヴァから聞いたことがあった。その男の上下の唇はひとつに結合され、彼は飢えて死んだと言う。アレクセイとわたしは、またイヴァのばかげた話が始まったと思い、笑いながら聞き流したものだ。けれどいまは確信が持てない。

「〈追跡者〉」〈闇の主《ダークリング》〉は穏やかな声で言った。「おまえはなにを見た？」

人々はいっせいにマルに顔を向け、マルは不安そうにまずわたしを、それから〈闇の主《ダークリング》〉を見た。「なにも。ぼくはなにも見ませんでした」

「その娘はおまえの脇にいた」

マルはうなずいた。

「なにか見たはずだ」

マルはもう一度わたしを見た。不安と疲労に打ちひしがれているようだ。これほど青い顔をしている彼を見るのは初めてだったから、いったいどれくらい出血したのだろうと心配になった。どうしようもない怒りがこみあげる。マルはひどい怪我を負っているのだ。こんなところでばかげた質問に答えるのではなく、体を休めているべきなのに。

「覚えていることを話せ」ラヴスキーが命じた。

マルは小さく肩をすくめると、傷の痛みに顔をしかめた。「ぼくは甲板に仰向けに倒れていました。アリーナが横にいた。ヴォルクラが急降下してくるのが見えて、ぼくたちを狙っていることがわかっていました。ぼくがなにか言うと――」

「なんと言ったのだ?」〈闇の主《ダークリング》〉の冷ややかな声が室内に響いた。

「覚えていません」マルが頑固そうに口を引き結ぶのを見て、わたしは彼が嘘をついていることを悟った。彼は覚えている。「ヴォルクラのにおいがして、ぼくたちに向かってくるのを見ました。アリーナが悲鳴をあげて、あとはなにも見えませんでした。あたりはただ……光っていたんです」

「それでは、その光がどこから出ていたのかは見なかったのだな?」ラヴスキーが尋ねた。

「アリーナじゃ……彼女には……」マルは首を振った。「ぼくたちは同じ……村の出身です」わずかに言葉が途切れたのがわかった。親のない子供の一瞬の沈黙。「彼女にあんなことができるのなら、ぼくが知っているはずです」

〈闇の主《ダークリング》〉は長いあいだマルを見つめていたが、やがてわたしに視線を戻した。

「だれにでも秘密はある」

マルはまだなにか言いたげに口を開きかけたが、〈闇の主《ダークリング》〉が手をあげてそれを押しとどめた。マルの顔に怒りがよぎったが、おとなしく口を閉じ、唇を固く結んだ。

〈闇の主《ダークリング》〉が立ちあがった。さがるようにと兵士たちに身振りで示し、その場にはわたしひとりが残された。テントのなかは不気味なほどに静まりかえり、彼がゆっくりと階段をおりてくる。

〈闇の主《ダークリング》〉が目の前で足を止め、わたしはあとずさりしたくなるのを必死でこらえた。

「さて、きみの話を聞こうか、アリーナ・スターコフ？」楽しげな口調だった。

わたしは唾を飲んだ。喉はからからで、心臓はものすごい勢いで打っていたが、なにか言わなければいけないことはわかっていた。わたしにはいっさい関わりのないことだと、彼に納得してもらわなければならない。「なにかの間違いです」声がしわがれている。「わたしはなにもしていません。どうして助かったのか、わたしにはわかりません」

〈闇の主《ダークリング》〉は考えているようだったが、やがて腕を組み、首を片側に傾げた。「ふむ」おもしろがっているような声だ。「ラヴカで起きていることはすべて知っているとわたしは思いたい。この国に〈太陽の召喚者〉がいるのなら、それを承知しているはずだと」かすかなざわめきが起きたが、彼はそれを無視してわたしをじっと見つめた。「だが、強力ななにかがヴォルクラの襲撃を止め、王の船を救ったのは事実だ」

彼は言葉を切り、この謎をわたしが解くだろうと考えているかのように答えを待った。

わたしは断固として言い張った。「わたしはなにもしていません。なにひとつ」

笑いたくなるのをこらえているのか、〈闇の主《ダークリング》〉の唇の端がぴくりとひきつった。わたしの頭の天辺から爪先まで眺めまわし、再び顔へと視線を戻す。自分がぴかぴか光る見慣れない物体になった気がした。湖岸に珍しい物が打ちあげられているのを見つけて近寄ってはみたものの、結局足で蹴り飛ばしてしまうような。

「きみの記憶も友人と同じくらい穴だらけなのか？」〈闇の主《ダークリング》〉はマルを頭で示しながら尋ねた。

「わたしは……」口ごもった。わたしはなにを覚えている？　恐怖。闇。痛み。マルの血。わたしの手の下から流れ出していた彼の命。自分の無力さに対する怒り。

「腕を出せ」〈闇の主《ダークリング》〉が言った。

「え？」

「これ以上時間を無駄にするのはやめだ。腕を出せ」

冷たい恐怖が全身を貫いた。おののきながらあたりを見まわしたが、だれも助けてくれる者はいない。兵士たちは表情のない顔で前方を見つめている。船でいっしょだった人たちは、怯え、疲れている。グリーシャは興味津々といった様子でわたしを見つめていて、青いケフタの少女は冷笑を浮かべていた。マルの顔色はますます悪くなったように見えたが、心配そうな目のなかにもわたしの求めている答えはなかった。

震えながら腕を出した。

「袖をめくれ」

「わたしはなにもしていないんです」はっきりそう告げたつもりだったけれど、弱々しく怯えた声にしかならなかった。

〈闇の主《ダークリング》〉はわたしの顔を見つめて、待っている。わたしは袖をめくった。

彼が両手を広げたかと思うと、まるで水に落としたインクのようにその手のひらになにか黒い物が丸く集まってくるのを見て、恐怖が湧き起こった。

「さあ」あたかもいっしょにお茶を飲んでいるだけのような、彼の前に立つわたしが震えてなどいないかのような、落ち着いたごく当たり前の声で彼は言った。「きみになにができるのかを見てみよう」

彼が両手を合わせたとたん、雷鳴を思わせる音が轟《とどろ》いた。その手から闇がうねるように広がっていくのを見て、わたしは息を呑んだ。黒い波がわたしを、そして他の人たちを包んでいく。

なにも見えなくなった。部屋がなくなっている。なにもかもなくなっている。恐怖のあまり悲鳴をあげると、〈闇の主《ダークリング》〉の指に手首をつかまれた。突如として、恐怖が遠ざかっていく。なくなったわけではない。怯えた動物のようにすくみあがってはいるものの、恐怖はまだ確かにそこにあったが、穏やかで確実で力のあるなにか、どこかなつかしいような気がするなにかに押しのけられていた。

どこかでわたしを呼ぶ声を感じ、驚いたことにわたしのなかにそれに答えようとするものがあった。わたしはそのなにかを押しのけ、押さえつけた。それを解き放ってしまえば、自分が破壊されることがなぜかわかっていた。

「なにもないか？」〈闇の主《ダークリング》〉がつぶやくように言った。暗闇のなかで彼がすぐそばにいることに気づいたが、パニックを起こしかけたわたしの心は彼の言葉にすがりついた。なにもない。そう、なにもない。まったくない。だからわたしを放っておいて！

わたしのなかでうごめいていたなにかがおとなしくなり、〈闇の主《ダークリング》〉の呼ぶ声に答えようとしなくなったのでほっとした。

「まだだ」彼がささやき、前腕の内側に冷たい物が押しつけられるのを感じた。それがナイフであることに気づいた次の瞬間、その刃が肌を切り裂いていた。

痛みと恐怖が全身を駆け抜けた。悲鳴をあげる。わたしのなかのなにかは、〈闇の主《ダークリング》〉の呼び声に向かってうなりながら浮かびあがってきた。止められなかった。わたしは応えた。

世界が目のくらむような白い光となって爆発した。

暗闇はガラスのように粉々に砕け散った。つかの間、驚きに大きく口を開けている人々の顔が見えた。テントの内部はまばゆい光にあふれ、熱に揺らめいている。〈闇の主《ダークリング》〉がわたしの腕から手を離すと、わたしをとらえていた奇妙な確信も同時に消えた。輝く光は消え、あとには蠟燭の明かりだけが残されたが、説明のつかないあの太陽の光と暖かさはまだ肌に感じることができた。

脚がくずおれそうになり、〈闇の主〉《ダークリング》が意外なほどたくましい片腕でわたしを支えながら抱き寄せた。

「まるでネズミみたいじゃないか」そうわたしの耳元でささやいてから、護衛兵のひとりを呼ぶ。「彼女を連れていけ」〈闇の主〉《ダークリング》が差し出したわたしを、護衛兵は手を伸ばしてつかんだ。ジャガイモの袋のように手から手へと渡されたことに屈辱を覚えたが、抗議しようにも体に力は入らず、頭も混乱していた。〈闇の主〉《ダークリング》に切られた腕の傷からは、血が滴っている。

「イヴァン！」〈闇の主〉《ダークリング》が叫んだ。長身の〈破壊する者〉《ハートレンダー》が壇上から駆けおりてきた。

「彼女を馬車に乗せろ。武装した護衛兵を常にそばにつけるんだ。小王宮《リトル・パレス》に着くまで、なにがあっても止まるな」イヴァンはうなずいた。「それから〈治す者〉《ヒーラー》に彼女の傷を治療させろ」

「待って！」わたしは声をあげたが、〈闇の主〉《ダークリング》はすでに背を向けていた。腕をつかんで引きとめると、眺めていたグリーシャたちが息を呑んだのがわかったが、それを無視して言った。「なにかの間違いです。わたしは……わたしには……」〈闇の主〉《ダークリング》がゆっくりと振り返り、つかまれている袖に青灰色の目を向けるのを見て、わたしの声は尻すぼみに小さくなった。すぐに袖を離したが、あきらめるつもりはなかった。「わたしはあなたが考えているような存在じゃありません」必死に訴える。

〈闇の主《ダークリング》〉はこちらに体を寄せ、わたしにしか聞こえないような声で言った。「自分がどういう存在なのか、きみにわかっているとは思えない」イヴァンに向かってうなずく。「行け！」

〈闇の主《ダークリング》〉は再び背を向け、相談役や大臣たちが声高に話をしている壇のほうへと足早に歩き始めた。

イヴァンが乱暴にわたしの腕をつかんだ。「行くぞ」

「イヴァン」〈闇の主《ダークリング》〉が声をかける。「口のきき方に気をつけろ。彼女はもうグリーシャだ」

イヴァンはかすかに顔を赤らめ、小さくお辞儀をしたが、わたしの腕をつかみ、引きずるようにして通路を歩いていく彼の手が緩むことはなかった。

「話を聞いて」大股で歩く彼に懸命についていきながら訴える。「わたしはグリーシャじゃない。地図製作者なの。それもそんなにうまくもない」

イヴァンは耳を貸そうともしなかった。

わたしは振り返り、そこにいる人々を見た。マルが砂船の船長と言い合いをしている。わたしの視線を感じたかのように、彼が顔をあげてこちらを見た。その血の気のない顔に、わたしと同じ恐怖と困惑が浮かんでいる。彼の名を呼び、駆け寄りたかったけれど、次の瞬間には人ごみに呑まれてその姿は見えなくなっていた。

4

イヴァンに引きずられるようにしてテントから午後の日差しのなかへと出たときには、落胆のあまり涙が浮かんでいた。そのまま低い丘をくだり、〈闇の主《ダークリング》〉の馬車がすでに待機している道路へと歩いていく。馬にまたがった〈召喚者の騎士団《エセリアルキ》〉のグリーシャたちがその馬車を取り囲み、武装した騎兵隊がさらにその両脇を固めていた。灰色の制服姿の〈闇の主《ダークリング》〉の護衛兵ふたりが、〈生者と死者の騎士団《コーポラルキ》〉の赤いケフタを着た男女といっしょに馬車の扉の脇で待っていた。

「乗れ」イヴァンはそう言ってから、〈闇の主《ダークリング》〉の言葉を思い出したらしく、言い添えた。

「よろしければ」

「いや」

「なんだって？」イヴァンは心底驚いたようだ。グリーシャたちも仰天した顔になった。

「いや！」繰り返した。「わたしはどこにも行かない。あれはなにかの間違い。わたしは——」

イヴァンはわたしの言葉を遮り、腕をつかんだ手にさらに力をこめた。「〈闇の主《ダークリング》〉は問違ったりしない」ぐっと顎に力をこめて言う。「馬車に乗るんだ」

「乗りたくない――」

イヴァンはわたしの鼻からほんの数センチのところまで顔を近づけ、唾を吐きかけながら言った。「あんたがなにをしたいかなんてどうでもいい。数時間もたたないうちに、フョーダのスパイやシュー・ハンの暗殺者はひとり残らず、〈影溜まり〉でなにがあったかを知るだろう。全員があんたを追ってくる。おれたちの唯一のチャンスは、あんたが何者であるかをだれかに気づかれる前にオス・アルタに連れていき、王宮に匿うことだ。わかったら、さっさと馬車に乗ってくれ」

イヴァンはわたしを馬車に押しこむと自分も乗りこみ、うんざりした様子でわたしの向かいに腰をおろした。続いて女性のグリーシャ、さらに〈護衛団《オプリクニキ》〉のふたりが乗ってきて、わたしをはさんで座った。

「わたしは〈闇の主《ダークリング》〉の捕虜っていうこと？」

「保護しているんだ」

「なにが違うの？」

イヴァンの表情を読み取ることはできなかった。「違いがわかる日が来ないことを祈るんだな」

わたしは顔をしかめ、クッションつきの座席にもたれた。とたんに痛みに息を吸いこんだ。怪我のことをすっかり忘れていた。

「手当してくれ」イヴァンが女性のグリーシャに言った。彼女のケフタの袖には〈治す者《ヒーラー》〉であることを示す銀色の刺繍が施されている。

彼女は護衛兵のひとりと席を交代し、わたしの隣に座った。

外の兵士が馬車をのぞきこんで言った。「準備ができました」

「よし」イヴァンが応じる。「警戒を怠らずに走り続けろ」

「止まるのは馬を交換するときだけです。それ以外に止まったときは、なにかが起きたということです」

兵士はドアを閉め、姿を消した。馭者は一瞬たりともためらわなかった。掛け声と鞭を当てる音と共に、馬車は動き始めた。パニックの波が押し寄せてくる。いったいわたしになにが起きているの？　馬車の扉を開けて、逃げ出そうかと思った。でも、どこに？　軍の野営地の真ん中で武装兵に囲まれているというのに。たとえそうでないとしても、いったいどこに行けばいい？

「コートを脱いでちょうだい」隣の女性が言った。

「え？」

「傷を見せて」

断ろうと思ったが、無意味だと考え直した。ぎこちなくコートを脱ぎ、彼女がシャツを肩からずらすあいだ、じっとしていた。〈生者と死者の騎士団《コーポラルキ》〉の〝生者〟の部分に意識を集中させようとしたが、グリーシャに傷を治してもらうのは初めてだったから、全身の筋肉が恐怖に強張っている。

彼女が小さな鞄からなにかを取り出すと、鼻をつく化学物質のにおいが馬車のなかに充満した。傷をきれいにしてもらっているあいだ、膝に爪を食いこませて痛みに耐える。それが終わると、両肩のあいだにちくちくする熱い痛みを感じた。唇を強く噛んで、背中を掻きたくなるのを必死でこらえた。ようやく手当が終わり、彼女がシャツをもとどおりにしてくれた。そっと両肩をまわしてみる。痛みは消えていた。

「次は腕」彼女が言った。

〈闇の主《ダークリング》〉のナイフで切られた傷のことなどほとんど忘れていたが、手首と手はまだ血でべたべたしている。彼女は傷口をきれいにすると、わたしの腕を光にかざした。「動かないで。でないと、傷跡が残る」

動かないでいようとしたが、揺れる馬車のなかではそれも難しかった。〈治す者《ヒーラー》〉が傷の上でゆっくりと手を動かすと、肌が熱くうずくのがわかった。すさまじい痒みが襲ってくると同時に、傷口の両脇の皮膚が震え、ひとつに合わさって閉じるのをわたしは呆然として眺めた。

痒みが治まり、〈治す者《ヒーラー》〉は手を放して座り直した。傷のあった腕に触れてみる。切られたあたりがわずかに盛りあがっていたけれど、それだけだった。

「ありがとう」わたしはおののきつつ、お礼を言った。

〈治す者《ヒーラー》〉はうなずいた。

「あんたのケフタを彼女にやってくれ」イヴァンが〈治す者《ヒーラー》〉に言った。

彼女は顔をしかめたが、ためらったのはほんの一瞬で、すぐに赤いケフタを脱ぐとわたしに差し出した。

「どうしてこれがいるの？」わたしは尋ねた。

「いいから受け取れ」イヴァンが叱りつけるように言った。

わたしは〈治す者《ヒーラー》〉からケフタを受け取った。彼女の表情は変わらなかったが、手放したくないと思っているのがよくわかった。

代わりに血で汚れたわたしのコートを渡すべきかどうか決めかねているうちに、イヴァンが屋根をこつこつと叩き、馬車は速度を落とし始めた。完全に止まるのを待つことなく、〈治す者《ヒーラー》〉は扉を開けて、馬車から飛びおりた。

イヴァンが扉を閉めた。護衛兵がふたたびわたしの隣に座り、馬車はまた元の速度で走りだした。

「彼女はどこに？」

「クリバースクに戻る」イヴァンが答えた。「乗る者が少ないほうが、早く走れる」

「あなたのほうが彼女より重そうだけれど」わたしはつぶやいた。

「ケフタを着ろ」

「どうして？」

「それは、〈製作者の騎士団《マテリアルキ》〉の芯布でできている。ライフルの弾にも耐えられる」

わたしはまじまじと彼を見つめた。そんなことがありえるんだろうか？　致命傷になってもおかしくない銃撃を受けたにもかかわらず、生き延びたグリーシャの話は何度も聞いていたが、本気にしたことはなかった。だがその話の裏には、〈作り出す者《ファブリケーター》〉たちの作った布があったのかもしれない。

「あなたたちはみんなこれを着ているの？」ケフタに袖を通しながら尋ねる。

「戦場にいるときは」護衛兵が答えたので、わたしは思わず飛びあがりそうになった。護衛兵が口を開いたのはこれが初めてだ。

「あとは、頭を撃たれないようにするだけだ」イヴァンが人を見下すようににやりとした。

わたしはそれを無視した。ケフタはぶかぶかだ。裏当ての毛皮の柔らかくて温かな感触は、初めて知るものだった。唇を噛んだ。普通の兵士は着ていないのに、護衛兵とグリーシャだけが芯布を着ているのは不公平だと思えた。わたしたちの上官も着ていたんだろうか？

馬車は速度をあげた。〈治す者《ヒーラー》〉が治療をしているあいだに馬車はクリバースクの町を出ていて、夕暮れが迫っていた。わたしは身を乗り出して窓の外に目を凝らしたが、あたりは薄暮に包まれている。また涙がこみあげるのを感じて、まばたきしてそれをこらえた。ほんの数時間前のわたしは、未知なるところへ連れていかれようとしている怯えた少女だった。けれど少なくとも、自分がだれで、何者であるかはわかっていた。文書係用テントのことを思い出すと、心が痛んだ。ほかの測量士たちはいまごろ、作業をしているだろう。アレクセイのことを悲しんでいるだろうか？　わたしや、〈影溜まり〉で起きたことを話題にしているだろうか？

膝の上で丸めていたしわくちゃの軍支給のコートを握りしめた。なにもかも夢に決まっている。〈影溜まり〉の恐怖が作りだした、ばかげた幻覚に違いない。このわたしがグリーシャのケフタを着て、〈闇の主《ダークリング》〉の馬車に乗っているなんて現実とは思えない。昨日、轢《ひ》かれそうになったばかりのこの馬車に。

だれかが馬車のランプに火を灯《とも》したので、豪華な内装がよく見えるようになった。座席はクッションのよく効いた黒いベルベットだ。窓ガラスには、〈闇の主《ダークリング》〉のシンボルが刻まれている。日食を表わす、重なり合ったふたつの円だ。

向かいの席では、ふたりのグリーシャが好奇心も露わにわたしを見つめていた。彼らの赤いケフタは最上級のウールで、豪華な黒の刺繡が施され、黒の毛皮で裏打ちされている。金髪の〈破壊する者《ハートレンダー》〉は痩せぎすで、哀愁を帯びた顔立ちだった。癖のある茶色い髪と日に焼けた肌をしたイヴァンのほうが、長身で体つきもがっしりしている。あらためてまじまじと見てみると、彼がハンサムであることを認めざるを得なかった。自分でもそのことを知っている。ハンサムな大人のいじめっ子。

座ったまま落ち着きなく身じろぎした。ふたりに見つめられて居心地が悪かったので窓の外に目を向けたが、そこに見えるのは濃くなる夕闇と窓ガラスに映る自分の青い顔だけだ。ふたりに視線を戻し、いらだちを抑えこもうとした。どちらもまだわたしを見つめている。ふたりは手を触れることなくわたしの心臓を爆発させられるのだと自分に言い聞かせてみたものの、やがて我慢できなくなった。

「芸もなにもしないから」つっけんどんに言う。

ふたりのグリーシャは目と目を見交わした。

「あのテントで披露した芸はなかなかのものだったぞ」イヴァンが言った。

わたしは天を仰いだ。「なにかおもしろいことをするときは、その前に教えるようにするから……だからひと眠りでもしてもらえないかしら」

イヴァンはむっとしたようだ。背筋がぞくりとしたが、金髪のグリーシャは大声で笑いだした。

「おれはフェデョール。こいつはイヴァンだ」

「知っている」そう答えてから、アナ・クーヤの非難がましい目つきを真似して言い添えた。「お会いできて光栄だわ」

ふたりはおもしろそうに顔を見合わせたが、わたしはそれを無視し、どうにかして楽な姿勢を取ろうとした。重武装の兵士が座席のほとんどを占めていたから、簡単にはいかない。

道路に凹凸があったのか、馬車ががくんと揺れた。

「大丈夫なの？　夜に走っても？」

「いいや」フェデョールが答えた。「だが止まるほうがはるかに危険だ」

「わたしを追っている人がいるから？」皮肉っぽく言ってみた。

「まだいないとしても時間の問題だ」

わたしは鼻を鳴らした。フェデョールは眉を吊りあげた。「数百年というもの、〈影溜まり〉はおれたちの敵だった。港を使えなくさせ、おれたちを閉じこめ、弱体化させていた。あんたが本当に〈太陽の召喚者〉なら、あんたの力が〈影溜まり〉に穴を開ける鍵になるかもしれない。それどころか、破壊できるかもしれない。フォーダとシュー・ハンは、なんとしてもそれを阻止しようとするだろう」

唖然として彼を見つめた。いったいわたしになにを期待しているのだろう？　それができないとわかったら、わたしをどうするつもりだろう？　「ばかばかしい」

フェデョールは上から下までわたしを眺め、かすかに笑った。「かもしれないな」

わたしは顔をしかめた。なぜかその言葉に、ばかにされたような気がした。

「どうやって隠していた？」イヴァンが唐突に尋ねた。

「なんのこと？」

「あんたの力だ」いらだたしげに言う。「どうやって隠していた？」

「隠してなんかいない。そんなものがあるなんて知らなかった」

「ありえない」

「でも事実よ」

「審査されなかったのか？」

かすかな記憶が蘇った。ケラムツィンの居間にいたケフタを着た三人。女性の横柄なお辞儀。

「もちろんされたわ」

「いつだ？」

「八歳のとき」

「ずいぶん遅いな。どうしてあんたの親はもっと早く審査を受けさせなかった？」

ふたりとも死んでいたから、そう思っただけで口には出さなかった。ケラムソフ公爵のところの孤児には、だれも注意を払うことなんてなかったから。わたしは肩をすくめた。

「どうも筋が通らない」イヴァンがぼやくように言った。

「さっきからずっとそう言っているじゃない！」わたしは身を乗り出し、すがる思いでイヴァンからフェデョールに視線を移した。「わたしはあなたたちが考えているような存在じゃない。グリーシャじゃない。〈影溜まり〉で起きたことは……なにがあったのかはわからないけれど、でもあれをやったのはわたしじゃない」

「グリーシャのテントで起きたことはどうだい？」フェデョールが穏やかに尋ねた。

「説明はできないけれど、でもわたしがやったんじゃない。わたしに触れたとき〈闇の主《ダークリング》〉がなにかしたのよ」

イヴァンが笑った。「彼はなにもしないよ。彼は増幅者なんだ」

「え？」

ふたりはまた目と目を見交わした。

「ううん、いい。忘れて」

イヴァンは襟の内側に手を突っこみ、細い銀の鎖の先についたものを引っ張り出すと、よく見えるようにわたしのほうに差し出した。鋭くとがった黒いかぎ爪のようだ。

好奇心に負けて、わたしは身を乗り出した。

「これはなに？」

「おれの増幅物さ」イヴァンは誇らしげだ。「シャーバーン熊の前足のかぎ爪だ。学校を卒業して、〈闇の主《ダークリング》〉に仕えるようになったときにおれが殺した」彼は座席の背にもたれると、鎖を襟の内側に戻した。

「増幅物はグリーシャの力を増大させる」フェデョールが説明した。「だがそのためには、まず力が存在しなくてはならない」

「グリーシャはみんなこれを持っているの？」わたしは尋ねた。

フェデョールは体を強張らせた。「いいや。増幅物は珍しくて、なかなか手に入らない」

「〈闇の主《ダークリング》〉のお気に入りのグリーシャだけが持っているんだ」イヴァンが満足げに言い、わたしは訊かなければよかったと後悔した。

「〈闇の主《ダークリング》〉は生きている増幅者だ」フェデョールが言った。「あんたが感じたのはそれだよ」

「かぎ爪みたいに？　それが彼の力なの？」

「彼の力のひとつだ」イヴァンが言いなおした。

不意に寒気を感じ、ケフタを体に強く巻きつけた。〈闇の主《ダークリング》〉に触れられたとき、わたしを満たした確信とどこか覚えのある妙な感覚を思い出した。応えを求め、わたしを呼んでいる声。恐ろしかったけれど、心が浮き立つようでもあった。あの瞬間、あらゆる疑念と恐怖は絶対的な確信に代わっていた。わたしは誰でもない。名前もない村からの避難民で、しだいに深まる闇のなかをひとりで走っていた痩せこけて不細工な娘にすぎない。だが〈闇の主《ダークリング》〉の指に手首を握られたときは、それ以上の存在であるかのように感じられた。目を閉じ、意識を集中させて、あの確信を思い出そうとしてみた。あの確かな感覚と完璧な力に命を与えようとしてみた。けれどなにも起きなかった。

ため息をついて目を開けると、イヴァンがいかにもおもしろそうな顔でわたしを見ていた。思わず、蹴っ飛ばしたくなった。

「みんなさぞかしがっかりするでしょうね」わたしはつぶやいた。

「あんたのためにも、それが間違っていることを祈るよ」イヴァンが言った。

「おれたちみんなのために」フェデョールが言った。

どれくらい時間がたったのだろう。窓の外を夜が過ぎ、昼が過ぎていった。わたしはほとんどの時間を、なにか見慣れた物はないかと外の景色を眺めて過ごした。脇道を行くのだろうと思っていたが、ずっとヴァイを走り続けていて、〈闇の主《ダークリング》〉は身を隠すことよりも速さを優先したのだとフェデョールが説明してくれた。わたしの力についての噂がラヴカの国境内にいる敵のスパイや暗殺者の耳に入る前に、なんとかオス・アルタの二重の城壁の向こう側にたどり着きたいと考えているらしい。

馬車は容赦のない速度で走り続けた。時折、馬を交換するために止まるだけで、そのときはわたしも脚を伸ばすことができた。たまに眠りに落ちたときには、怪物の夢を見た。一度、ぎくりとして目を覚ますと、心臓が激しく打っていて、フェデョールがわたしを見つめていたことがあった。イヴァンはその横で大きないびきをかいている。

「マルってだれだ?」彼が訊いた。

寝言を言っていたらしい。わたしは気まずくなって、隣にいる護衛兵たちに目を向けた。ひとりは無表情に前を見つめていたし、もうひとりはうとうとしている。馬車の外では、樺の木立の合間から午後の日の光が射しこんでいた。

「だれでもない。友だちよ」わたしは答えた。

「あの〈追跡者〉?」

うなずいた。「〈影溜まり〉でいっしょだった。わたしの命を助けてくれた」

「そしてあんたが彼の命を助けた」

そうじゃないと言おうとしてやめた。わたしはマルの命を救ったの? そう思うとはっとした。

「すばらしいことだ。命を救うのは。あんたは大勢の命を救った」

「足りなかった」暗闇に引きずりこまれたアレクセイの恐怖に満ちた顔を思い出しながら、わたしはつぶやいた。もしわたしにそんな力があったのなら、どうして彼を救えなかったのだろう？〈影溜まり〉で死んでいったほかの大勢の人たちも。「本当に命を救うのがすばらしいことだと思っているのなら、どうして〈破壊する者《ハートレンダー》〉じゃなくて〈治す者《ヒーラー》〉にならなかったの？」

フェデヨールは過ぎゆく景色を見つめた。「グリーシャの中でも〈生者と死者の騎士団《コーポラルキ》〉はもっとも険しい道を行く。多くの訓練と勉学を必要とするんだ。それをすべて終えたとき、おれは、〈破壊する者《ハートレンダー》〉としてより多くの命が救えると思った」

「殺し屋として？」わたしは驚いて訊き返した。

「兵士としてだ」フェデヨールは肩をすくめた。「殺すのか、あるいは治すのか？」寂しげな笑顔だ。「おれたちはひとりひとり違う能力を与えられている」不意に彼の表情が変わった。すっくと背筋を伸ばし、イヴァンの脇腹を突く。「起きろ！」

馬車が止まった。わたしは狼狽してあたりを見まわした。「わたしたち——」言いかけたところで、隣の護衛兵が人差し指を自分の唇に当てながら、もう一方の手でわたしの口を押さえた。

馬車の扉がさっと開き、兵士が顔をのぞかせた。

「道路に倒木があります。でも罠かもしれません。油断せずに——」

彼が最後まで言い終えることはなかった。銃声が轟《とどろ》き、彼はがくりと前に倒れた。背中に命中したようだ。突如として、一斉射撃を加えるライフルの軽やかな銃声とうろたえた叫び声があたりに満ちた。

「伏せろ！」隣の護衛兵が叫んでわたしに覆いかぶさると同時に、イヴァンが死んだ兵士を外に蹴り出して扉を閉めた。

「フォーダ人だ」外をのぞいた護衛兵が言った。

イヴァンはフェデヨールとわたしの隣の護衛兵に向かって言った。「フェデヨール、彼といっしょに行け。おまえはこっち側だ。おれは反対側に行く。なんとしても馬車を守るぞ」

フェデヨールはベルトから大きなナイフを抜き、わたしに差し出した。「床に伏せて静かにしているんだ」

ふたりのグリーシャは護衛兵といっしょに窓の脇にしゃがみこんでタイミングを計っていたが、イヴァンの合図と共に馬車の両側から飛び出すと、勢いよく扉を閉めた。わたしはナイフのどっしりした柄を握りしめ、床の上で小さくなった。膝を抱えるようにして、座席の下側に背中を押しつける。外からは戦いの音が聞こえてきた。金属同士がぶつかる音、うめき声、怒声、馬のいなき。窓ガラスにだれかの体が叩きつけられて、馬車が揺れた。護衛兵のひとりであることに気づいてぞっとした。ガラスに赤い染みを残し、その姿は消えた。

馬車の扉が開き、金色のひげをはやした荒々しい顔がなかをのぞきこんだ。わたしはナイフを体の前で構えながら、反対側の扉へとあわててあとずさった。男は聞き慣れないフォーダの言葉で仲間に何事かを叫ぶと、わたしの脚に手を伸ばした。その手を蹴ろうとしたところで背後のドアがいきなり開き、わたしはもうひとりのひげの男の腕のなかに危うく転げおちそうになった。男に脇を抱えられるようにして馬車から引きずりおろされ、大声でわめきながらナイフを振りまわした。

ナイフが当たったらしく、男は悪態をつきながらわたしをつかんでいた手を離した。すぐさま立ちあがり、走りだす。そこは木に覆われた深い渓谷のなかだった。丘と丘にはさまれて、ヴァイの道幅は狭まっている。いたるところで、兵士とグリーシャがひげ面の男たちと戦っていた。グリーシャの放つ炎が当たった木々が燃えている。フェデヨールが手を突き出すと、彼の前にいた男が胸を押さえ、口から血を滴らせながら地面にくずおれるのが見えた。

ただ闇雲に走った。肩で息をしながら、一番近い斜面をよじのぼる。地面を覆う落ち葉で足がすべった。ようやく半分ほどのぼったところで、うしろから何者かが飛びかかってきた。前につんのめり、そのまま斜面を落ちていく。落下を止めようとして腕を広げると、手からナイフが飛んだ。

体をひねり、脚をつかんだ金色のひげの男を蹴飛ばす。必死の思いで斜面の下を見おろしたが、兵士とグリーシャたちは自分の命を守るために戦っていた。明らかに敵の数が上まわっていて、わたしを助けに来ることはとうてい無理だ。身をよじり、手足をばたつかせたが、フョーダ人の男はあまりに強かった。わたしに馬乗りになると、両膝で腕を押さえこみ、自分のナイフに手を伸ばした。

「いまここではらわたを掻き出してやる、魔女め」強いフョーダなまりで言う。

ひづめの音が聞こえたのはそのときだった。男はさっと道路のほうに顔を向けた。

赤と青のケフタをひるがえし、それぞれの手を炎と稲妻に輝かせながら、馬に乗った一団が峡谷へと勢いよく駆けこんできた。先頭の男は黒の衣装に身を包んでいる。〈闇の主《ダークリング》〉は馬から降りると、両手を大きく広げ、轟くような音と共にその手を打った。合わせた手のあいだから闇の糸がするすると伸びて峡谷をのたうちながら進んでいき、フョーダの殺し屋たちを見つけてはその体に巻きついて、煮えたぎる影で顔を包んでいく。殺し屋たちは悲鳴をあげた。剣を取り落とす者もいれば、ただひたすら両手をばたつかせている者もいる。

ラヴカの戦士たちがその機を逃さず、視界を閉ざされて無抵抗になった敵をやすやすと切り倒していくのを、わたしは畏怖と恐怖の入り混じった思いで眺めていた。

わたしに馬乗りになっているひげ面の男は、なにか理解できない言葉をつぶやいた。祈りだったかもしれない。凍りついたように〈闇の主《ダークリング》〉を見つめている。彼の恐怖が手に取るようにわかった。わたしはその隙を逃さなかった。

「ここよ！」斜面の下に向かって叫ぶ。

〈闇の主《ダークリング》〉がこちらを向き、両手をあげた。

「やめろ！」男はナイフを高く掲げて叫んだ。「娘《ネイ》の心臓をナイフで貫いてほしいのか？」

わたしは息を止めた。沈黙が峡谷を支配し、瀕死の男たちのうめき声だけが聞こえている。〈闇の主《ダークリング》〉は手をおろした。

「おまえは包囲されている」穏やかな彼の声が木々のあいだを運ばれていく。

男は左右に目をやり、それからラヴカの兵士たちがライフルを構えながら近づいてくる丘の頂を見あげた。その隙に、〈闇の主《ダークリング》〉は数歩斜面をのぼった。

「近づくな！」男がわめいた。

〈闇の主《ダークリング》〉は立ち止まった。「彼女を渡せ。そうすれば、おまえを王のもとに無事に返してやろう」

男はばかにしたように小さく笑った。「おっと、それはないな」首を振りながら、わたしの心臓の上にナイフを振りあげる。その鋭い先端が日光を受けてギラリと光った。「〈闇の主《ダークリング》〉は命を助けたりしない」男はわたしを見おろした。そのまつ毛はほとんど見えないくらいの淡い金色だ。「やつにはおまえを渡さない」歌うように言う。「やつには魔女を渡さない。この力も渡さない」そしてナイフをさらに振りあげ叫んだ。「フョーダ《スカーデン・フョーダ》に栄えあれ！」

きらめくナイフが弧を描きながら襲いかかってきた。わたしは思わず顔を背け、恐怖のあまり目を閉じたが、その直前、〈闇の主《ダークリング》〉が片手を前に突き出すのが視界の隅に見えた。いま一度雷鳴のような音が轟き、そして……それだけだった。

おそるおそる目を開け、そこで見た光景に息を呑んだ。悲鳴をあげようとして口を開いたものの、声が出てくることはなかった。わたしに馬乗りになっていた男は真っ二つにされていた。頭部と右肩と腕は地面に落ちている。白い手はナイフを握ったままだ。残りの部分はしばらくわたしの上で揺れていて、切断された胴体の傷口から黒い煙がうっすらたちのぼっていた。やがてその胴体もどさりと前方に倒れた。

わたしは声を取り戻し、悲鳴をあげた。仰向けになったまましろにはいずり、切断された胴体から遠ざかる。立つことも、恐ろしい光景から目を逸らすこともできず、全身がどうしようもなく震えていた。

〈闇の主《ダークリング》〉は足早に斜面をのぼってくると、死体が見えないようにわたしのかたわらに膝をついた。「わたしを見るんだ」

彼の顔に焦点を合わせようとしたが、見えるのは男の切断された死体と木の葉の上の血だまりだけだった。「なにを……あなたはなにをしたの？」声が震えていた。

「しなければならないことを。立てるか？」

震えながらうなずいた。彼の手を借りて立ちあがる。わたしの視線がふたたび死体に流れると、〈闇の主《ダークリング》〉は顎に手を当て、自分のほうに向けさせた。「わたしを見ろ」

わたしはうなずき、〈闇の主《ダークリング》〉に連れられて斜面をおりるあいだ、彼だけを見ていた。

「道路を片付けろ。二十人の騎兵が必要だ」〈闇の主《ダークリング》〉は部下たちに命令をくだした。

「その娘は？」イヴァンが尋ねる。

「わたしが連れていく」

〈闇の主《ダークリング》〉は馬の脇にわたしを残し、イヴァンと護衛兵たちに指示を与えに行った。そこにフェデョールがいるのを見てほっとした。腕を押さえてはいるものの、それ以外に傷はないようだ。わたしは馬の汗ばんだ横腹を叩き、鞍の革のにおいを嗅ぎながら、激しい胸の鼓動を落ち着かせようとした。この丘に残していくもののことを考えまいとした。

数分後、兵士たちとグリーシャはそれぞれの馬にまたがった。道路をふさいでいた木は片付けられ、残った者たちは傷だらけになった馬車に乗りこんだ。

戻ってきた〈闇の主《ダークリング》〉が言った。「わたしたちは南側の道を行く。最初からそうすべきだった」

「それじゃあ、あなたも間違いを犯すのね」考えるより先に言葉が口をついて出た。

手袋をはめかけていた彼の動きが止まり、わたしは唇を引き結んだ。「そういう意味じゃ――」

「もちろんわたしも間違いを犯す」彼の口の端が笑みの形に持ちあがった。「めったにないことだが」

彼はフードをかぶると、わたしを馬に乗せるため手を差し出した。わたしはためらった。目の前に立っているのは、黒いケフタに身を包んだ闇の乗り手。その顔は陰になって見えない。切断された男の姿が脳裏に蘇り、気分が悪くなった。

わたしの心の内を読んだかのように、彼が言った。「わたしはすべきことをしたんだ、アリーナ」

わかっていた。彼はわたしの命を救ってくれた。なにより、いまのわたしにほかの選択肢があるだろうか？　彼の手に自分の手を乗せ、助けを借りて鞍にまたがった。彼はわたしのうしろに座ると、馬を速足で走らせ始めた。

峡谷を抜けるころには、わたしはたったいま起きたことを現実として感じていた。

「震えているね」〈闇の主《ダークリング》〉が言った。

「わたしを殺そうとする人間にはあまり会ったことがありませんから」

「本当に？　そんな人間はもうここにはいないようだが」

振り向いて彼を見た。笑みの名残はまだそこにあったが、からかっているのかどうか確信が持てない。前方に視線を戻してから言った。「人間が真っ二つにされるのを見たばかりなんです」軽い調子で言ったつもりだったが、体がまだ震えているのを隠すことはできなかった。

〈闇の主《ダークリング》〉は手綱を片手に持ち変えると、片方の手袋を脱いだ。その手がわたしの髪をかきわけてうなじに触れるのを感じて体を強張らせたが、さっきと同じ力と確信が伝わってくると、驚きは消えて穏やかさが取って代わった。彼は片手でわたしの頭を支えながら、馬を蹴って駆け足《キャンター》で走らせた。わたしは目を閉じ、なにも考えないようにした。やがてあれほど恐ろしい出来事があったにもかかわらず、馬の背に揺られながら浅い眠りに落ちていった。

5

その後の数日は、疲労と不快感のうちに過ぎていった。わたしたちはヴァイを離れ、脇道や細いけもの道を通って、起伏のある、ときに危険な地域をできるかぎりの速さで進んだ。ここがどこで、どれくらい進んだのか、まったくわからなくなっていた。

二日目以降、〈闇の主《ダークリング》〉とわたしは別々の馬に乗ったが、騎兵たちのどこに彼がいるのかを意識しない時間はなかった。彼はわたしに声をかけようとしなかったので、時間がたつにつれ、怒らせてしまったのかもしれないと心配になった（ほんのわずかしか言葉を交わしていなかったから、どうやって怒らせたのかは謎だったが）。時折、彼がわたしを見ていることがあったが、その目は冷ややかで表情がなかった。

馬に乗るのはそれほど得手ではなかったので、〈闇の主《ダークリング》〉が走る速度についていくのはつらかった。鞍の上でどんな姿勢を取ろうと、体のどこかが痛んだ。馬が耳をひくつかせるのをぼんやりと眺め、燃えるように痛む脚やずきずきする腰のことを考えまいとした。五日目の夜、その日の野営地である放棄された農場にたどり着いたときには、嬉々として馬から飛びおりようとしたものの、全身があまりに強張っていたせいで、ずるずると滑り落ちるようにしか地面におりられなかった。馬を引き受けてくれた兵士にお礼を言い、水のせせらぎを頼りに足をひきずりながら小さな丘を歩いていく。

震える脚で岸辺にしゃがみ、冷たい水で顔と手を洗った。この数日で空気が変化していて、澄んだ秋の青空は陰鬱な灰色に変わっている。兵士たちは、本格的な冬がやってくる前にオス・アルタに着けると考えているようだ。でもそのあとは？　小王宮《リトル・パレス》に着いたら、なにが待っているのだろう？　彼らがわたしにやらせたいと思っていることができなかったら、いったいどうなる？　王を失望させるのは賢明とはいえない。〈闇の主《ダークリング》〉のことも。ご苦労さんと背中を叩いて、わたしを連隊に戻してくれるとは思えなかった。マルはまだクリバースクにいるのだろうか？　傷が癒えたなら、すでに〈影溜まり〉に戻されているか、あるいはほかの任務を与えられているかもしれない。グリーシャのテントの人ごみに消えた彼の顔を思った。さよならを言う機会すらなかったのだ。

迫りくる夕闇のなかでわたしは大きく伸びをし、心に貼りついた鬱々《うつうつ》とした思いを振り払おうとした。あれでよかったのかもしれない。自分に言い聞かせてみる。マルにどんなふうにさよならを言えたというの？　いい友だちでいてくれてありがとう。おかげでこれまで生きてこられた。あ、しばらく前からあなたに恋してしまってごめんなさい。手紙を書いてね！

「なにを笑っているんだ？」

振り返り、薄暮に目を凝らした。〈闇の主《ダークリング》〉の声は暗がりから漂ってくるように聞こえる。

彼は岸辺まで歩いてくるとしゃがみこみ、顔と黒髪に水をかけた。

「答えは?」わたしの顔を見ながら尋ねる。

「自分のことを」

「きみはそんなにおもしろいのか?」

「とても」

〈闇の主《ダークリング》〉は薄明かりのなかでわたしをじっと見つめた。観察されているのがわかって、落ち着かない気持ちになる。ケフタが少し埃っぽくなっているだけで、ここまでの行程は彼にほとんど影響を与えていないようだ。大きすぎる破れたケフタと汚れた髪とフョーダの暗殺者につけられた頬の痣をいやでも思い出し、恥ずかしさに肌がちりちりした。わたしをここまで連れてきたことを後悔しているんだろうか? めったにない間違いをまた犯したのだと考えているんだろうか?

「わたしはグリーシャじゃありません」思わず口走った。

「そうだという証拠がある」たいして気にかけてもいない様子で〈闇の主《ダークリング》〉が言った。「どうしてそう断言できるんだ?」

「わたしを見てください!」

「見ている」

「わたしがグリーシャに見えますか?」グリーシャはみな美しい。そばかすのある顔やつやのない茶色の髪や骨ばった腕はしていない。

り始める。

彼は首を振って立ちあがった。「きみはなにもわかっていない」そう言い残し、丘をのぼ

「説明してくれないんですか？」

「いまはだめだ」

わたしは怒りのあまり、彼の後頭部を引っぱたきたくなった。彼が人間を真っ二つにするのを見ていなければ、そうしていたかもしれない。彼のあとについて斜面をのぼりながら、肩甲骨のあいだをにらみつけるだけで我慢した。

農場の壊れた納屋のなかでは、〈闇の主《ダークリング》〉の部下たちが地面を片付け、火をおこしていた。だれかが捕まえたライチョウをその火であぶっている。全員で食べるには足りなかったが、〈闇の主《ダークリング》〉は狩りのために部下たちを森に行かせようとはしなかった。

わたしはたき火の近くに座り、自分の分を黙って食べた。食べ終えると、ほんの少しだけためらってから、すでに汚れているケフタで指を拭いた。これはわたしがこれまで身に着けた服のなかでもっとも高価なものだったし、おそらくはこれからもそうだろう。その生地が汚れ、破れているのを見ると、ひどく気持ちが滅入った。

炎の明かりに照らされて、護衛兵たちがグリーシャと並んで座っているのが見えた。何人かはすでにたき火から離れて横になっている。最初の見張りの任務を与えられている者たちもいた。残りの者たちは小さくなりつつある炎を囲んで水筒をやりとりしながら、話をしている。〈闇の主《ダークリング》〉もそのなかにいた。彼が自分の割り当て分のライチョウしか食べなかった

ことに、わたしは気づいていた。そしていま兵士たちといっしょに冷たい地面に座っている。王の次に権力のある人なのに。

わたしの視線を感じたらしく、彼がこちらを見た。花崗岩のような瞳に炎の明かりが揺らめいている。頬が熱くなった。彼が立ちあがってわたしの隣に座り、水筒を差し出してきたのでうろたえた。少しためらってからひと口飲み、その味に顔をしかめる。クヴァスをおいしいと思ったことはないが、ケラムツィンの教師たちは水のように飲んでいたものだ。マルとわたしは一度、ボトルを一本盗んだことがある。見つかったときは叩かれたが、飲んだあとの気分の悪さに比べれば、どうということはなかった。

喉が焼けるような感じがあったが、その温かさがありがたかった。もうひと口飲んでから、水筒を彼に返した。「ありがとう」少し咳きこみながら言う。

〈闇の主《ダークリング》〉もクヴァスを飲み、しばらく炎を見つめていたが、やがて言った。「いいぞ。訊きたいことがあるなら訊くといい」

わたしは不意をつかれ、まじまじと彼を見つめた。なにから訊けばいいのかわからない。疲れ切ったわたしの心は訊きたいことで溢れていたし、クリバースクを出てからというものパニックと疲労と疑念で混乱しきっている。考えをまとめるだけのエネルギーが残っているかどうかさだかではなかった。そのせいか、口を開いたときに出てきた質問には、自分でも驚いた。

「あなたはいくつですか？」

彼は困惑したようにわたしを見た。

「はっきりとはわからない」

「どうしてわからないんです？」

彼は肩をすくめた。「きみは正確には何歳だ？」

顔をしかめた。わたしは誕生日を知らない。ケラムツィンの孤児たちはみな、公爵に敬意を払って、彼と同じ誕生日を与えられていた。「それじゃあ、だいたい何歳くらいなんです？」

「どうしてそんなことが知りたい？」

「子供のころからあなたの話を聞かされてきました。それなのにあなたは、わたしとたいして年が違わないように見えます」わたしは正直に答えた。

「どんな話だ？」

「普通のことです」少しいらだちを覚えながら言う。「答えたくないなら、そう言ってください」

「答えたくない」

「え……」

やがて彼はため息をついて言った。「百二十前後だ」

「嘘でしょう？」わたしの甲高い声に、向かいに座っていた兵士たちがちらりとこちらを見た。「ありえない」少し声を潜めた。

〈闇の主《ダークリング》〉は炎を見つめて言った。「火は燃えるとき、木を使い果たしてしまう。燃え尽くせば、あとには灰しか残らない。グリーシャの力はそういうふうには働かない」

「どういうふうに働くんです？」

「力を使うことでわたしたちはより強くなる。力はわたしたちのエネルギーを消費するのではなく、与えてくれる。グリーシャはたいてい長く生きるものだ」

「それにしても百二十歳だなんて」

「確かに。グリーシャの寿命は、本人の持つ力に左右される。力が大きければ大きいほど、寿命は延びる。その力が増幅されたときは……」彼はそこから先は言わず、肩をすくめただけだった。

「あなたは生きている増幅者だと聞いています。イヴァンの熊のような」

彼の口の端に笑みらしきものが浮かんだ。「イヴァンの熊か」

恐ろしい考えが浮かんだ。「でもそれって――」

「わたしの骨や歯は、ほかのグリーシャを強くする」

「ぞっとします。心配にならないんですか？」

「ならない」彼は短く答えた。「今度はきみが答える番だ。わたしについて、どんな話を聞いている？」

わたしは落ち着きなく身じろぎした。「ええと……あなたはラヴカの外からグリーシャを集めて第二軍を強化したと、先生から訊きました」

「集める必要はなかった。彼らのほうからやってきた。ほかの国では、ラヴカほどグリーシャを大切にしない」その口調は苦々しかった。「フョーダでは魔女として火あぶりにし、カーチでは奴隷として売っている。シュー・ハンのやつらは、力の源を探るためにわたしたちの体を切り裂く。ほかには？」

「代々の〈闇の主《ダークリング》〉のなかでも、あなたが最強だと言っていました」

「お世辞はいい」

わたしはケフタの袖から出ている糸を引っ張った。〈闇の主《ダークリング》〉はわたしを見つめたまま、待っている。

「その……屋敷には年寄りの農奴がいて……」

「それで？」

「〈闇の主《ダークリング》〉は魂を持たずに生まれてきたんだって、彼は言いました。心底、邪悪な存在だけが〈影溜まり〉を作ることができるって」わたしは彼の冷ややかな顔を見て、あわてて言い添えた。「アナ・クーヤは彼をくびにして、そんなのは迷信だって言いました」

〈闇の主《ダークリング》〉はため息をついた。「それを信じているのは、その農奴だけではないだろう」

わたしはなにも言わなかった。だれもがイヴァやその老いた農奴のように考えているわけではないが、わたしも第一軍にそれなりに長くいたから、ほとんどの兵士がグリーシャを信用しておらず、〈闇の主《ダークリング》〉に対しても忠誠心を抱いていないことは知っている。

ややあってから、彼が口を開いた。「わたしの曾々祖父が〈黒の異端者〉だった。〈影溜まり〉を作った〈闇の主《ダークリング》〉だ。あれは間違いだった。強欲が生んだ実験だ。彼は邪悪だったのかもしれない。わたしにはわからない。だがそれ以来、すべての〈闇の主《ダークリング》〉は、彼がこの国に与えた損傷をもとどおりにしようとしてきた。わたしも同じだ」わたしに向き直った彼の表情は真剣だった。完璧な顔に、炎の明かりが映って揺れている。「この国を正しい状態に戻すために、わたしは人生を費やしてきた。きみは初めての希望の光なんだ」

「わたしが？」

「世界は変わりつつある。マスケット銃やライフルはほんの手始めだ。わたしは、カーチャやフョーダで作られている武器を見た。グリーシャの力の時代は終わりに近づいている」

考えただけで恐ろしかった。「でも……でも、第一軍は？　ライフルを、武器を持っているのに」

「彼らのライフルをどこで手に入れていると思う？　弾薬は？〈影溜まり〉を渡るたびに、命が失われる。分断されたラヴカでは、新しい時代を生き残ることはできないだろう。わたしたちには港が必要だ。わたしたち自身の港が。それを取り戻せるのはきみだけなんだ」

「どうやって？　どうやってわたしにそんなことができるんです？」

「わたしといっしょに〈影溜まり〉を消すことで」

首を振った。「そんなのばかげている。なにもかもばかげている」

納屋の屋根の折れた梁の合間から夜空を見あげた。そこは星でいっぱいだったが、わたしに見えているのは、そのあいだにある果てしない闇だけだった。〈影溜まり〉の死を思わせる静けさのなかに立つ自分を想像した。目も見えず、恐怖に怯え、身を守るものといえば、持っているはずの秘めた力だけ。〈黒の異端者〉のことを思った。〈影溜まり〉を作った人。いま目の前でわたしを見つめている人と同じ〈闇の主《ダークリング》〉のひとり。

「あなたがしたことはどうなんです？」おじけづく前に尋ねた。「あのフョーダ人に？」

彼は再びたき火を見つめた。「あれは〈切断〉と呼ばれている。強い力と強い意志が必要とされ、できるのはわずかなグリーシャだけだ」

消えることのない寒気を追い払おうと、わたしは腕をこすった。

彼はちらりとわたしに目を向けたが、すぐにまた、たき火に視線を戻した。「もしわたしが彼を剣で倒していたら、そんなふうには感じなかったか？」

どうだろう？　この数日、恐ろしいものなら数えきれないくらい見てきた。けれど、〈影溜まり〉での悪夢のような襲撃のあとでさえ、脳裏で繰り返され、夢の中に浸潤し、起きている世界にまで追いかけてくるのは、わたしに覆いかぶさってくる前、まだらの日光のなかで揺れていた、ひげ面の男の切断された体のイメージだった。

「わかりません」わたしは静かに答えた。

なにかが〈闇の主《ダークリング》〉の顔をよぎった。怒りのような、あるいは痛みのような。彼はそれ以上なにかを言うこともなく立ちあがり、わたしから離れていった。

暗闇に消えていく彼の姿を見送りながら、わたしは不意に罪悪感のようなものを覚えた。ばかなことを考えるんじゃないの、自分を叱りつける。彼は〈闇の主《ダークリング》〉なのよ。ラヴカで二番目に力のある人。百二十歳！　わたしが、彼の感情を傷つけることなんてありえない。だが彼の顔をよぎった表情や、〈黒の異端者〉の話をしていたときの慚愧《ざんき》に満ちた口調を思い出すと、わたしは彼のテストに落第したのだという気がしてならなかった。

二日後の夜が明けてまもなく、わたしたちはオス・アルタの有名な二重の城壁の巨大な門をくぐった。

マルとわたしが列車に乗ったのは、ここからさほど遠くないポリツナヤの軍の拠点だったが、この町に足を踏み入れたことはなかった。オス・アルタはごく裕福な人々のための町であり、軍隊と政府高官、その家族、愛人、そして彼らにサービスを提供する人々が暮らす場所だ。

シャッターをおろした店や、すでにいくつかの屋台が並び始めている大きな広場や、びっしりと建ち並ぶ小さな家の前を通り過ぎながら、わたしは失望を感じていた。オス・アルタは夢の町と呼ばれている。ラヴカの首都であり、グリーシャの住む町であり、王の大王宮《グランド・パレス》がある場所だ。それなのに目の前に広がる景色は、ケラムツィンにある町をただ大きく、汚くしただけのようにしか見えなかった。

橋までやってくると、すべては一変した。そこは小さなボートが行き来する広い運河で、対岸には白く輝くもうひとつのオス・アルタが霧のなかに浮かんで見えた。橋を進むにつれ、その運河が、背後のどこにでもある雑然とした市場の町と目の前の夢の町とを隔てる巨大な濠であることがわかってきた。

橋を渡りきると、そこはまるで別世界だった。どこを見ても噴水と広場があり、緑豊かな公園があり、美しい並木に縁取られた、ゆったりとした大通りがあった。あちらこちらの大きな邸宅の下の階には明かりが灯っている。厨房のかまどに火が入れられ、一日が始まろうとしているのだ。

通りはゆるやかにのぼり始めた。坂をあがっていくにつれ、並ぶ屋敷はさらに大きく、立派なものになっていき、やがてわたしたちはもうひとつの壁と門にたどりついた。金色に輝く門には、王の紋章である双頭の鷲の刻印がある。壁沿いに重武装の兵士たちがそれぞれの持ち場に立っているのが見えて、どれほど美しかろうと、オス・アルタは長らく戦争を続けている国の首都であるという苦々しい事実を物語っていた。

門が開いた。

わたしたちは美しい並木に縁取られた、きらきら光る砂利敷きのゆったりした道を進んだ。道をはさんでよく手入れされた庭が遠くまで広がっているのが、早朝の靄《もや》のなかに見える。そしてその先には、いくつもの大理石のバルコニーと金の噴水の上に、ラヴカの王が冬を過ごす大王宮がそびえ立っていた。

双頭の鷲が根本を飾る巨大な噴水のところまでやってくると、〈闇の主《ダークリング》〉はわたしの隣に馬を並べた。

「これをどう思う?」

わたしは彼を見つめ、それから手のこんだファサードに視線を戻した。これまで見たことのあるどんな建物より大きい。バルコニーには所狭しと像が並べられ、三階建ての建物は豪華な装飾が施された窓が並んでいる。どれも本物の金なのだろうと思った。

「とても……豪華？」言葉を選びながら答える。

〈闇の主《ダークリング》〉はかすかな笑みを口元に浮かべてわたしを見た。「こんなに醜い建物はないとわたしは思う」そう言って、再び馬を歩かせ始める。

カーブを描いて宮殿の裏側に延びている道をたどり、さらに地所の奥へと入った。生け垣の迷路を過ぎ、列柱のある礼拝堂が中央に建つ芝地を抜け、結露で曇っている巨大な温室の前を通り過ぎる。やがて林と呼べるほどの木立に入り、頭上で枝がびっしりとからみあっている長く暗い通路を進んだ。

腕の産毛が逆立った。運河を渡るときにも同じ感覚があった。ひとつの世界から別の世界へと渡るときの感覚。

樹木のトンネルを抜けて弱々しい日光の下に出ると、そこには緩やかなくだりの斜面があって、その先にこれまでに見たことのない建物があった。

「小王宮《リトル・パレス》にようこそ」〈闇の主《ダークリング》〉が言った。

ふさわしい名前とは言えない。大王宮《グランド・パレス》より小さいことは確かだが、それでも〝小《リトル》〟王宮はあきれるほどに大きかった。まるでだれかが魔法の森から彫り出したかのように、木立の向こうに黒い木の壁といくつもの金の円屋根が並んでいる。近づくにつれ、一面に鳥や花や蔦や架空の生き物の精緻な彫刻が施されていることがわかった。

濃灰色の制服をまとった使用人たちが階段の上で待っていた。わたしが馬からおりると、ひとりが駆け寄ってきて馬を受け取り、残りの人々は巨大な両開きのドアを押し開けた。わたしは見事な彫刻に手を触れたくなるのをこらえながら、彼らの前を通り過ぎた。真珠貝の象嵌細工が早朝の光を受けてきらめいている。これだけのものを作りあげるのに、いったいどれくらいの人手と時間を必要としただろう?

玄関ホールを通り過ぎると、その先は広々とした六角形の広間で、中央に四つの細長いテーブルが正方形に並べられていた。巨大な金色の円屋根は信じられないほど高く、石の床に足音が反響した。

〈闇の主《ダークリング》〉は使用人のうちから、ひとりの中年女性を脇に連れていき、潜めた声で何事かを話していたかと思うと、わたしに軽くお辞儀をし、部下たちを引き連れて大股で部屋を出ていった。

いらだちがこみあげた。納屋での夜以来、彼とはほとんど話をしていないし、ここに着いたあとなにが待っているのか、まったく聞かせてもらっていない。けれど彼のあとを追いかけるだけの度胸もエネルギーもわたしにはなかったから、おとなしく灰色の女性のあとについてもうひとつの両開きのドアをくぐり、小さな塔へと入った。

長々と続く階段を見たときには、ほとんど泣きそうになった。廊下の真ん中で寝てもいいかどうか訊いてみようか。惨めな思いで考えたものの、結局は彫刻のある手すりを頼りに、一歩ごとに抗議の声をあげるこわばった体を無理やりひっぱりあげていった。のぼりきったときには、その場に横になって眠ってしまいたいほどだったが、中年女性はすでに廊下を歩き始めていた。いくつものドアを通り過ぎ、開いた戸口の脇で制服姿の別のメイドが待っている部屋にようやくたどり着いた。

広々とした部屋と、どっしりした金色のカーテンと、きれいにタイルが敷き詰められた暖炉で燃える炎をぼんやりと意識したが、いま興味があるのは天蓋のある大きなベッドだけだった。

「なにかいるものはありますか？　食べ物は？」中年女性に訊かれたが、わたしは首を振った。いまは眠りたいだけだ。

「わかりました」彼女がうなずくと、メイドはお辞儀をし、廊下を遠ざかっていった。「それではお休みください。ドアには必ず鍵をかけてください」

わたしは目を丸くした。

「用心のためです」彼女はそう言い残して部屋を出ると、静かにドアを閉めた。

なにを用心するというの？　疑問に思ったものの、疲労のあまりそれ以上考えることができなかった。ドアに鍵をかけ、ケフタとブーツを脱ぐと、ベッドに倒れこんだ。

6

ケラムツィンに戻った夢を見た。暗い廊下をストッキングをはいただけの足でそろそろと歩きながら、マルを探している夢だ。彼が呼んでいる声は聞こえるのに、どこまで行ってもその声が近くならない。ようやく、よくふたりで窓脇のベンチに座って草地を眺めていた、青でしつらえた最上階の古い寝室の戸口にたどり着いた。マルの笑い声が聞こえる。さっとドアを開けて……悲鳴をあげた。一面、血の海だ。ヴォルクラが窓脇のベンチに止まっていて、わたしを見るとその恐ろしい口を開けて襲いかかってきた。石英のような灰色の目が見えた。

ぎくりとして目を覚まし、恐怖に震えながらあたりを見まわした。心臓が激しく打っている。つかの間、ここがどこなのか思い出せなかったが、やがてうめきながら再び枕に頭を乗せた。

ようやくうとうとしかかったところで、だれかがドアをノックした。

「あっちへ行って」布団に潜りこんだままつぶやくように言ったが、ノックの音は大きくなるばかりだ。体を起こしたものの、全身がわめいて抵抗している。頭痛もしたし、立とうとしても脚が言うことを聞いてくれなかった。

「ちょっと待って！」大声で叫ぶ。「いま行くから！」ノックがやんだ。よろめきながらドアに近づき、鍵に手を伸ばしたところでためらった。「だれ？」

「そんなことを言っている時間はないの」ドアの向こうで女性がぴしゃりと言った。「開けて。いますぐに！」

わたしは肩をすくめた。殺すなり、誘拐するなり、好きなようにすればいい。これ以上馬に乗ったり階段をあがったりしないでいいのなら、文句を言うつもりはなかった。

鍵を開けると同時にドアがさっと開き、長身の娘がわたしを押しのけるようにして入ってくると、まず部屋のなかを、それからわたしを批判的なまなざしで眺めた。間違いなく、わたしがこれまで会った誰よりも美しい。ゆるやかに波打つ深い赤褐色の髪と、大きくて金色の瞳。肌はつややかでなめらかで、完璧な頬骨はまるで大理石から切り出したかのようだ。ケフタはクリーム色で金色の刺繍があり、赤みがかったフォックスの毛皮で裏打ちされていた。

「なんとまあ」彼女はじろじろとわたしを眺めながら言った。「お風呂に入ったことはあるの？　その顔はどうしたの？」

わたしは真っ赤になり、思わず頬の痣を手で隠した。野営地を出てから一週間近くたっていたし、それ以前からお風呂に入るどころか髪も梳《と》かしていない。泥と血と馬のにおいがこびりついていた。「わたし――」

だが娘はすでに彼女について部屋に入ってきたメイドたちに命令をくだしていた。「お風呂の用意をして。熱いお風呂よ。それから、わたしの道具一式がいるわ。彼女の服を脱がせて」

メイドたちはわたしに近づいてくると、ボタンをはずそうとした。

「ちょっと！」その手を払いのけながら叫ぶ。

グリーシャの娘は天を仰いだ。「必要なら押さえつけていいから」

メイドたちはますます熱心にわたしの服を脱がせようとする。

「やめて！」叫びながら、あとずさった。メイドたちはためらい、娘の顔を見た。

本当のことを言えば、熱いお風呂と新しい服はおおいに魅力的だったのだが、横暴な赤毛の娘に振りまわされるのはごめんだ。「いったいどういうこと？　あなたはだれ？」

「そんなことをしている時間は——」

「作ればいいでしょう！」ぴしゃりと言い返す。「わたしは馬に揺られて三百キロ近くも旅してきたの。この一週間、ろくに眠れなかったし、二度も殺されかけた。だからこれ以上なにかをする前に、あなたはいったいだれなのか、わたしの服を脱がせることがどうしてそんなに大事なのかを説明してちょうだい」

赤毛の娘は大きく深呼吸をすると、子供に説明するときのようにゆっくりと言った。「わたしの名前はジェンヤ。一時間足らずのうちに、あなたは国王に謁見することになっているの。わたしの仕事は、あなたを見苦しくないようにすることよ」

怒りはあっという間に霧となって消えた。国王に謁見？　「まあ」弱々しくつぶやく。

「そのとおり。〝まあ〟よ。それじゃあ、いいかしら？」

わたしが黙ってうなずくと、ジェンヤはパンと手を叩いた。メイドたちはいっせいに行動を起こし、むしるようにしてわたしの服を脱がせるとバスルームへと引っ張っていく。ゆうべは疲れ切っていて部屋を調べる余裕はなかった。王に会うと聞かされてどうしようもなく怯え、すくみあがっていたにもかかわらず、わたしはバスルーム一面に張られた小さな青銅色のタイルと、床に埋めこまれた槌目のある銅の楕円形のバスタブを見て目を見張った。バスタブの脇の壁には貝殻のモザイクが施されている。

「入ってください！」メイドのひとりがわたしを軽く突いた。

そのとおりにした。お湯は痛いほどに熱かったが、体を慣らしながらゆっくり入るのではなく、一気につかった。軍隊での生活はとっくにわたしから慎みを奪っていたが、それでも部屋のなかで自分だけがはだかだという状況には平気でいられなかった。だれもが好奇のまなざしをわたしに向けていたからなおさらだ。

メイドのひとりが頭をつかみ、ごしごしと洗い始めたのでわたしは悲鳴をあげた。別のメイドはバスタブに身を乗り出すようにして、爪をこすっている。

それにも慣れてくると、痛む体にお湯の温かさが心地よく感じられるようになってきた。熱いお風呂になどもう一年以上も入っていなかったし、こんなバスタブを想像すらしたことはない。グリーシャになることは、確かにそれなりの利点があるようだ。一時間でも、ただゆったりとお湯につかっていられる気がしたが、メイドはわたしの全身をこすり終えると、腕をつかんで命じた。「出てください！」

しぶしぶとバスタブから出ると、メイドたちが厚手のタオルで乱暴に水気を拭った。若いメイドが差し出したどっしりしたベルベットのローブを羽織り、彼女について寝室へと戻る。メイドたちは部屋を出ていき、あとにはジェンヤとわたしだけが残された。

わたしは赤毛の娘を警戒のまなざしで見つめた。彼女はカーテンを開け、精巧な彫刻の施された木のテーブルと椅子を窓のそばに移動させていた。

「座って」その命令口調にむっとしたが、おとなしく従った。

ジェンヤのそばに小さなトランクが広げて置いてあり、そこに入っていたものがテーブルに並んでいた。ベリーや木の葉や色のついた粉のようなものがいっぱいに入ったずんぐりしたガラスの瓶だったが、ジェンヤがわたしの顎をつかんでしげしげと顔を眺め、痣のある頬を窓のほうに向けたので、それ以上のことはわからなかった。彼女は息を吸うと、頬の上で指を滑らせた。〈影溜まり〉で受けた傷を〈治す者《ヒーラー》〉が治してくれたときと同じ、ちくちくするような感覚があった。

手を握りしめて掻きむしりたくなるのをこらえながら、長く感じられる時間を耐えた。やがてジェンヤがあとずさると、痒みは消えた。彼女が小さな金の手鏡を渡してくれた。痣はきれいに消えている。恐る恐る触ってみたが、痛みもなかった。

「ありがとう」お礼を言い、鏡を置いて立ちあがろうとした。だがジェンヤはわたしを椅子に押し戻した。

「どこに行くつもり？　まだ終わっていないわ」

「でも――」

「傷を治したいだけなら、〈闇の主《ダークリング》〉は〈治す者《ヒーラー》〉を寄こしていた」

「あなたは〈治す者《ヒーラー》〉じゃないの？」

「赤を着ていないでしょう？」ジェンヤは言い返したが、その声にはどこか苦々しげな響きがあった。自分自身を示しながら言う。「わたしは〈仕立てる者《テーラー》〉よ」

わたしは当惑した。白いケフタのグリーシャを見るのは初めてだったことに気づいた。

「ドレスを作ってくれるの？」

ジェンヤはいらだった声をあげた。「ドレスじゃないわ！　これよ」ほっそりした優美な指を顔の前でひらめかせる。「わたしが、生まれながらにこんなふうだと思っているわけじゃないでしょう？」

ジェンヤの大理石のように滑らかな肌と非のうちどころのない造作を見つめ、彼女の言葉の意味を理解すると同時に、憤りが湧き起こった。「わたしの顔を変えるつもり？」

「変えるわけじゃない。ただ……少し整えるだけ」

顔をしかめた。自分がどんなふうに見えるかはわかっている。それどころか、自分の短所ならいやというほど承知していた。けれど美しいグリーシャにそれを指摘してもらう必要はない。〈闇の主《ダークリング》〉が彼女をよこしたのだと思うと、いっそう傷ついた。

「お断りよ」勢いよく立ちあがる。「〈闇の主《ダークリング》〉がわたしの顔を気に入らないと言うのなら、あきらめてもらうしかない」

「あなたは自分の顔が好きなの？」ジェンヤの口ぶりからは、純粋な好奇心がうかがえた。

「たいして好きじゃない」素っ気なく答える。「でも、それでなくてもわたしの人生は充分に混乱しているの。鏡のなかに見知らぬ顔を見つける必要なんてない」

「そういうことじゃないの。わたしにも、それほど大きな変化を起こすことはできないわ。ちょっとしたことだけ。肌を滑らかにする。ネズミみたいな髪を整える。自分のことは完璧に作りあげたけれど、わたしはそのためにずっと時間を費やしてきたわけだから」

反論したかったが、彼女は確かに完璧だった。「出ていって」

ジェンヤは小首をかしげてわたしを見つめた。「どうしてそんなにむきになるの？」

「あなたなら、ならない？」

「わからないわ。わたしは昔から美しかったから」

「それに謙虚だしね」

彼女は肩をすくめた。「本当に美しいもの。グリーシャのあいだでは、そんなことはたいして意味を持たないのよ。あなたがどんな外見をしていようと、〈闇の主《ダークリング》〉は気にも留めない。彼が重要視するのは、あなたになにができるかということだけ」

「それじゃあ、どうして彼はあなたを寄こしたの？」

「国王は美しいものが好きで、〈闇の主《ダークリング》〉はそれを知っているから。宮廷では、外見がすべてなの。あなたが本当にラヴカの救済者となるのなら……それらしく見えたほうがいい」

わたしは腕を組んで窓の外を眺めた。中央に小さな島がある小さな池に、太陽の光が反射している。いま何時で、わたしはどれくらい眠っていたのだろう？

ジェンヤがわたしに近づいてきて言った。「あなたは醜くないわよ」

「ありがとう」外に目を向けたまま、わたしは冷ややかに答えた。

「ただ……」

「疲れて見える？　弱々しい？　痩せすぎ？」

「さっき自分で言っていたとおり、あなたは何日もつらい旅をしてきたのだし――」

ため息をついた。「わたしはいつもこんなふうなの」怒りとばつの悪さが消えていくのを感じながら、冷たいガラスに額を押し当てる。わたしはなにに抗《あらが》っているんだろう？　心の声に正直に耳を傾けるのなら、ジェンヤが提供しようとしているものはおおいに魅力的だった。「わかった。やってもらう」

「ありがとう！」ジェンヤはパチンと手を叩いた。思わず険しい視線を彼女に向けたが、その声にも表情にも皮肉めいたところは少しもない。ほっとしているのだと気づいた。ジェンヤに任務を与えたのは〈闇の主《ダークリング》〉だ。もしわたしが拒否したら、彼女はどんな目に遭うのだろうかと考えてみた。彼女に促されて、もう一度椅子に腰をおろした。

「あまりやりすぎないで」

「心配ないわ。あなたはあなたのままよ。ただ、もう何時間かぐっすり眠ったように見えるだけ。わたしの腕はいいのよ」

「それはわかっている」わたしは目を閉じた。

「大丈夫、目を開けていてもいいわ」彼女は金の鏡を差し出した。「でもおしゃべりはなしよ。それからじっとしていて」

わたしは鏡を持ち、ジェンヤの冷たい指先がゆっくりと額におりてくるのを見ていた。肌がちくちくする。顔の上を移動する彼女の手を眺めるうちに、驚きを隠せなくなった。あらゆる傷、あらゆる染みが、彼女の指の下で消えていく。やがて彼女は、両目の下に親指を当てた。

「すごい！」子供のころからある目の下の黒い隈が消えたのを見て、驚きの声をあげた。

「あんまり興奮しないで。一時的なものだから」テーブルの上の薔薇に手を伸ばし、淡いピンク色の花びらを一枚むしる。それをわたしの頬に当てると、花びらの色が肌に移り、ぱっと顔が明るくなった。別の花びらを唇に当て、同じことを繰り返す。「二、三日しかもたないわ。さあ、次は髪よ」

彼女は骨でできた長い櫛と、なにか光る物がいっぱいに入ったガラスの瓶をトランクから取り出した。

仰天して尋ねる。「それって、本物の金？」

「もちろんよ」ジェンヤは光沢のないわたしの茶色い髪を、一束つかみながら答えた。頭頂部に金箔を振りかけてから、櫛で髪を梳《す》いていく。金が溶けて髪に吸いこまれていくようだ。

髪全体にそれを繰り返したあと、今度は指に巻きつけてウェーブをつけていく。

やがて彼女は、満足げな笑みを浮かべてわたしから離れた。「よくなったでしょう?」

鏡のなかの自分をじっくりと眺めた。つややかな髪。薔薇色の頬。きれいと言えるほどではないが、さっきよりずっとましになったことは確かだ。マルがいまのわたしを見たらなんていうだろうと考え、その思いを脇へ押しやった。「よくなっている」渋々答える。

ジェンヤは悲しそうなため息をついた。「いまはこれがわたしにできるせいいっぱい」

「ありがとう」わたしは冷たく言ったが、ジェンヤはにっこりとウィンクをした。

「それに、あまり国王の興味を引かないほうがいいから」その口調は軽やかだったが、彼女の顔がふと曇ったことに気づいた。彼女が部屋のドアを開けると、メイドたちがなだれこむように入ってきた。

真珠貝を星形に加工したものをはめこみ、夜空のように見せている黒檀のついたての向こう側に連れていかれた。あっという間に清潔なチュニックとズボン、柔らかな革のブーツに灰色のコートを着せられた。ただ汚れていないだけで、いつもの軍の制服であることに気づいて、がっかりした。右そでには、羅針図が描かれた地図製作者のパッチすらついている。

内心の思いが顔に出てしまったようだ。

「思っていたものとは違う?」ジェンヤがおもしろそうに訊いた。

「わたしはただ……」なにを考えていたの? 自分が本当にグリーシャのケフタを着られるとでも?

「王は、自分の軍隊から選ばれた名もない少女が来ると思っているの。いままでだれにも気づかれていなかった貴重な宝物がね。もしあなたがケフタを着ていたら、王は〈闇の主《ダークリング》〉があなたを隠していたと考えるわ」

「どうして〈闇の主《ダークリング》〉がわたしを隠すの？」

ジェンヤは肩をすくめた。「影響力を持つため。利益を得るため。いろいろある。でも王は……そうね、王がどんな人か自分の目で見るといいわ」

気分が悪くなった。これから国王に謁見するのだ。気持ちを落ち着けようとしたが、ジェンヤに連れられて部屋を出て廊下を歩いていくあいだも、脚はがくがくと震えていた。階段をおりきる直前、ジェンヤが小声で言った。「もしだれかに訊かれたら、わたしは着替えを手伝っただけだと答えるのよ。わたしはグリーシャに手を貸してはいけないことになっているの」

「どうして？」

「ばかな女王ともっとばかな廷臣たちが、不公平だと考えているから」

わたしは唖然として彼女を見た。女王にたいする侮辱は反逆と受け止められる恐れがある。だが彼女は平然としていた。

円天井の大きな広間に入っていくと、そこは真紅と紫と紺のケフタを着たグリーシャたちでいっぱいだった。その大部分はわたしと同年代のようだったが、隅のほうには年配のグリーシャも数人いる。白くなった髪と顔のしわにもかかわらず、いまもまだ驚くほど魅力的だ。

実のところ、部屋にいるだれもが、落ち着かなくなるくらいに美しかった。

「女王の言うことももっともかもしれない」わたしはつぶやいた。

「あら、あれはわたしがしたことじゃないわ」

顔をしかめた。もしジェンヤの言っていることが本当なら、わたしが彼らの一員ではないというもうひとつのはっきりした証拠になる。

わたしたちが広間に入ってきたことに気づいたらしく、沈黙が広がって、全員の視線がわたしに注がれた。

赤いケフタを着た長身で分厚い胸のグリーシャが近づいてきた。よく日に焼けていて、いかにも健康そうだ。彼はお辞儀をして言った。「おれはセルゲイ・ベズニコフだ」

「わたしは――」

「きみが何者かはもちろん知っている」セルゲイは、白い歯をきらめかせながらわたしを遮って言った。「さあ、おれがきみをみなに紹介しよう。おれたちといっしょに来るといい」

セルゲイはわたしの肘を取ると、〈生者と死者の騎士団《コーポラルキ》〉のグループのほうにいざなおうとした。

「彼女は召喚者よ、セルゲイ」青のケフタを着た豊かな茶色い巻き毛の娘が言った。「わたしたちといっしょにいるべきだわ」彼女のうしろにいるほかの〈召喚者の騎士団《エセリアルキ》〉たちから賛同の声があがった。

「マリー」セルゲイは少しも心のこもっていない笑みを浮かべて言った。「まさか彼女に、下の階級のグリーシャとして広間に入れと言っているわけじゃないだろうね？」

マリーの雪花石膏のような肌がまだらに赤く染まり、数人の召喚者が立ちあがった。

「〈闇の主《ダークリング》〉も召喚者だということを忘れたわけじゃないでしょうね？」

「〈闇の主《ダークリング》〉と自分を同列にしようっていうのかい？」

マリーがあれこれとまくしたて始めたので、わたしはとりなそうとして言った。「ジェンヤといっしょに行ってはいけないの？」

そこここから忍び笑いが聞こえた。

「〈仕立てる者《テーラー》〉と？」セルゲイはあきれたような顔をしている。

ジェンヤに目を向けると、彼女は笑顔で首を振っていた。

「彼女はわたしたちの一員よ」マリーが言い張り、あちこちで議論が始まった。

「彼女はわたしが連れていく」低い声が響き、部屋は静まりかえった。

7

振り返ると、イヴァンと見たことのあるもうひとりのグリーシャにはさまれて、〈闇の主《ダークリング》〉がアーチ形の入口の下に立っていた。マリーとセルゲイがあわててあとずさる。〈闇の主《ダークリング》〉は集まった人々を見渡して言った。「お待ちかねだ」

とたんに部屋中がざわつきだし、グリーシャたちは立ちあがって大きな両開きのドアから外に出る準備を始めた。二列になって並ぶ。先頭が〈製作者の騎士団《マテリアルキ》〉、つぎに〈召喚者の騎士団《エセリアルキ》〉、最後が〈生者と死者の騎士団《コーポラルキ》〉。つまり、階級のもっとも高いグリーシャが謁見室に最後に入ることになる。

わたしはどうすればいいかわからなかったので、その場に立ったまま彼らを眺めていた。ジェンヤの姿を探したが、どこにも見当たらない。その直後、〈闇の主《ダークリング》〉が現われて隣に立った。わたしは彼の青白い横顔、鋭い顎のライン、花崗岩のような瞳を見あげた。

「よく休めたようだな」

むっとした。ジェンヤがしたことを歓迎しているわけではなかったが、美しいグリーシャでいっぱいの部屋にいると、彼女に感謝すべきだということはよくわかった。いまもまだ場違いな感じは否めないものの、彼女の助けがなかったらもっと悪い意味で目立っていただろう。

「ほかにも〈仕立てる者《テーラー》〉はいるんですか？」わたしは尋ねた。「わたしたちのように」

「ジェンヤは特別な存在だ」〈闇の主《ダークリング》〉はちらりとわたしに目を向けた。

〝わたしたち〟という言葉に感じたかすかな興奮を無視して訊いた。「どうして彼女はほかのグリーシャといっしょじゃないんですか？」

「ジェンヤは女王に付き添わなければならないからだ」

「どうして？」

「能力が現われ始めたとき、〈製作者の騎士団《マテリアルキ》〉になるか〈生者と死者の騎士団《コーポラルキ》〉になるかを彼女に選ばせることもできた。だがわたしはそうする代わりに彼女の特殊な力を育てて、女王への贈り物にした」

「贈り物？　グリーシャも農奴と同じようなものだっていうことですか？」

「わたしたちはみな、だれかに仕えている」彼の声の辛辣さにわたしはぎくりとした。ややあってから、彼は言った。「王は見せろと言うだろう」

冷たい水に放りこまれたような気がした。「でもどうやればいいのか、わたしには――」

「わかっている」〈闇の主《ダークリング》〉は静かに言い、赤いケフタの〈生者と死者の騎士団《コーポラルキ》〉の最後のひとりがドアの向こうに姿を消すと、そのあとを追うように歩き始めた。

わたしたちは、昼の光の名残のなかを砂利道に出た。息をするのが苦しい。自分の処刑場に向かって歩いているような気がした。そのとおりなのかもしれない、不安が高まった。

「不公平よ」わたしはつぶやいた。「王がわたしになにを期待しているのかも知らないのに、わたしを引っ張り出して、なにかを……させようとするなんて」

「わたしに公平さを求めても無駄だ、アリーナ。それはわたしの得手とするところではない」

わたしは彼の顔を見た。その言葉をどう解釈すればいいだろう？　〈闇の主《ダークリング》〉はわたしに目を向けた。「きみに恥をかかせるために、わざわざここまで連れてきたと思うかい？　ふたりそろって笑い者になるために？」

「いいえ」

「それにどちらにしろ、事態はもうきみがどうこうできることではない。そうだろう？」木の枝が作る暗いトンネルを歩きながら、彼が言った。慰めにはならないが、それもまた事実だ。彼は自分のしていることを承知していると信じるほかはない。

「またわたしを切るんですか？」

「その必要はないと思うが、きみしだいだ」

その答えを聞いても、不安は晴れなかった。

気持ちを落ち着かせ、胸のなかで暴れまわる心臓をなんとかしようとしたが、気づいたときには庭を抜け、大王宮《グランド・パレス》の白い大理石の階段をのぼっていた。広々とした玄関ホールを通り過ぎ、いくつもの鏡が並び、金の装飾が施された長い廊下を歩きながら、小王宮《リトル・パレス》とはずいぶん違うとわたしは考えていた。どこを見ても大理石と金だらけだ。白とごく淡い水色の壁、きらめくシャンデリア、お仕着せを着た従僕、複雑な幾何学模様を描く磨きあげられた寄木細工の床。美しくなくはないが、あまりの過剰さにうんざりした。ラヴカの農民が空腹を抱えていたり、兵士たちの装備が乏しかったりするのは〈影溜まり〉のせいなのだとずっと思っていたが、ダイヤモンドの葉で飾り立てた翡翠の木の脇を通り過ぎたときには、確信が持てなくなった。

謁見室は三階分の吹き抜けになっていて、あらゆる窓に光輝く金の双頭の鷲が飾られていた。部屋の入口から廷臣たちが集まっている高くなった玉座まで、水色の長い絨毯が敷かれている。男性の多くは、黒いズボンと胸のあたりが勲章やリボンで埋まった白い上着の軍服姿だった。襟ぐりが深く開いた小さなパフスリーブのシルクのドレスをまとった女性たちはあでやかだ。絨毯を敷いた通路の両側には、グリーシャたちがそれぞれの騎士団の順に並んでいた。

全員の視線がわたしと〈闇の主《ダークリング》〉に向けられ、部屋のなかは静まりかえった。わたしたちは金の玉座に向かってゆっくりと歩いた。近づくにつれ、王の背筋は少しずつ伸びていき、興奮が高まっているのがわかった。おそらく四十代だろう。細身で、丸い肩と潤《うる》んだ大きな目、淡い色の口ひげの持ち主だった。軍服をまとい、細い剣を腰に差し、薄い胸にはたくさんの勲章をつけている。傍らの高座には、黒い顎ひげを長く伸ばした男性が立っていた。司祭の長衣を着ているが、胸には金の双頭の鷲の紋章がついていた。

〈闇の主《ダークリング》〉がそっとわたしの腕を握って、立ち止まれと合図を送ってきた。

「陛下《モア・ツァー》」よく通る声で言う。「彼女がアリーナ・スターコフ、〈太陽の召喚者〉です」

人々がざわめいた。膝を曲げてお辞儀をするべきだろうかと考えた。アナ・クーヤは、公爵が地位の高い客を迎えたときには、孤児全員がきちんと挨拶できなければならないと考えていたが、軍から支給されたズボンで膝を曲げたお辞儀をするのはどこか違うような気がした。待ちきれないように王が手招きしたので、わたしは失態を犯さずにすんだ。「こっちへ！　彼女をよく見せてくれ」

〈闇の主《ダークリング》〉とわたしは高座の下まで進んだ。

王はわたしをじろじろ眺めると、下唇をわずかに突き出すようにして顔をしかめた。「ずいぶん平凡だ」

顔がかっと熱くなり、わたしは舌を噛んだ。王自身も決して見栄えがするとは言えない。ほとんど顎がないし、近くで見ると鼻の血管が何本も切れているのがわかった。

「見せてくれ」王が命じた。

お腹にしこりができた気がした。〈闇の主《ダークリング》〉に目を向ける。これまでだ。彼はうなずき、両手を大きく開いた。その手の上で暗闇のリボンが渦巻き、空気中に溶けこんでいくと、緊迫した沈黙が部屋を支配した。はじけるような音と共に彼がその手を合わせる。闇が部屋を包み、不安に満ちた叫び声があちらこちらからあがった。

今回はそれなりに心構えができていたが、それでも恐ろしいことに変わりはない。無意識のうちに手を伸ばし、なにかつかまる物を探していた。〈闇の主《ダークリング》〉の手がわたしの手を包む。あのときと同じ力強い確信が流れこんできたかと思うと、応えを要求する、抗《あらが》いがたい声が伝わってきた。恐怖と安堵の入り混じった思いと共に、わたしの内側からなにかが頭をもたげようとしているのがわかった。今度は抵抗しなかった。そのまま解放させる。

謁見室に光が溢れてわたしたちをぬくもりで包み、黒いガラスのような闇を粉々に砕いた。どっと歓声があがる。涙を流し、抱き合っている人がいる。気を失った女性がいる。王はだれよりも大きな音を立てて手を叩き、歓喜の表情で玉座から立ちあがった。〈闇の主《ダークリング》〉がわたしの手を離すと、光は消えた。

「すばらしい！」王が叫んだ。「奇跡だ！」音もなく彼のあとをついてくる司祭を従えて高座の段をおりた王は、わたしの手を取って湿った唇に当てた。「いい子だ」彼が言った。「すばらしくいい子だ」王の興味を引かないほうがいいといったジェンヤの言葉を思い出し、身の毛がよだったが、手を振り払ったりはしなかった。だが王はすぐにわたしから離れ、〈闇の主《ダークリング》〉の背中を叩いた。

「奇跡だ。まさに奇跡だ。さあ、すぐに計画を立てよう」

王と〈闇の主《ダークリング》〉が話をするために脇に移動すると、司祭が近づいてきた。「まさしく奇跡だ」心をかき乱すほどの熱心な口調で言う。その目は黒に見えるくらい濃い茶色で、かすかにカビとお香のにおいがした。墓地みたい、そう考えて身震いした。彼がわたしから離れ、王のほうに歩きだしたときにはほっとした。

美しく着飾った男女があっという間にわたしを取り囲んだ。だれもがわたしと知り合いになりたがり、手や袖に触れようとした。あちらからこちらから迫ってきて、できるだけ近づこうとぐいぐい押してくる。パニックを起こしかけたところで、ジェンヤが隣に現われた。だがほっとしたのもつかの間だった。

「女王があなたに会いたがっている」彼女が耳元でささやいた。わたしは彼女のあとについて人ごみを抜け、小さなドアの外の廊下を通ってまるで宝石のような居間に入った。押しつぶしたような顔の犬を膝に抱いた女王が、長椅子にゆったりともたれているのが見えた。

女王は美しかった。完璧に整えられたつややかな金色の髪と、凜としているけれど愛らしい優美な顔立ち。けれどその顔にはどこか不自然なものが感じられた。瞳は青が濃すぎ、髪は金色すぎ、肌は滑らかすぎる。ジェンヤの力がどれくらい働いているのだろうとわたしはいぶかった。

女王のまわりには、大きく開いた胸元に金糸の刺繍や淡水真珠の飾りを施した淡いピンク色や水色のドレスを着た女性たちがいた。このうえなく美しいドレスだったにもかかわらず、シンプルな白のウールのケフタを着た炎のような真っ赤な髪のジェンヤの前ではかすんで見える。

「女王陛下《モヤ・ツアリツア》」ジェンヤは優雅に膝を曲げたお辞儀をした。「〈太陽の召喚者〉です」

今度こそ、心を決めなければならないらしい。結局普通にお辞儀をすると、女性たちから忍び笑いが漏れた。

「かわいらしいこと」女王が言った。「わたくしは見せかけが嫌いなの」鼻で笑いたくなるのをこらえるには、ありったけの意志をかき集める必要があった。「あなたはグリーシャの家系の出身かしら？」

不安にかられてジェンヤに目をやると、大丈夫だというようにうなずいた。

「いいえ」そう答えてから、あわてて付け加えた。「モヤ・ツァリツァ」

「それでは農民なのね？」

うなずいた。

「わたくしたちは国民にとても恵まれているのね」女王が言うと、女性たちが口々に同意した。「あなたの家族に新しい地位を連絡しなければいけないわね。ジェンヤに伝言を送ってもらいましょう」

ジェンヤはうなずき、もう一度膝を曲げてお辞儀をした。わたしもそれにならおうかと思ったが、王家の人々に嘘をつくべきではない気がした。

「陛下、実はわたしはケラムソフ公爵の家で育てられました」

女性たちから驚いたようなざわめきが起こり、ジェンヤですら意外そうな表情を浮かべた。

「孤児！」女王の声は喜んでいるように聞こえた。「すばらしいわ！」

両親が死んだことを〝すばらしい〟という言葉で表現するつもりはなかったが、ほかになんと言っていいかわからなかったので、ただ「ありがとうございます、陛下」とつぶやいた。

「あなたにとっては珍しいことばかりでしょうね。宮廷での暮らしに堕落させられないように気をつけることね。だれかほかの人のように」青く冷たい目をジェンヤに向けながら言う。あてこすりであることは明らかだったが、ジェンヤの表情からは何もうかがえない。女王はそれが気に入らなかったらしい。いくつもの指輪がきらめく手を振って言った。「さがっていいわ」

ジェンヤに連れられて部屋を出たところで、彼女が「メス牛」とつぶやいた気がした。だが、女王の言葉の意味を尋ねてもいいだろうかと考えているうちに、〈闇の主《ダークリング》〉が現われて、だれもいない廊下へとわたしたちをいざなった。

「女王はどうだった？」彼が訊いた。

「わかりません」正直に答える。「女王は立派なことばかり言っていたけれど、最初から最後まで、飼い犬が吐いたものを見るような目でわたしを見ていたわ」

ジェンヤは声をたてて笑い、〈闇の主《ダークリング》〉の口元にも笑みらしきものが浮かんだ。

「宮廷にようこそ」〈闇の主《ダークリング》〉が言った。

「あまり好きになれないかもしれません」

「好きな人間などいない。わたしたちは全員でそれらしく振る舞っているわけだ」

「王は喜んでいたみたいですけれど」

「王はただの子供だ」

驚きのあまり、口があんぐりと開き、だれかに聞かれてはいないかと、あわててあたりを見まわした。この人たちはまるで息をするみたいに簡単に、君主を裏切るようなことを口にする。ジェンヤは、〈闇の主《ダークリング》〉の言葉を気にかけてもいないようだ。

〈闇の主《ダークリング》〉はわたしが戸惑っていることに気づいたらしく、言い添えた。「だが今日はきみのおかげで、うれしくてたまらない子供になれたようだ」

「王といっしょにいた顎ひげの男の人はだれですか？」わたしは話題を変えようとして尋ねた。

「〈アパラット〉のことか？」

「司祭ですか？」

「そのようなものだ。狂信者だと言う者もいる。詐欺師だと考えている者も」

「あなたはどうなんですか？」

「彼には彼の使い道がある」〈闇の主《ダークリング》〉はジェンヤに向きなおった。「今日はもう充分だろう。アリーナを寝室に連れて帰って、ケフタの採寸をさせてくれ。訓練は明日からだ」

ジェンヤは小さくお辞儀をすると、促すようにわたしの腕に手を添えた。興奮と安堵がどっと襲ってきた。王に謁見し、女王にお目通りした。わたしの力（まだ本当とは思えないけれど）がまた発現して、恥をかかずにすんだ。王に謁見し、女王にお目通りした。そしてこれから、グリーシャのケフタを与えられるのだ。

「ジェンヤ」〈闇の主《ダークリング》〉がうしろから呼びかけた。「ケフタの色は黒だ」

ジェンヤははっとしたように息を吸った。わたしは彼女の驚いた顔に目をやり、それからすでに反対側に歩きだしていた〈闇の主《ダークリング》〉を見た。

「待ってください！」考えなおす間もなく、呼び止めていた。〈闇の主《ダークリング》〉は足を止めると、青灰色の瞳をわたしに向けた。「わたしは……もしかまわないのなら、青のケフタのほうがいいです。召喚者の青のほうが」

「アリーナ！」ジェンヤはおののいて叫んだ。

だが〈闇の主《ダークリング》〉は手をあげて、彼女を黙らせた。「なぜだ？」その表情から、内心は読み取れない。

「それでなくても、わたしは場違いな人間だと感じています。ほかの人たちと違ってしまうのは……避けたいです」

「そんなにみんなと同じになりたいのか？」

つんと顎をあげた。彼が気に入っていないのはよくわかったが、わたしも引きさがるつもりはない。「これ以上目立ちたくないだけです」

〈闇の主《ダークリング》〉は長いあいだ、わたしを見つめていた。わたしの言ったことを考えているのか、あるいは無理にでも従わせるつもりなのかはわからなかったが、奥歯を噛みしめてその視線を受け止めた。

唐突に彼がうなずいた。「よかろう。きみのケフタは青だ」それ以上なにも言わず、わたしたちに背を向けて廊下の奥へと消えていった。

ジェンヤはあきれたようにわたしを見つめている。

「なに？」わたしは身構えた。

「アリーナ、これまで〈闇の主《ダークリング》〉の色を着ることを許されたグリーシャはいないのよ」

「怒ったと思う？」

「そういうことじゃないの！　黒いケフタはあなたの立場を表わすものだっていうこと。〈闇の主《ダークリング》〉があなたをどう評価しているかっていうことなの。ほかのだれよりも、あなたの地位が上になるのよ」

「でも、わたしはほかの人より上の地位になんてなりたくないもの」

ジェンヤは怒ったように両手をあげると、わたしの肘をつかんで王宮の正面玄関へと歩きだした。お仕着せの使用人ふたりが大きな金の扉を開けてくれたが、彼らの着ているものが白と金色であることに気づいて、わたしは動揺した。ジェンヤのケフタと同じ色。使用人の色だ。彼女が、黒を拒否したわたしを頭がおかしいと思う理由がよくわかった。実際、そのとおりなのかもしれない。

小王宮までの長い道のりを歩いているあいだ、わたしはそのことを考え続けていた。日が暮れかけていて、砂利敷きの道の街灯に使用人たちが火を灯している。階段をのぼって自分の部屋にたどり着いたときには、わたしはすっかり混乱していた。

窓のそばに腰をおろし、庭を眺めた。そのあいだにジェンヤはメイドを呼び、裁縫師を連れてきて、それから夕食を運んでくるように命じた。だがメイドを行かせる前に、わたしに向きなおって尋ねた。「それとも、あとでほかのグリーシャといっしょに食事をするほうがいい？」

首を振った。ひどく疲れていたから、また大勢の人々に囲まれることを考えただけでうんざりした。「あなたがいてくれるでしょう？」

ジェンヤはためらった。

「もちろんいやならいいの」あわてて付け加える。「ほかの人と食べるほうがいいものね」

「そんなことはないわ。それじゃあ夕食はふたり分にして」彼女が命じると、メイドは部屋を出ていった。ジェンヤはドアを閉めてから小さな化粧台に歩み寄り、そこに置かれていた櫛やブラシ、ペン、インク瓶といったものをまっすぐに並べなおし始めた。見たことのない物ばかりだったが、だれかがわたしのために運んでくれたらしい。

ジェンヤはわたしに背を向けたまま言った。「アリーナ、明日訓練が始まったら、覚えておいたほうがいいことがあるわ。〈生者と死者の騎士団《コーポラルキ》〉は〈召喚者の騎士団《エセリアルキ》〉と食事はしないし、〈召喚者の騎士団《エセリアルキ》〉は〈製作者の騎士団《マテリアルキ》〉とは――」

わたしはとたんにかたくなになった。「わたしと食事をしたくないなら、別にかまわない。泣いたりしないから平気よ」

「違う！　そういうことじゃないの。わたしはただ、ここでの事情を説明しようとしているだけ」

「もういい」

ジェンヤはいらだったように息を吐き出した。「あなたはなにもわかっていない。いっしょに食事をしようと言ってくれるのは名誉なことよ。でもほかのグリーシャは眉をひそめるでしょうね」

「どうして？」

ジェンヤはため息をつくと、彫刻を施した椅子に座った。「わたしが女王のペットだから。わたしがすることに価値を見出していないから。理由はたくさんあるわ」

ほかにどんな理由があるのだろうと考えてみた。王に関係のあることだろうか？　大王宮のあらゆる戸口に立っていた、白と金のお仕着せの使用人のことを思った。自分の同類たちからは孤立し、それでいて宮廷の正式な一員にもなれないジェンヤは、いったいどんな気持ちだろう？

「変よね」ややあってからわたしは口を開いた。「美しかったら人生はもっと楽だろうって、ずっと思っていたのに」

「あら、そのとおりよ」ジェンヤはそう言って笑い、わたしも笑った。

そのとき、ドアをノックする音がした。やってきたのは裁縫師で、採寸と仮縫いが始まった。彼女が作業を終えて、モスリンとピンを片付けているあいだに、ジェンヤが小声で言った。「まだ間に合うわ。やっぱり――」

最後まで言わせなかった。「青よ」きっぱり言ったものの、胸の奥が少し痛んだ。

裁縫師が出ていくと、夕食が運ばれてきた。思っていたよりもありふれた料理で、ケラムツィンで祭日に食べていたものとさほど変わらない。マメのポリッジ、蜂蜜でローストしたウズラ、生のイチジク。これまで感じたことがないくらいに空腹だったので、皿を手に取ってなめたくなるのをぐっとこらえた。

食事のあいだ中、ジェンヤはひっきりなしにしゃべり続けていた。ほとんどがグリーシャのゴシップだ。だれの話をしているのかまったくわからなかったが、なにも話さずにすむことがありがたかったので、必要に応じてうなずいたり、笑みを浮かべたりしながら聞いていた。最後の使用人が食べ終わった皿を運んでいくころには、わたしはあくびをこらえることができなくなっていた。ジェンヤが立ちあがって言った。

「朝食に迎えに来るわ。間取りを覚えるにはしばらくかかると思うの。小王宮は迷路のようだから」彼女の完璧な口にいたずらっぽい笑みが浮かんだ。「よく休んだほうがいいわ。明日はバグラに会うんだから」

「バグラ？」

「そうよ。きっと楽しいわ」

どういう意味かと訊き返すまもなく、ジェンヤは小さく手を振って部屋を出ていった。わたしは唇を噛んだ。明日はなにが待っているんだろう？

ドアが閉まってひとりきりになると、疲労が忍び寄ってくるのがわかった。自分に力が本当にあることがわかった感動と、王と女王に謁見した興奮と、大王宮と小王宮がもたらす驚きに気を取られていたが、あらためて自分が疲れていることがよくわかった。同時に、押しつぶされそうな孤独感が襲ってくる。

服を脱いで、星の模様のついたての向こう側にある釘にきちんと吊るし、ぴかぴかの新しい靴をその下に揃えて置いた。ウールの上着を指で撫でてみたが、その生地は新しすぎて、ごわごわしすぎていて、違和感を覚えずにはいられなかった。汚れた古い上着が急になつかしくなった。

柔らかな白いコットンの寝間着に着替え、顔を洗った。水気を拭いていると、洗面台の上の鏡に映る自分の顔が目に入った。明かりのせいか、ジェンヤが作業を終えた直後よりもさらにきれいに見える気がする。しばらくしてから鏡のなかの自分をぼうっと見つめていることに気づき、苦笑いした。自分の顔を見るのは嫌いだったはずなのに、うぬぼれてしまいそうだ。

高いベッドによじのぼり、どっしりしたシルクと毛皮にくるまると、ランプの火を吹き消した。遠くからドアが閉まる音や、おやすみの挨拶をする声が聞こえてくる。小王宮が眠りにつこうとする音。わたしは暗闇に目を凝らした。これまで、自分だけの部屋をもらったことはない。ケラムツィンでは、大勢の少女たちに囲まれて、共同寝室に改装された古ぼけた〈肖像画の間〉で眠っていた。軍に入ってからは、ほかの測量士たちといっしょに兵舎かテントで寝た。新しい部屋は大きくて、がらんとして感じられる。あたりが静かになると、一日の出来事が次々と蘇ってきて、涙がにじんだ。

明日の朝目覚めたら、なにもかも夢だったことがわかるかもしれない。アレクセイはまだ生きていて、マルは怪我をしていなくて、だれもわたしを殺そうとはせず、王や女王や〈アパラット〉に会うこともなく、うなじに当てられる〈闇の主〉の手を感じることもない。たき火が燃えるにおいを嗅ぎながら目を覚まし、自分の服を着て、自分の小さな寝台で寝ていたことに気づくかもしれない。そして、この奇妙で恐ろしくて、でもとても美しい夢のことをマルに話して聞かせるのだ。

手のひらの傷跡を指でこすると、マルの声が聞こえた気がした。「ぼくたちは大丈夫だ、アリーナ。いつだって大丈夫だった」

「そうだといいけれど」わたしは枕に向かってささやき、涙と共に眠りに落ちていった。

8

眠りの浅い夜を過ごしたあとだったが、朝早く目覚めるともう眠れなくなった。ベッドに入るときにカーテンを閉めるのを忘れたので、窓から朝日が射しこんでいる。起きあがってカーテンを閉め、もう一度横になろうかとも思ったが、そうするだけの気力がなかった。よく眠れなかったのは不安と恐怖のせいなのか、あるいはぐらぐらするキャンバス地の寝台や固い地面に毛布を敷いただけで横になる生活を何カ月も続けたあとだったから、本物のベッドで眠るというぜいたくさを居心地悪く感じたせいなのかはわからない。手を伸ばし、鳥や花の精巧な彫刻が施されたベッドの支柱に指を這わせてみた。ベッドの上の高い天井には、木の葉や花や飛ぶ鳥の詳細な絵が大胆な色使いで描かれていた。その絵を見つめ、杜松《ネズ》のリースの葉の数を数えながらいつしかうとうとし始めたところで、ドアを小さくノックする音がした。厚い布団をはいで、ベッド脇に置かれていた毛皮の裏打ちがあるスリッパをはいた。

ドアを開けると、ひと揃えの服とブーツ、紺色のケフタを抱えたメイドが立っていた。ありがとうとお礼を言う間もなく、彼女はお辞儀をして去っていった。

ドアを閉め、ブーツと服をベッドに並べ、新しいケフタはついたてにかけた。

しばらくケフタを眺めていた。服と言えば、年上の孤児のおさがりか、入隊してからは第一軍の制服しか着たことがない。自分のためにあつらえた服など、もちろん初めてだったし、グリーシャのケフタを着る日が来ようとは想像すらしたことはなかった。

顔を洗って髪をとかした。ジェンヤがいつ迎えにくるのかわからなかったから、お風呂に入っている時間があるのかどうか判断できない。お茶が飲みたかったけれど、メイドを呼ぶ勇気はなかった。とうとう、それ以上することがなくなった。

まずはベッドの上の服からだ。まるで皮膚のように体にフィットするこれまで見たことのない生地でできた、細身のズボン。紺のサッシュベルトで結ぶ、薄いコットンの長めのブラウスとブーツ。だがそれをブーツと呼ぶのはふさわしくない気がした。ブーツならこれまでも持っていた。だがいまここにあるのは、まったくの別物だ。柔らかな黒い革で作られていて、ふくらはぎの形状に完璧にフィットしている。奇妙な服だ。農民たちが着ているものによく似ていたが、農民には想像もできないくらい高価で上等の生地でできていた。

服を着終えたところで、ケフタに目を向けた。本当にこれを着るの？　わたしは本当にグリーシャになるの？　現実とは思えなかった。

ただのコートじゃないの、自分を叱りつける。

大きく息を吸ってから、ついたてにかけたケフタを取って手を通した。見た目よりも軽く、ほかの服と同じでわたしにぴったりだ。前立ての隠しボタンを留め、うしろにさがって洗面台上の鏡に自分の姿を映す。色は深い紺色で、足首に届くほどの長さだ。袖はゆったりしていて、見た目はコートのようだったが、あまりにも優美なのでドレスを着ている気分になった。袖口に刺繍がほどこされている。グリーシャの例にもれず、〈召喚者の騎士団《エセリアルキ》〉も刺繍の色でその力を表わしていた。水色が〈潮を操る者《タイドメーカー》〉、赤が〈火を呼ぶ者《インフェルニ》〉、銀が〈嵐を呼ぶ者《スクエラー》〉だ。わたしの刺繍は金色だった。きらきら光る糸を指でなぞると、不安に胸をつかまれる気がして、ノックの音が聞こえたときには危うく飛びあがりそうになった。

「よく似合うわ」ドアを開けるとジェンヤが言った。「黒のほうがもっとよかったでしょうけれどね」

わたしは舌を突き出すという、いたって上品な真似をしてから、急いで彼女のあとを追って廊下を進み階段をおりた。彼女が向かったのは、昨日の午後、行列を作るために集まった円天井の広間だった。今日はあれほど混み合ってはいないが、それでもそこここから楽しげなおしゃべりが聞こえてくる。隅のほうではグリーシャたちが長椅子に座ってサモワールを囲み、タイルを張ったかまどで暖を取っている。ほかの者たちは部屋の中央に正方形に並べられた四つの長いテーブルで朝食の最中だった。わたしたちが入っていくと、またざわめきがやんだような気がしたが、少なくとも今日は会話を続けるふりくらいはしているようだ。

召喚者のケフタをきた娘がふたり、足早に近づいてきた。片方は、昨日セルゲイと言い争っていたマリーだ。

「アリーナ！」マリーが言った。「昨日はちゃんと紹介してもらわなかったわね。わたしはマリー、彼女はナディアよ」林檎のような頰をした隣の娘を示すと、彼女は歯を見せて笑った。マリーはわざとジェンヤに背を向けるようにして、わたしと腕を組んだ。「いっしょに食べましょうよ！」

わたしは顔をしかめ、文句を言おうとしたが、ジェンヤは首を振って言った。「行きなさい。あなたは〈召喚者の騎士団《エセリアルキ》〉のひとりなんだから。食事が終わったら、わたしが王宮を案内するわ」

「案内ならわたしたちが――」マリーが口をはさんだ。

だがジェンヤがそれを遮って言った。「わたしが案内するわ。〈闇の主《ダークリング》〉に言われたとおりに」

マリーの顔が赤らんだ。「あなたはなんなの？　アリーナのメイド？」

「そんなところよ」ジェンヤはそう言い残し、自分の紅茶を注ぎに行った。

「思いあがるのもほどがあるわね」ナディアが見くだしたように言う。

「日に日にひどくなる」マリーは相槌を打ってから、わたしに微笑みかけた。「お腹が空いているでしょう？」

彼女に連れられて、長いテーブルのひとつに近づいた。使用人がふたり歩み出て、わたしたちのために椅子を引いてくれた。

「わたしたちはここに座るの。〈闇の主《ダークリング》〉の右手側よ」青のケフタを着たグリーシャたちがずらりと座っているテーブルを示しながら、マリーは誇らしげに言った。「〈生者と死者の騎士団《コーポラルキ》〉はあそこ」向かい側のテーブルに軽蔑のまなざしを投げかける。そこではセルゲイと数人の赤いケフタのグリーシャたちが、こちらをにらみながら朝食をとっていた。

わたしたちが〈闇の主《ダークリング》〉の右側にいるのだとしたら、〈生者と死者の騎士団《コーポラルキ》〉も左側で同じくらい彼の近くにいるのだと思ったが、口には出さなかった。

〈闇の主《ダークリング》〉のテーブルには誰もおらず、大きな黒檀の椅子だけがそこが彼の場所であることを示していた。彼はここで朝食をとるのかと尋ねると、ナディアはぶんぶん首を振った。

「まさか！　わたしたちといっしょに食事をすることはめったにない」

わたしは眉を吊りあげた。だれが〈闇の主《ダークリング》〉の近くに座るかを争っているというのに、彼は姿すら見せないの？

ライ麦パンとニシンの酢漬けの皿が運ばれてきて、わたしは吐き気を催しそうになった。ニシンは大嫌いだ。幸いパンはたっぷりあったし、驚いたことにスライスしたプラムまであった。温室で獲れたに違いない。使用人が大きなサモワールから熱い紅茶を注いでくれた。

「砂糖！」小さなボウルが目の前に置かれると、わたしは思わず叫んだ。

マリーとナディアが視線を交わしたので、わたしは顔を赤らめた。ラヴカでは数百年前から砂糖は配給制になっているが、小王宮《リトル・パレス》では珍しいものではないようだ。

召喚者たちの別のグループがやってきて、まず互いをざっと紹介してから、わたしにあれこれと尋ね始めた。

どこから来たの？　北から。（マルとわたしは、自分の出身地について嘘をついたことは一度もない。ただすべての事実を話さなかっただけだ）。

地図製作者だって本当？　ええ、本当。

本当にフォーダ人に襲われたの？　ええ。

ヴォルクラを何匹殺したの？　一匹も殺していない。

最後の質問の答えを聞いて、全員、とりわけ若者たちががっかりした顔をした。

「砂船が襲撃されたとき、何百匹も殺したって聞いたぞ」ミンクを思わせるとがった顔をしたイーヴォという名の若者が言った。

「殺していない」そう答えてから、もう一度考えてみた。「少なくとも、わたしが殺したとは思わない。わたし……その……気を失っていたから」

「気を失った？」イーヴォはあきれたような顔をした。

だれかに肩を叩かれて、ジェンヤが救出に来てくれたとわかったときには、心底うれしかった。

「行きましょうか？」ジェンヤはほかのグリーシャたちを無視して言った。

わたしは彼女たちに声をかけてから、急いでテーブルを離れた。部屋を横断するわたしたちをいくつもの視線が追ってくる。

「朝食はどうだった？」ジェンヤが尋ねた。

「最悪」

ジェンヤはうんざりしたような声をあげた。「ニシンとライ麦パン？」

わたしの頭のなかにあったのは、グリーシャたちから根掘り葉掘り尋ねられたことだったが、黙ってうなずいた。

ジェンヤは鼻に皺を寄せた。「吐き気がする」

わたしはけげんなまなざしを彼女に向けた。「あなたはなにを食べたの？」

ジェンヤはあたりを見まわしてだれにも聞かれていないことを確かめてから、小声で言った。「にきびのひどい娘を持つ料理人がいたの。それを治してあげて以来、大王宮《グランド・パレス》に出しているものと同じペストリーを毎朝届けてくれるのよ。すばらしくおいしいの」

わたしはにやりとして首を振った。グリーシャたちはジェンヤを見くだしているかもしれないが、彼女には彼女なりの力とやり方がある。

「でもこのことは秘密にしてね。〈闇の主《ダークリング》〉は、わたしたちが栄養のある農民の食べ物を食べることにこだわっているの。自分たちが本当のラヴカ人だということを忘れないようにって」

鼻で笑いたくなるのをこらえた。本当のラヴカが王宮の華やかさや金箔とは無縁なように、小王宮《リトル・パレス》は農奴の暮らしを真似たままごと遊びにすぎない。グリーシャたちは躍起になって農奴の真似をしているらしい。たとえば、ケフタの下に着ている服がそうだ。だが本物の金を埋めこんだドームの下で、〝栄養のある農民の食べ物〟を磁器のお皿で食べるのは、ばかげているとしか思えない。なにより、ペストリーより酢漬けの魚を好む農民がいるだろうか？

「だれにも言わない」

「よかった！　あなたがすごく親切にしてくれたら、分けてあげるかもしれないわよ」ジェンヤはウィンクした。「さてと、このドアは図書室と作業室に通じているの」ジェンヤは目の前にある大きな両開きのドアを示した。「こっちに行けば、部屋に帰れる」右を指差しながら言う。「こっちは大王宮」左側の両開きのドアを示してから、図書室へと進んでいく。「あっちはなに？」わたしは、〈闇の主《ダークリング》〉のテーブルのうしろにある、閉じられた両開きのドアを示して訊いた。

「あのドアが開いたら、注意するのね。あの向こうは〈闇の主《ダークリング》〉の部屋と会議室よ」

彫刻を施した厚いドアをじっくり眺めると、からみあった蔓と走っている動物の模様のなかに、〈闇の主《ダークリング》〉のシンボルが隠れているのがわかった。ドアから視線を引きはがし、すでに円天井の広間を出ようとしているジェンヤのあとをあわてて追った。

彼女について廊下を進み、また別の大きな両開きのドアの前に立った。古い本の表紙に見えるような彫刻が施されている。ジェンヤがドアを開け、わたしは思わず息を呑んだ。

図書室は二階分の吹き抜けになっていて、壁は床から天井までぎっしりと本が並んでいる。二階のバルコニーはぐるりと部屋を一周できるようになっていた。ドーム型の天井はガラス製で、部屋全体が朝の光に溢れている。壁際に小さなテーブルと椅子が何脚か置かれ、部屋の中央のきらきら光るガラスのドームの真下には、丸いテーブルと円形のベンチがしつらえてあった。

「歴史と理論の勉強にはここを使うの」ジェンヤは部屋の奥へと進んでいく。「わたしはもう何年も前に終わらせたわ。ものすごく退屈よ」そう言って笑った。「ほら、口を閉じて。

まるで鱒みたいよ」

あわてて口を閉じたが、呆気にとられたように部屋を見まわすのはやめられなかった。公爵の屋敷の書斎はとても立派だと思っていたが、ここに比べれば物置も同然だ。小王宮の美しさを前にすると、ケラムツィンはなにもかもがみすぼらしく思えたが、そんなふうに考えるとなぜか悲しくなった。マルはここを見たらどう思うだろう？

足取りが重くなった。グリーシャは客を呼ぶことができるんだろうか？　マルはオス・アルタを訪ねて来られる？　彼には軍での任務がある。でももし休暇を取ることができたら……。そう考えるとわくわくした。一番の友人といっしょに廊下を歩くことを想像すると、小王宮もそれほど威圧的には思えなくなった。

別の両開きドアから図書室を出て、暗い廊下に進んだ。ジェンヤは左に曲がったが、わたしは右手にある広間のほうを見やった。〈生者と死者の騎士団《コーポラルキ》〉のグリーシャがふたり、赤く塗られた大きなドアからちょうど出てきたところだ。彼らは素っ気ない視線をわたしたちに向けてから、暗がりへと消えていった。

「行くわよ」ジェンヤはわたしの腕をつかみ、反対方向へと引っ張った。

「あのドアの向こうはなに？」わたしは訊いた。

「解剖学室」

背筋がぞくりとした。〈生者と死者の騎士団《コーポラルキ》〉。〈治す者《ヒーラー》〉と……そして〈破壊する者《ハートレンダー》〉。

もちろんどこかで訓練する必要があるに決まっている。だがその訓練がどういう結果をもたらすのかは、考えたくなかった。足を速めて、ジェンヤのあとを追う。ひとりであの赤いドアの近くにいるのはごめんだ。

廊下のつきあたりには、鳥と花の見事な彫刻が施された明るい色の木のドアがあった。花の中央にはイエロー・ダイヤモンドが、鳥の目にはアメジストらしい石がはめこまれている。ドアの取っ手は美しい二本の手の形をしていた。ジェンヤはそのうちの片方をつかみ、ドアを押し開けた。

〈製作者の騎士団《マテリアルキ》〉の作業場は、東からの光を最大限に取り入れられる場所に作られていて、壁はほとんどが窓になっていた。とても明るい部屋で、どこか文書係用テントに似ていたが、大きな作業台の上に置かれているのは、地図帳や紙の束やインク瓶ではなく、布の束やガラスの塊や金糸のかせや妙な形にねじれた岩といったものだ。片隅に、異国の花や昆虫、そして——身震いした——蛇が入ったガラスの容器が置かれていた。

濃い紫のケフタを着たグリーシャたちが背中を丸めて作業をしていたが、わたしたちがそばを通り過ぎると顔をあげてこちらを見た。女性がふたり、溶かした金属でなにかをしているテーブルには、ダイヤモンドの破片や蚕がいっぱいにはいった瓶が置かれている。グリーシャ鋼を作っているのだろうと思った。べつのテーブルでは、鼻と口を布で覆った男性が、タールのにおいのするどろりとした黒い液体を量っていた。ジェンヤはどれも通り過ぎ、いくつもの小さなガラスの円盤をいじっている男性に近づいた。色白で、葦のように細く、すぐにでも髪を切る必要がある。

「こんにちは、デヴィッド」ジェンヤが言った。

デヴィッドは顔をあげてまばたきをし、素っ気なくうなずいただけで、またすぐに作業に戻った。

ジェンヤはため息をついた。「デヴィッド、彼女はアリーナよ」

デヴィッドはうめくような声をあげた。

「〈太陽の召喚者〉」ジェンヤはさらに言った。

「これはあんたのために作っている」彼は顔をあげることもなく言った。

わたしは円盤を眺めた。「あら、その……ありがとう」

ほかになにを言えばいいのかわからなかったのでジェンヤの顔を見たが、彼女は肩をすくめて天井を仰いだだけだった。

「それじゃあね、デヴィッド」ジェンヤはわざとらしく言い、デヴィッドからはまたうめき声が返ってきた。ジェンヤはわたしの腕を取ると、起伏のある芝地を見渡せる木の拱廊《きょうろう》へと連れ出した。「気にしないでね。デヴィッドは腕のいい金属細工師なの。水みたいに肉を切れる刃を作れる。でも相手が金属かガラスでなければ、まったく興味がないのよ」

ジェンヤの口調は明るかったが、どこか妙な響きが感じられた。ちらりと顔を見ると、その完璧な頬が赤く染まっている。わたしは振り返り、窓越しにデヴィッドの骨ばった肩ともじゃもじゃの茶色い髪を見て、にっこりした。ジェンヤほど魅力的な女性が、がりがりで堅物の〈製作者の騎士団《マテリアルキ》〉を好きになるのなら、わたしにもまだ希望があるかもしれない。

「どうかした?」わたしが笑っていることに気づいて、ジェンヤが訊いた。

「なんでもない」

ジェンヤはいぶかしげにわたしを眺めたが、わたしはなにも言わなかった。わたしたちは小王宮の東側の壁に沿って拱廊を進み、〈製作者の騎士団《マテリアルキ》〉の作業場が見える窓をさらにいくつも通り過ぎた。やがて角を曲がると、その先の壁に窓はなかった。ジェンヤが足を速めた。

「どうしてこっちには窓がないの?」わたしは尋ねた。

ジェンヤは窓のない壁を不安そうに眺めた。小王宮で彫刻が施されていない場所を見たのは初めてだ。「ここは、〈生者と死者の騎士団《コーポラルキ》〉の解剖学室の反対側よ」

「作業をするのに……明かりは必要ないの?」

「天窓があるの。図書室のドームのようなものが天井に。彼らはそのほうがいいみたい。秘密も守れるし」

「このなかでなにをしているの?」尋ねたものの、答えを知りたくないような気もした。

「〈生者と死者の騎士団《コーポラルキ》〉しか知らないわ。でも、〈製作者の騎士団《マテリアルキ》〉と協力して、新しい……実験をしているっていう噂がある」

背筋がぞくりとし、さらに角を曲がってまた窓が現われたときにはほっとした。窓の向こうにあったのはわたしの部屋と同じような寝室で、そのあたりが一階の寮なのだとわかった。わたしに与えられたのが三階の部屋だったことを感謝した。一階であればあの階段をのぼらずにすむが、せっかく自分の部屋を初めて持てたというのに、窓の外をだれかに歩かれるのはいやだった。

ジェンヤは、わたしが部屋から見た湖を指差した。「あそこに行くのよ」湖岸に点在する白い建物を示しながら言う。「召喚者のパビリオン」

「あんなところに？」

「訓練をするには、あそこが一番安全なの。興奮しすぎた〈火を呼ぶ者《インフェルニ》〉に王宮全部を焼かれたりしたら困るでしょう？」

「そうか。気がつかなかった」

「あれくらいなんでもないわ。〈製作者の騎士団《マテリアルキ》〉は、町からずっと離れたところに火薬を扱うための作業場を持っているの。そこも案内しましょうか？」ジェンヤはいたずらっぽく笑った。

「遠慮しておく」

わたしたちは階段をおり、砂利道を湖へと歩き始めた。やがて、対岸に建物が見えてきた。驚いたことに子供たちがそのまわりで走ったり、叫んだりしている。赤や青や紫の服を着た子供たち。ベルが鳴ると、子供たちは遊ぶのをやめて建物のなかへと消えていった。

「学校なの？」わたしは尋ねた。

ジェンヤはうなずいた。「グリーシャの能力が認められると、子供たちは訓練のためにここに連れて来られる。わたしたちのほとんどがここで微小科学を学んだのよ」

わたしはまた、ケラムツィンの居間で会った三人のグリーシャのことを思い出した。どうしてあの審査官たちは、わたしの能力に気づかなかったのだろう？　もし気づいていたらわたしの人生がどういうものになっていたのか、想像するのは難しかった。使用人たちといっしょになって雑用をこなすのではなく、彼らに世話をしてもらっていただろう。地図製作者になるどころか、地図の描き方すら習っていなかったはずだ。ラヴカはどうだろう？　わたしが自分の力の使い方を学んでいれば、〈影溜まり〉はすでに過去のものになっていたかもしれない。マルとわたしがヴォルクラと戦うこともなかったかもしれない。互いのことなど、とっくの昔に忘れていたかもしれない。

湖の向こう側の学校を眺めた。「学校を卒業したあとはどうなるの？」

「第二軍の一員になるの。貴族に仕える者もいれば、第一軍といっしょに北部や南部の前線、あるいは〈影溜まり〉の近くに送られる者もいる。もっとも優秀なグリーシャだけが小王宮に残り、さらに訓練を続けて〈闇の主《ダークリング》〉の部下になるのよ」

「その人たちの家族は？」

「充分な補償を受ける。グリーシャの家族が生活に困ることは決してないわ」

「そういう意味じゃなくて、あなたは家に帰ったりしないの？」

ジェンヤは肩をすくめた。「わたしは五歳のころから親に会っていないわ。ここがわたしの家よ」

白と金のケフタを着たジェンヤを見るかぎり、その言葉には疑問が残った。わたしはこれまでの人生のほとんどをケラムツィンで過ごしてきたが、あそこを家だと感じたことは一度もない。入隊して一年がたつが、王の軍隊に対してもそれは同じだった。どこかに属していると感じることができたのはマルといっしょにいるときだけで、それも長くは続かなかった。ジェンヤはとても美しいけれど、ひょっとしたらわたしたちふたりはそれほど違わないのかもしれない。

湖岸までやってきたが、ジェンヤは石のパビリオンの前を通り過ぎ、林へと続く小道の前で足を止めた。

「ここよ」

小道の奥をのぞきこんだ。木の影になってはっきり見えないが、小さな石作りの小屋がある。「あそこ？」

「わたしは行けないの。行きたいわけじゃないけれど」

もう一度小道に目をやると、背筋がぞくりとした。

ジェンヤは気の毒そうな顔でわたしを見た。「慣れてしまえば、バグラもそう怖くはないわ。でも時間だけは守ったほうがいい」

「わかった」わたしは答え、足早に小道を歩き始めた。

「がんばってね！」ジェンヤがうしろから声をかけた。

石作りの小屋は円形で、窓がひとつもないように見えた。いくつか段をあがり、ドアをノックする。応答がなかったので、もう一度ノックをして待った。どうすればいいのかわからない。振り返ってみたけれど、ジェンヤの姿はもうなかった。さらにもう一度ノックをしたあと、勇気をかき集めてドアを開けた。

とたんに熱波が襲ってきて、汗が吹き出た。暗さに目が慣れてくると、小さなベッドと洗面器、薬缶の乗ったコンロが見えた。部屋の中央には椅子が二脚置かれ、タイルを張った大きなかまどのなかで、勢いよく火が燃えている。

「遅いよ」とげとげしい声がした。

小さな部屋を見渡したが、だれもいない。と思ったそのとき、影のなかでなにかが動き、心臓が飛び出そうなほど驚いた。

「ドアをお閉め、娘っ子。暖かい空気が逃げるだろう」

ドアを閉めた。

「それでいい。さあ、よく顔を見せてごらん」

背を向けて逃げ出したくなったが、ばかなことはやめなさいと自分に言い聞かせた。渋々かまどに近づいていく。向こう側の暗がりからだれかが現われて、わたしをしげしげと眺めた。

ありえないくらい年老いた女性だというのが最初の印象だったが、さらに彼女を見つめるうちに、どうしてそう思ったのかわからなくなった。バグラの顔立ちは鋭く、肌には皺もない。スリの曲芸師のようなごつごつした体つきだが背筋はしゃんと伸びて、漆黒の髪に白いものは見当たらない。だが炎の明かりのせいか、突出した骨や深い眼窩が際立って見え、その顔つきは不気味なほど骸骨に似ていた。まとっているケフタはなんとも表現のしようのない色で、骨ばった手に石化した銀色の木から切り出したらしい頭の部分が平たい杖を握っている。

「なるほどね」彼女はしわがれた低い声で言った。「あんたが〈太陽の召喚者〉かい。あたしたちを救いに来た。その力はどこにあるんだい？」

わたしはもぞもぞと身じろぎしただけだった。

「あんたは口がきけないのかい？」

「いいえ」ようやく声を出すことができた。

「それはよかった。どうして子供のころに審査を受けなかった？」

「受けました」

「ふむ」それを聞いて彼女の表情が変わった。わたしを見つめるその目はどこまでも荒涼としていて、部屋の暑さにもかかわらず、寒気がした。「あんたが見た目よりも強いことを願うよ、娘っ子」にこりともせずに言う。

ケフタの袖から骨ばった手が伸びてきたかと思うと、わたしの手首をつかんだ。「それじゃあ、あんたになにができるのかを見せてもらおう」

9

最悪だった。バグラの骨ばった手に手首を握られたとたんに、彼女が〈闇の主《ダークリング》〉と同じ増幅者であることがわかった。貫くような確信が全身を満たすのを感じたかと思うと、光が爆発し、バグラの小屋の石の壁に反射した。だが彼女に手を離されると、いくら自分で力を呼び出そうとしても、わたしはなにもできなかった。バグラはわたしを叱りつけ、おだて、杖で叩きさえしたが、無駄だった。

「自分の力を呼び起こすこともできない娘を相手に、あたしになにをしろっていうんだい？」バグラはわたしをねめつけた。「子供だってできるのに」

バグラが再びわたしの手首を握ると、内なるなにかが首をもたげ、表に出てこようとするのを感じた。心のなかでそのなにかに手を伸ばしてつかんでみる。そう、確かにそれはそこにあった。だがバグラが手を離すと、力はするりと逃げ、石のように沈んでいく。やがてバグラはうんざりしたように手を振って、わたしを追い払った。

その後も同じようなものだった。午前中の残りは図書室で過ごし、グリーシャの理論と歴史について書かれた山ほどの本を渡されて、これは読むべき本のリストのほんの一部だと言われた。昼食の時間にはジェンヤを探したが、どこにも彼女は見当たらなかった。仕方なく召喚者たちのテーブルに座ると、あっという間に〈召喚者の騎士団《エセリアルキ》〉に囲まれた。最初の授業はどうだった？ あなたの部屋はどこ？ 今夜、いっしょにバンヤに行かない？ ろくな答えが返ってこないことがわかると、ふたりはほかの召喚者と授業の話を始めた。わたしがバグラを相手に悪戦苦闘しているあいだにも、ほかのグリーシャたちはより難しい理論や言語や戦略を学んでいる。すべては、翌年の夏に小王宮《リトル・パレス》を出ていくための準備だ。彼らのほとんどは〈影溜まり〉か北部か南部の前線に送られ、そこで第二軍の指揮を執るのだが、イヴァンのように〈闇の主《ダークリング》〉に同行するのが、もっとも栄誉なこととされていた。

彼女たちの話に耳を傾けようとしたけれど、気がつけば最悪だったバグラとの授業のことを考えていた。マリーがなにか尋ねたらしく、ふと気づくと、ナディアとふたりでじっとわたしの顔を見つめていた。

「ごめんなさい、なに？」

ふたりは顔を見合わせた。

「教練所までわたしたちといっしょに行く？」マリーが訊いた。「戦闘訓練に」

戦闘訓練？ ジェンヤから渡された小さなスケジュール表に目を向けた。昼食のあとの欄には〝戦闘訓練、ボトキン、西教練所〟と書かれている。今日という日は時間と共に悪くなっていく一方だ。

「もちろん」力なく答えて立ちあがる。使用人たちが飛んできてわたしたちの椅子を引き、食べ終わった皿を片付けた。こんなふうに給仕されることに慣れる日がいつかくるのだろうか？

「ネ・ブリニーテ」マリーがくすくす笑いながら言った。

「え？」当惑して訊き返す。

「トゥ・セ・ビティ・ザバーヴノ」

ナディアもくすくす笑った。「〝心配ないわ、楽しいから〟って言ったの。スリの言葉よ。マリーとわたしは西部に行かされたときに備えて勉強しているのよ」

「そう」

「シ・スィ・ユーヤン・スリ」セルゲイがわたしたちを追い越しながら言った。「〝スリはすたれた言葉だ〟という意味のシュー語だ」

マリーは顔をしかめ、ナディアは唇を噛んだ。

「セルゲイはシュー語を勉強しているの」ナディアがささやいた。

「そうみたいね」

教練所に着くまでのあいだ、マリーはひたすらセルゲイとほかの〈生者と死者の騎士団《コーボラルキ》〉について文句を言い、シュー語ではなくスリ語を勉強することの意義を語り続けた。北西部での任務にはスリ語がもっとも役に立つ。シュー語を勉強しても、ただ延々と外交文書を訳すだけで終わるだろう。カーチで貿易の勉強でもしたほうがよっぽどいいのに、セルゲイはばかだ。小王宮の脇の樺の木立のなかにあるバンヤ——蒸し風呂と冷たいプール——の場所を教えてくれたときにはその文句も途切れたが、またすぐに毎晩バンヤを独占する身勝手な〈生者と死者の騎士団《コーポラルキ》〉についての不満が始まった。

マリーとナディアはなにかを殴りたいような気分にさせてくれたから、戦闘訓練もそれほど悪くないかもしれないと思えた。

西の芝地を横切っていたとき、不意にだれかに見られているような気がした。あたりを見まわすと、道の脇の低い木の陰に隠れるようにしてだれかが立っているのが見えた。長い茶色の長衣も汚らしい黒の顎ひげも見紛うはずがない。この距離からでも〈アパラット〉の不気味なまなざしを感じることができた。足を速めてマリーとナディアに追いついたが、彼の視線がわたしに貼りついたままなのがわかった。振り返ると、彼はまだ同じ場所に立っていた。

教練所の隣にその訓練室はあった。広くて、がらんとしていて、梁のある高い天井と固められた土の床があり、壁にはあらゆる種類の武器が飾られている。教官のボトキン・ユルーアーディンはグリーシャではなかった。シュー・ハンの元傭兵で、暴力に関する彼の才能に報酬を払うことのできるあらゆる軍隊に雇われ、あらゆる大陸で戦ってきたという。髪はところどころが白くなっていて、首にはだれかが喉をかき切ろうとしたらしい傷跡が残っていた。わたしはその後の二時間、最後までやり遂げなかったその人物に悪態をつき続けた。

ボトキンの授業は、地所を走らせるという耐久力の訓練から始まった。必死についていこうとしたものの、例によって不器用で体力のないわたしはすぐに遅れを取った。

「それが第一軍で教わってきたことなのか？」よろよろと丘をのぼるわたしに、ボトキンは強いシューなまりで言った。

息が切れて、とても答えるどころではなかった。

訓練室に戻ると、ほかの召喚者たちはふたりひと組になってスパーリングを始めたが、わたしの相手はボトキンだった。それからのことは、小突かれたり殴られたりしたことしか記憶にない。

「ブロックだ！」ボトキンはわたしを突き倒しながら叫んだ。「もっと速く！　小娘は殴られるのが好きなのか？」

訓練室ではグリーシャの能力の使用が禁じられていることが、唯一の慰めだった。おかげで、自分の力を呼び出せないことを知られて恥をかかずにすんだ。

あまりに疲れ、あまりに痛くて、このまま床に倒れてボトキンに蹴られるままになっていようかと考え始めたところで、彼が授業の終了を告げた。だが部屋を出ようとしたところで、彼が言った。「明日、小娘は早く来るように。ボトキンと特別授業だ」

泣きたくなるのを必死にこらえた。

部屋に戻ってお風呂に入ると、ベッドに潜りこみたいという思いで頭がいっぱいになったが、そんな自分に鞭打って夕食をとりに広間へとおりていった。

「ジェンヤはどこ？」召喚者のテーブルに腰をおろしながら、マリーに尋ねた。

「彼女は大王宮《グランド・パレス》で食事をするの」

「それに寝るのもあそこよ」ナディアが付け加えた。「女王は、いつでも彼女を呼べるようにしておきたいの」

「王もね」

「マリー！」ナディアは声をあげたが、くすくす笑っている。

わたしはまじまじとふたりを見つめた。知ったふうな顔をナディアと見合わせた。

「単なる噂よ」マリーは言ったが、「それって——」

王の湿った唇や血管の切れた鼻を思い浮かべ、使用人の色を身につけた美しいジェンヤのことを考えた。料理の載った皿を脇へ押しやった。わずかに残っていた食欲まで消えてしまったようだ。

夕食は永遠に終わらないような気がした。わたしは紅茶を飲みながら、延々と続く召喚者たちのおしゃべりをじっと我慢して聞いていた。適当なことを言ってこの場を逃げ出そうと思ったそのとき、〈闇の主《ダークリング》〉のテーブルの向こう側のドアが開き、広間のざわめきがやんだ。

イヴァンがそこから現われ、ほかのグリーシャたちの視線に気づいていないような素振りで召喚者たちのテーブルに近づいてきた。

まっすぐこちらに向かっていることを知って、胸に重石を入れられたような気持ちになった。

「おれといっしょに来るんだ、スターコフ」わたしたちの前まで来たところでイヴァンが言い、嘲るように言い直した。「来てくれないか」

わたしは椅子を引き、不意に力の入らなくなった脚で立ちあがった。わたしには見込みがないと、バグラが〈闇の主《ダークリング》〉に伝えたんだろうか？　完全な落ちこぼれだとボトキンが言ったんだろうか？　グリーシャたちは目を丸くしてわたしを見つめている。ナディアの口はあんぐりと開いていた。

イヴァンのあとについて静まりかえった広間を歩き、大きな黒檀のドアから外に出た。廊下を進んで、〈闇の主《ダークリング》〉のシンボルが刻まれたもうひとつのドアをくぐった。作戦指令室であることはすぐにわかった。窓はなく、壁にはラヴカの大きな地図が何枚もかかっている。熱したインクを使って動物の皮に描かれた昔ながらの様式の地図だ。こんな場合でなかったら、隆起した山や蛇行する川を指でなぞり、何時間でも眺めていただろう。だがいまは固くこぶしを握りしめ、高鳴る鼓動を感じながらその場に立ち尽くすだけだった。

〈闇の主《ダークリング》〉は長いテーブルの一番奥の席で、山のような書類に目を通している。わたしが入っていくと顔をあげたので、ランプの光に石英のような瞳がきらめくのが見えた。

「アリーナ、座ってくれ」隣の椅子を示しながら言う。

わたしはためらった。彼は怒っているようには思えない。

イヴァンは部屋を出ていき、ドアを閉めた。わたしはごくりと唾を飲み、部屋を横切って、〈闇の主《ダークリング》〉に示された椅子に座った。

「ここでの初めての一日はどうだった？」

もう一度唾を飲んでから、かすれる声で答える。「問題ありません」

「本当に？」笑みらしきものが彼の顔に浮かんだ。「バグラも？　かなりの試練だったと思うが」

「まあ、少しは」

「疲れたか？」

うなずいた。

「ホームシックは？」

肩をすくめる。第一軍の兵舎がなつかしいなどと答えるのは、ばかげていると思えた。

「少しはあるかもしれません」

「いずれ慣れる」

唇を噛んだ。そうであることを祈った。あと何日くらい耐えられるのか、自分でも自信がない。

「きみにとってはつらいことだと思う。〈召喚者の騎士団《エセリアルキ》〉がひとりで作業をすることはめったにない。〈火を呼ぶ者《インフェルニ》〉はふたりひと組になるのが普通だし、〈嵐を呼ぶ者《スクエラー》〉はたいてい〈潮を操る者《タイドメーカー》〉と組む。だがきみのような人間はほかにはいない」

「はい」わたしはげんなりして答えた。自分がどれほど特別であるかを聞かされたいような気分ではなかった。

〈闇の主《ダークリング》〉は立ちあがった。「来たまえ」

心臓がふたたび、激しく打ち始める。彼は作戦室を出ると、別の廊下を進んだ。目立たないように作られた小さなドアを指差して、わたしに告げる。「右へ右へと歩いて行けば、きみの寮に戻れる。大広間は避けたいだろう？」

わたしは驚いて彼を見た。「これだけですか？　今日はどうだったかを訊きたかっただけなんですか？」

〈闇の主〉《ダークリング》は小さく首を傾げた。「なんだと思っていたんだ？」

安堵のあまり、思わず笑いが漏れた。「わかりません。拷問？　尋問？　叱責？」

彼の眉間にうっすらと皺が寄った。「わたしは怪物ではないよ、アリーナ。きみがなにを聞いているかは知らないが」

「そういう意味じゃないんです」あわてて言う。「わたしはただ……どう考えていいのかわからなくて」

「最悪を予期していたのか？」

「昔からの癖です」ここでやめるべきだとわかっていたけれど、止まらなかった。「あなたは公平ではなかったかもしれない。だがそれは彼も同じだ。「あなたを怖がらないでいられると思いますか？　あなたは〈闇の主〉《ダークリング》です。わたしを溝に落とすだろうとか、チベヤに送りこむだろうとかは思いませんが、それができる立場にいる。人間を真っ二つにすることもできる。怖いと感じるのも当然だと思います」

〈闇の主〉《ダークリング》は長いあいだわたしを見つめていた。言わなければよかったと痛烈に後悔したが、やがて笑みらしきものが彼の顔に浮かんだ。「きみの言うとおりかもしれない」

少しだけ恐怖が減った。

「どうしてそんなことをする？」彼が唐突に尋ねた。

「なにをですか？」

彼は手を伸ばし、わたしの手を取った。あのすばらしい感覚がわたしのなかを駆け抜けた。

「手のひらを親指でこすっている」

「ああ」わたしはひきつったような笑い声をあげた。そんなことをしているという意識すらなかった。「それも昔からの癖です」

〈闇の主《ダークリング》〉はわたしの手を上に向けると、廊下の薄明かりのなかでじっと眺めた。手のひらに残る白い傷跡を親指でなぞる。ぞくりとした。

「この傷はどこで？」

「ケラムツィンです」

「きみが育ったところか」

「はい」

「あの〈追跡者〉も孤児なんだな？」

思わず息を吸った。彼には心を読む能力もあるんだろうか？　だが、グリーシャのテントでマルが証言したことを思い出した。

「はい」

ている。

「え？」注意力が散漫になっていた。彼の指はまだ、わたしの手のひらの傷跡をなぞり続けている。

「彼は優秀か？」

「追跡だ。彼は優秀なのか？」

「最高です」わたしは正直に答えた。「ケラムツィンの農奴たちは、彼は岩からでもウサギを取り出せるって言っていました」

「わたしたちは、自分に与えられた才能をどれくらいわかっているのだろうと思うことがある」

彼はわたしの手を放し、ドアを開けると、脇に寄ってうなずいた。

「おやすみ、アリーナ」

「おやすみなさい」

戸口をくぐり、狭い廊下に出た。背後でドアが閉まる音が聞こえた。

10

翌朝はとても起きられないと思うほど、全身がひどく痛んだ。それでもはいずるようにしてベッドから出て、同じ日課を繰り返した。翌日も。その翌日も。日ごとに事態は悪くなり、いらだたしさを増していったが、わたしはやめなかった。やめるわけにはいかなかった。わたしはもう地図製作者ではない。もしもグリーシャになれなかったら、ほかのどこに居場所があるというのだろう？

あの夜納屋の折れた梁の下で聞いた、〈闇の主《ダークリング》〉の言葉を思い出した。〝きみは初めての希望の光なんだ〟彼はわたしが〈太陽の召喚者〉だと信じている。〈影溜まり〉を破壊することができると信じている。もし本当にそれができれば、兵士も商人も〈追跡者〉も二度と〈偽海〉を横断しなくてすむのだ。

だが日々が過ぎていくうちに、そんな考えがますますばかげているように思えてきた。

バグラの小屋では精神を集中するのに役立つという呼吸法や苦しい姿勢を学んだ。本を与えられ、お茶を飲まされ、杖で何度も叩かれたりしたが、どれも効果はなかった。「あんたを切らなきゃいけないのかい？」バグラはいらだってわめいた。「〈火を呼ぶ者《インフェルニ》〉にあんたを焼いてもらわなきゃいけないのかい？　あんたを〈影溜まり〉に連れていって、あの忌むべきやつらの餌にしなきゃいけないのかい？」

バグラを満足させられない毎日は、ボトキンに拷問される日々でもあった。宮殿の地所内の林を抜け、丘をのぼり、くだり、倒れるまで走らされた。スパーリングを繰り返し、全身あざだらけになり、罵声を浴びせられる日々。遅すぎる、弱すぎる、細すぎる。

「さすがのボトキンでもそんな小枝で家は建てられないぞ」わたしの上腕をつねりながら怒鳴る。「なにか食べろ！」

だが空腹を感じなかった。〈影溜まり〉で死を垣間見たあとに感じた食欲は消え、食べ物からいっさいの味がなくなった。ベッドは豪華なのに眠ることができず、毎日ふらふらしていた。ジェンヤの技の効果は消え、頬は再びこけて目の下には隈が現われ、髪ははりと光沢を失った。

食欲がなく眠れないのは、自分の力を呼び出せないことと関係しているとバグラは考えていた。「縛られた脚で歩くのはどれほど大変だい？　口を手で覆って話をするのはどうだね？　どうしてあんたは、本当の自分と戦うことに力を費やしたりするんだい？」

そんなことはしていなかった。していないと思っていた。もうなにも確信が持てない。わたしは昔から体が弱く、毎日をやっとのことで過ごしていた。バグラの言うことが正しいのなら、グリーシャの力を使えるようになればすべては変わるはずだ。その日が来ればの話だが。それまではどうすることもできない。

ほかのグリーシャたちがわたしのことを噂しているのはわかっていた。〈召喚者の騎士団《エセリアルキ》〉はみんなで集まって湖岸で訓練するのを好んだ。風と水と火の新しい使い方をあれこれと実験するのだ。わたしが自分の力すら呼び出せないことを気づかれるわけにはいかなかったから、いろいろな理由をつけて参加せずにいるうちに、声をかけられることもなくなった。

夜になると、彼らは大広間に集まりお茶やクヴァスを飲みながら、週末にバラキレフやオス・アルタ近くのほかの村に遊びにいく計画を立てた。だが〈闇の主《ダークリング》〉はまだ暗殺を心配していたから、わたしは王宮を出ることは許されていなかった。言いわけができたことにほっとした。ほかの召喚者たちと過ごす時間が長ければ長いほど、事実に気づかれる可能性が大きくなる。

〈闇の主《ダークリング》〉を見かけることはめったになく、遠くにその姿を見ることがあっても、たいてい彼はイヴァンや王の軍事顧問との会話に没頭していた。小王宮《リトル・パレス》にいること自体が珍しく、〈影溜まり〉から北部の国境、あるいはシュー・ハンの奇襲部隊が居住地を攻撃している南部へと移動を繰り返していると、グリーシャのひとりから聞いていた。何百人というグリーシャがラヴカの国中に配属されていて、その責任者が〈闇の主《ダークリング》〉だった。

彼はわたしに声をかけるどころか、こちらに視線を向けることすらめったになかった。わたしがまったく進歩していないからだということはわかっていた。〈太陽の召喚者〉を連れてきたのは失敗だったと思っているのかもしれない。

バグラやボトキンにみじめな思いをさせられていないときは、図書室でグリーシャについての理論の本を読んだ。グリーシャが（わたしたちがと言いなおすべきだろう）なにをしているのかという基本については理解できた気がした。この世界のすべては、ごく小さな物質からできている。魔法のように見えるのは、実はグリーシャがごく基本的なレベルで物質を操作した結果だった。

　マリーは火をおこすわけではない。自分たちのまわりに可燃成分を集めることはできるが、それを燃やすためには火打石で火花を飛ばす必要がある。グリーシャ鋼はなにもないところから魔法で生み出されるのではなく、熱や道具なしでも金属を操ることのできる〈作り出す者《ファブリケーター》〉の技術が作り出しているのだ。

　だがグリーシャがなにをしているかは理解できても、どうやっているのかはわからないままだった。微小科学の基本原理は〝類は友を呼ぶ〟だが、そこからが複雑だ。オディーナコヴォストによって、その物体は他のあらゆる物と同じになり、エトヴォストによって異なる物となる。オディーナコヴォストがグリーシャを世界に結びつけているが、空気や血、わたしの場合は光といったものに親和性を与えているのがエトヴォストだ。このあたりになってくると、頭のなかがぐるぐるとまわり始めるのが常だった。

　ひとつだけ心に残ったことがあった。哲学者たちが、グリーシャの能力を持たずに生まれてきた人間を評した言葉だ。〝オトゥカザーチャ〟――〝見捨てられし者〟という意味だ。孤児を表わすときに使われる言葉だった。

ある日の午後遅く、通商路でグリーシャが果たしている役割についての一節を読んでいると、ふとだれかの気配を感じた。顔をあげ、思わずすくみあがった。〈アパラット〉がすぐ脇に立ち、異常な激しさをたたえた黒い瞳でわたしを見つめている。

図書室を見まわした。ほかには誰もおらず、ガラスの天井から太陽の光が燦々《さんさん》と降り注いでいるにもかかわらず、冷たいものが全身を駆けめぐった。

かび臭い長衣をひらめかせながら彼が隣の椅子に腰をおろすと、湿っぽい墓のにおいが漂ってきた。わたしは口で息をするようにした。

「勉強は楽しいかね、アリーナ・スターコフ?」

「はい、とても」わたしは嘘をついた。

「それはよかった。だが頭だけでなく、魂にも栄養を与えることを忘れてはいけない。わたしは王宮内にいるすべての者に、魂の助言を与えている。なにか心配事や悩み事があれば、いつでもわたしに相談に来るといい」

「はい、そうします」

「よろしい」彼がそう言って微笑むと、黄色くなった歯と狼のような黒ずんだ歯茎が見えた。

「わたしはきみと友人になりたいのだ。わたしたちが友人になるのは、とても重要なことだ」

「もちろんです」

「贈り物を受け取ってもらいたい」彼は、茶色の長衣のひだのあいだから赤い革の装丁の小さな本を取り出した。

贈り物をしてくれるというのに、どうしてこれほど薄気味悪く感じるのだろう？　わたしは渋々手を伸ばし、血管の浮いた長い手からその本を受け取った。表紙には金の文字のタイトルが記されている。『イストリ・サンクトゥヤ』

「〝聖人たちの一生〟？」

彼はうなずいた。「小王宮の学校にやってきたグリーシャの子供全員に、この本を与えていた時代があったのだ」

「ありがとうございます」わたしは当惑していた。

「農民たちは聖人が好きだ。彼らは奇跡を渇望している。にもかかわらず、グリーシャのことは嫌っている。なぜだと思う？」

「考えたこともありません」わたしは答え、本を開いた。表紙の内側にわたしの名前が書かれている。ページをめくった。〝ブレヴノの聖ペティール〟、〝鎖の聖イリヤ〟、〝聖リザベータ〟。それぞれの章は鮮やかな色のインクで描かれた美しいイラストから始まっていた。

「グリーシャは、聖人のように苦しんでいないからだと思う。人々が苦しんでいるようには」

「かもしれません」わたしは上の空で言った。

「だがきみは苦しんできた。そうだろう、アリーナ・スターコフ？　そして……そうだ、さらに苦しむことになるだろう」

さっと顔をあげた。わたしを脅しているのかと思ったが、妙なことに彼の目には同情が浮かんでいて、それがいっそうわたしを怯えさせた。

膝の上の本に再び視線を向けた。薔薇園で四つ裂きにされている聖リザベータのイラストの上で指が止まった。花びらのあいだを血が川となって流れている。音を立てて本を閉じ、勢いよく立ちあがる。「もう行かなくては」

〈アパラット〉も立ちあがったので、一瞬、わたしを引き留めるつもりなのかと思った。

「わたしの贈り物が気に入らないようだ」

「いえ、そんなことはありません。とても素敵です。ありがとうございます。遅れたくないので、もう行きます」

彼の脇をすり抜けて図書室を出た。自分の部屋に帰り着いて、ようやくほっと息をつく。

聖人の本を化粧台の一番下の引き出しにしまった。

〈アパラット〉はなにがしたかったのだろう？　彼の言葉はわたしに対する脅し？　それともなにかの警告？

大きく息をすると、疲労と困惑の波が押し寄せてきた。文書係用テントでの単調な毎日がなつかしかった。地図製作者としての変化のない暮らし。数枚の絵ときちんと片付いた作業台以外のものを要求されることのなかった日々。インクと紙の慣れ親しんだにおいが恋しかった。そしてなによりもマルのことが。

毎週、わたしたちが属していた連隊付けで彼に手紙を送っていたが、返事が来たことは一度もなかった。郵便があてにならないことはわかっていたし、彼の隊が〈影溜まり〉から移動しているかもしれないこと、それどころか西ラヴカに行ってしまったかもしれないことも承知していたが、それでもわたしは返事を待ち続けた。彼が小王宮を訪ねてくるという望みは捨てた。彼を恋しく思うほどに、わたしがいまの暮らしになじんでいると思われるのが怖かった。

実りのないつらい一日を終えたあとで自分の部屋までの階段をあがりながら、化粧台の上に手紙が置いてあるかもしれないと想像すると、足取りが速まった。けれど日々は過ぎていき、手紙が来ることはなかった。

今日もまた同じだった。わたしはなにも置かれていない化粧台の上を撫でながら、つぶやいた。

「どこにいるの、マル?」答えてくれる人はいなかった。

11

これ以上事態が悪くなることはないと思っていたが、それは間違いだった。

ある日、大広間で朝食をとっていると、正面のドアが開き、見慣れないグリーシャの一団が入ってきた。わたしはたいして気に留めなかった。〈闇の主《ダークリング》〉の部隊のグリーシャたちは入れ替わり、立ち替わり小王宮《リトル・パレス》にやってくる。北や南の国境で受けた傷を癒したり、休暇を取ったりするためだ。

だが彼らに気づいたナディアが息を呑んだ。

「やだ、嘘」マリーがうめいた。

顔をあげたわたしは、そこにいたのがクリバースクでマルに興味を持った濡れ羽色の髪の娘であることを知って、ぎゅっと胃をつかまれたような気がした。

「あれはだれ？」ほかのグリーシャたちに声をかけつつ歩いてくる彼女を見ながら、わたしは尋ねた。甲高い彼女の笑い声が金色のドームに反響した。

「ゾーヤよ」マリーが答える。「学校でわたしたちの一年先輩だったの。いやなやつ」

「自分が一番だって思っているのよ」ナディアが付け加えた。

わたしは眉を吊りあげた。お高くとまっていることがゾーヤの欠点なら、マリーとナディアに彼女を批判する権利はない。

マリーはため息をついた。「最悪なのは、そのとおりだっていうこと。ゾーヤはすばらしく力のある〈嵐を呼ぶ者《スクエラー》〉で、優れた戦士なの。それに彼女を見てよ」

わたしはゾーヤの袖の銀の刺繍と、つややかな黒髪と、ありえないほど濃いまつ毛に縁取られた大きな青い目を見て取った。ジェンヤに負けないくらい美しい。マルのことを思うと、嫉妬の鋭い矢が胸に刺さるのを感じた。だがそのとき、ゾーヤが〈影溜まり〉にいたことを思い出した。もし彼女とマルが……マルがあそこにいるのか、無事なのかを知っているかもしれない。わたしは皿を脇へ押しやった。ゾーヤにマルのことを尋ねるのかと思うと、胸が悪くなった。

わたしの視線を感じたかのように、うっとりした顔の〈生者と死者の騎士団《コーポラルキ》〉たちと話をしていたゾーヤはこちらに向きなおり、召喚者たちのテーブルに近づいてきた。

「マリー！　ナディア！　元気だった？」

ふたりは立ちあがり、満面の作り笑いを顔に貼りつけて彼女を抱きしめた。

「いつも素敵ね、ゾーヤ！　元気だった？」マリーが訊いた。

「会いたかったわ」ナディアが声をあげた。

「わたしもよ」ゾーヤが応じる。「小王宮に戻ってくるのは、本当にいいものね。〈闇の主《ダークリング》〉がわたしを放してくれないんですもの。ああ、でもわたしったら失礼よね。あなたのお友だちとはまだ会ったことがないと思うわ」

「あら！」マリーが言った。「ごめんなさい。彼女はアリーナ・スターコフ。〈太陽の召喚者〉よ」どこか誇らしげな口調だった。

わたしはぎこちなく立ちあがった。

ゾーヤはわたしを抱きしめようとして近づいてきた。「ようやく〈太陽の召喚者〉に会えて、本当に光栄だわ」大きな声で言ったが、わたしの耳元でささやいたのは違う言葉だった。「ケラムツィンのにおいがする」

わたしは凍りついた。ゾーヤは完璧な唇に笑みを浮かべ、わたしから離れた。

「それじゃあ、あとでね」小さく手を振りながらゾーヤが言う。「お風呂に入りたくてたまらないの」そう言い残すと、大広間を出て、寮に続く両開きドアへと歩いていった。

わたしはその場に立ち尽くしていた。頬が熱い。誰もがわたしを見つめているような気がしたが、ゾーヤの言葉が聞こえた人間はいないらしかった。

その日は結果の出ないバグラとの授業やうんざりする昼食のあいだも、ずっと彼女の言葉が耳から離れなかった。ゾーヤは食事をしながら、クリバースクからの旅や、〈影溜まり〉近くの町の様子や、ある農村で見かけたこのうえなく美しいルボックの木版画のことを長々と語った。気のせいかもしれないが、〝農民〟と口にするたびに、彼女がわたしのほうを見ている気がした。どっしりした銀のブレスレットが彼女の手首で光るのが見えた。骨らしきものの飾りがついている。増幅物だとわかった。

ゾーヤが戦闘授業にやってくると、事態はさらに悪化した。ボトキンは彼女を抱きしめ、両頬にキスをし、シュー語であれこれとおしゃべりを始めた。彼女にできないことなんてあるんだろうか？

ゾーヤは、グリーシャのテントで見かけたことがある栗色の巻き毛の友人といっしょだった。授業のたびにボトキンに課される演習をわたしがよろよろしながらこなしているあいだ、彼女たちはくすくす笑ったり、何事かをささやき合ったりしていた。スパーリングが始まると、案の定ボトキンはわたしをゾーヤと組ませた。

「優秀な生徒が小娘を鍛えてくれるだろう」ボトキンが誇らしげに言った。

「〈太陽の召喚者〉には、わたしの手助けなんて必要ないでしょうけれどね」ゾーヤはしたり顔だ。

わたしは用心深く彼女を眺めた。どうして彼女がこれほどわたしを憎むのかはわからないが、いい加減うんざりだ。

わたしたちが戦いの体勢を取ると、ボトキンが始めの合図を出した。

わたしがブロックできたのはゾーヤの最初のジャブだけだった。二発目は顎に命中し、がくんと頭がのけぞった。

ゾーヤは軽やかに前に出てきて、肋骨めがけてパンチを繰り出した。だがこの数週間のあいだに、ボトキンのトレーニングが体に染みついていたらしい。わたしがさっと右にかわすと、彼女のこぶしが空を切った。

ゾーヤは両肩をほぐしながら、円を描くようにステップを踏んでいる。ほかの召喚者たちがスパーリングの手を止めて、わたしたちを眺めているのが視界の隅に見えていた。ほかのことに気を取られたのは失敗だった。ゾーヤの次のパンチをまともに腹部にくらって、息がつまった。ゾーヤはさらにひじ打ちを仕かけてきた。避けられたのは、単に運がよかったからだ。

その隙を逃すまいと、ゾーヤはさらに前に出てきた。だがそれが間違いだった。わたしは弱くて、動きも遅いが、ボトキンから対戦相手の力を利用することを教わっていた。横にステップを踏んで脚を出し、近づいてきた彼女の足首を引っかけた。ゾーヤはもんどり打って倒れた。

召喚者たちから歓声があがった。だがわたしが勝利を意識するより早く、ゾーヤが体を起こし、憤怒の面持ちで片方の腕を横にはらった。脚が宙に浮いたかと思うと、わたしはうしろ向きに空を飛び、訓練室の木の壁に勢いよく叩きつけられた。なにかが折れる音がして、肺の中の空気をすべて吐き出しながら、わたしはずるずると地面に落ちた。

「ゾーヤ!」ボトキンが叫んだ。「力を使うんじゃない。この部屋ではだめだ。ここでは禁止だ!」

召喚者たちがわたしのまわりに集まり、ボトキンが〈治す者《ヒーラー》〉を呼んでいるのをぼんやりと意識した。

「大丈夫」そう言おうとしたが、息ができなかった。浅い息をつきながら、地面に横たわっていることしかできない。息をしようとするたびに、左脇に痛みが走った。使用人たちがやってきたが、ストレッチャーに乗せられたところでわたしは意識を失った。

そのあとのことは、診療所にお見舞いに来てくれたマリーとナディアから聞いた。深い眠りに落ちるまで〈治す者《ヒーラー》〉がわたしの心拍数をさげ、それから折れた肋骨とゾーヤが作った痣を治してくれたらしい。

「ボトキンは怒り狂ったの」マリーが言った。「あんなに怒ったところを見たのは初めてよ。ゾーヤを訓練室から放り出した。彼女を殴るんじゃないかと思ったくらい」

「イヴァンが彼女を〈闇の主《ダークリング》〉の会議室に連れていくのをイーヴォが見たんですって。出てきたときは泣いていたらしいわ」

いい気味だと思った。けれど地面にどさりと倒れこんだ自分の姿を想像すると、恥ずかしさで体が熱くなった。

「ゾーヤはどうしてあんなことをしたのかしら？」わたしは体を起こしながら訊いた。これまでいろいろな人から無視されたことや、見くだされたことはあるけれど、ゾーヤは心底わたしを憎んでいるようだ。

マリーとナディアは、折れたのは肋骨ではなく頭の骨だったのではないかと言いたげな顔でわたしを見た。

「嫉妬に決まっているじゃないの！」ナディアが言った。

「わたしに？」信じられなかった。

マリーは天を仰いだ。「自分以外のだれかが〈闇の主《ダークリング》〉のお気に入りになることが、我慢できないのよ」

わたしは思わず笑い、とたんに脇腹に刺すような痛みを感じて顔をしかめた。「わたしは彼のお気に入りなんかじゃない」

「あら、そうに決まっているわよ。ゾーヤは優秀だけれど、〈嵐を呼ぶ者《スクエラー》〉にすぎないもの。でもあなたは〈太陽の召喚者〉だわ」

そう言ったナディアの顔が赤らんだのを見て、彼女の声に羨望の響きを感じたのは錯覚ではなかったことを知った。その羨望はどれくらいのものだろう？　マリーとナディアはゾーヤを嫌っているようなことを言っているけれど、彼女を前にしたときには笑顔を見せている。わたしがいないとき、彼女たちはわたしのことをどういうふうに言っているだろうか？

「ゾーヤを降格させるかもしれない！」マリーが甲高い声で言った。

「チベヤに行かせるかもしれない！」ナディアがうれしそうに続いた。

暗がりから〈治す者《ヒーラー》〉が現われて、静かにしなさいとふたりを叱りつけ、出ていくようにと促した。ふたりはまた明日来ると約束して、帰っていった。

その後わたしは眠ったらしく、数時間後に目覚めたときには、診療所は暗くなっていた。ほかのベッドは使われておらず、部屋は不気味に静まりかえっていて、聞こえるのは時計が時を刻む音だけだ。

わたしは体を起こした。まだ少し痛みはあったが、ほんの数時間前に肋骨を折ったばかりだとはとても信じられない。

口がからからに乾いていて、頭痛が始まりそうだった。体を引きずるようにしてベッドから出ると、ベッド脇に置いてあったピッチャーから水を注いだ。それから窓を開け、夜の空気を大きく吸った。

「アリーナ・スターコフ」

ぎくりとして振り返った。

「だれ?」

ドアの脇の暗がりから〈アパラット〉が姿を現わした。

「驚かせたかね?」

「少し」いったいどれくらいのあいだ、彼はあそこに立っていたんだろう? 眠っているわたしを眺めていたの?

彼はほつれた長衣をひきずりながら、まるで滑るように音もなく部屋を横切り、こちらに近づいてきた。わたしは無意識のうちにあとずさった。

「きみが怪我をしたと聞いて大変気の毒に思っている。〈闇の主《ダークリング》〉はもっと注意を払うべきだ」

「わたしは大丈夫です」

「本当に?」月明かりのなかで、彼はわたしをじっと眺めた。「大丈夫なようには見えない。きみは健康でいなければならないのだ」

「少し疲れているだけです」

彼はさらに近づいてきた。風変わりなにおいが漂ってくる。お香とカビと掘った土の混じった奇妙なにおい。ケラムツィンの墓地や、歪んだ墓石や、新しい墓の前で号泣する農民の女性を思い出した。わたしは不意に、診療所に人気《ひとけ》がないことを意識した。〈治す者《ヒーラー》〉は近くにいるんだろうか？　それともクヴァスと温かなベッドを探しに行ってしまった？

「いくつかの国境の村では、きみの祭壇を作っていることを知っていたかね？」

「え？」

「本当だ。人々は希望を求めているのだ。肖像画家はきみのおかげで大忙しだ」

「でもわたしは聖人なんかじゃないのに！」

「神の賜物《たまもの》だよ、アリーナ・スターコフ。神の祝福だ」さらに一歩近づいてくる。もじゃもじゃの黒い顎ひげや、汚れた乱杭歯がよく見えた。「きみは危険な存在になってきている。これからもっと危険になるだろう」

「わたしが？　だれにとって？」

「どんな軍隊よりも強いものがある。王や〈闇の主《ダークリング》〉ですら倒せるくらい、強いものがある。それがなにか知っているかね？」

わたしは少しずつ彼から離れながら首を振った。

「信じる心だ」黒い瞳は狂気を帯びているように見える。「信じる心だ」

彼がわたしをつかもうとした。わたしは反射的にベッド脇のテーブルに手を伸ばし、そこに置かれていた水のグラスを床に落とした。けたたましい音をたてて割れる。せわしげな足音が廊下を近づいてくるのが聞こえた。〈アパラット〉はあとずさり、暗がりに潜んだ。ドアが開き、赤いケフタをなびかせながら〈治す者《ヒーラー》〉が入ってきた。「大丈夫かい？」なにを言えばいいのかわからないまま口を開きかけたが、〈アパラット〉はすでに音もなく部屋を出ていってしまっていた。

「その……ごめんなさい。グラスを割ってしまって」

〈治す者《ヒーラー》〉は使用人を呼んで、片付けるように命じた。わたしをベッドに寝かせ、体を休めなければいけないと言う。だが彼がいなくなるやいなや、わたしは起き上がってベッド脇のランプを灯した。

両手が震えている。〈アパラット〉の言葉をばかばかしいとはねつけてしまいたかったけれど、できなかった。人々は本当に〈太陽の召喚者〉に祈りを捧げているんだろうか？　わたしが彼らを救うと考えているんだろうか？　納屋の壊れた屋根の下で聞いた〈闇の主《ダークリング》〉の不吉な言葉を思い出した。〝グリーシャの力の時代は終わりに近づいている〟ヴォルクラのことを、〈影溜まり〉で失われた命のことを思った。〝分断されたラヴカでは、新しい時代を生き残ることはできないだろう〟このままでは、〈闇の主《ダークリング》〉やバグラや自分自身を失望させるだけではすまない。ラヴカ全体を失望させることになるのだ。

翌朝やってきたジェンヤに〈アパラット〉が訪れたことを話したが、ジェンヤは彼の言葉や奇妙な行動をさほど気に留めていないようだった。

「確かに彼は気味が悪いわ。でも、無害よ」

「無害なんかじゃない。あなたも彼を見ればわかる。どう見ても頭がおかしくなっているようだった」

「ただの司祭じゃないの」

「それならどうしてここに来たの？」

ジェンヤは肩をすくめた。「あなたのために祈るようにって、王が命じたのかもしれない」

「今夜はここに泊まるつもりはないから。自分の部屋で寝る。鍵のかかる部屋で」

ジェンヤはだれもいない診療所を見まわした。「そうね、それはもっともかも。わたしもここでは寝たくないわ」そう言ってからわたしの顔をしげしげと眺める。「ひどい有様ね」

如才のなさはいつものことだ。「少しだけ、わたしにやらせてくれない？」

「いやよ」

「目の下の隈を消すだけ」

「いやだったら！」わたしは言い張った。「でも、ほかに頼みたいことがあるの」

「道具を取ってきたほうがいい？」ジェンヤは熱心な口調で聞いた。

わたしは彼女をにらみつけた。「そういう頼みじゃないの。わたしの友だちが〈影溜まり〉で怪我をしたの。ずっと彼に手紙を書いているんだけれど、届いているかどうかはわからない」顔が熱くなるのがわかったので、急いで言葉を継いだ。「彼が無事かどうかと、いまどこに配属になっているかを調べられない？　ほかに頼める人がいないの。あなたはいつも大王宮《グランド・パレス》にいるから、ひょっとしたらわかるかもしれないと思って」

「もちろんよ。でも……死傷者名簿は確かめた？」

わたしは喉になにかつまったような気分でうなずいた。ジェンヤは、マルの名前を書くための紙とペンを探しに行った。

ため息をつき、目をこすった。マルから連絡がないことをどう考えればいいのかわからない。死傷者名簿は毎週確かめていた。彼の名前があったらどうしようと思っただけで、心臓が激しく打ち、胃が痛くなったが、毎週、マルが無事で生きていることを確認してはあらゆる聖人に感謝した。たとえ、彼が返事をくれないとしても。

それが真実なんだろうか？　胸が痛んだ。マルはわたしがいなくなったことを、古臭い友情と義務から解放されたことを喜んでいるのかもしれない。それとも、どこかの病院のベッドにいるのかもしれない。それなのにわたしはうるさくまとわりつこうとしている。

ジェンヤが戻ってきたので、わたしはマルの名前と連隊と部隊番号を書いた。ジェンヤはその紙を折りたたんで、ケフタの袖にしまった。

「ありがとう」わたしはしわがれた声でお礼を言った。

「彼はきっと無事よ」ジェンヤはそっとわたしの手を握った。「さあ横になって。その隈を消すから」

「ジェンヤ！」

「横になるの。でないと、あなたの頼みはきいてあげない」

わたしはあんぐりと口を開けた。「ひどい」

「親切心よ」

彼女をにらみつけたが、結局枕に頭を載せた。

ジェンヤが帰ったあとで、わたしは自分の部屋に戻りたいと訴えた。〈治す者《ヒーラー》〉はいい顔をしなかったが、譲らなかった。どこも痛いところはないのだし、だれもいない診療所でもうひと晩過ごすなどとても考えられない。

部屋に戻ってお風呂に入ったあと、理論の本を読もうとしたが、集中できなかった。明日、授業に戻るのが怖かった。結果の出ないバグラとの訓練も。

じろじろとわたしを眺めるまなざしや噂話は、小王宮にやってきたころに比べればずいぶんゾーヤとのスパーリングのせいでまた復活することは間違いないだろう。

立ちあがって伸びをすると、化粧台の上の鏡に自分の姿が映っているのが見えた。部屋を横切り、鏡のなかの顔を観察してみる。

目の下の隈は消えていたが、二、三日もすればまたできることはわかっていたし、隈がなくてもたいして違いはない。わたしはいつもと同じように見えた。疲れていて、がりがりに痩せていて、不健康そうだ。本物のグリーシャとは似ても似つかない。どこかに力があるのに、わたしはその力に触れることができない。その理由もわからない。どうしてわたしだけ違っているのだろう？　力が現われるまでこれほど時間がかかったのはなぜ？　どうして力を引き出すことができないの？

鏡のなかに、窓にかかるどっしりした金のカーテンと、鮮やかな色に塗られた壁と、暖炉のタイルに反射する炎が見えた。ゾーヤは嫌な女だけれど、間違ってはいない。わたしはこの美しい世界の住人ではない。自分の力を使う方法を見出せなければ、永遠に住人にはなれない。

12

翌朝は、思っていたほど悪くはなかった。わたしが大広間に入っていくと、ゾーヤはすでにそこにいて、召喚者のテーブルの端で無言のままひとりで朝食をとっていた。マリーとナディアがわたしに声をかけたときも顔をあげなかったから、わたしもできるかぎり彼女を気にかけないようにした。

湖までの道のりは気持ちがよかった。太陽は明るく輝き、頬に当たる空気はひんやりしている。窓がなく、空気がよどんだバグラの小屋に行くのが楽しみなわけではなかったが、戸口への段をあがっていると、なかから大きな声がした。

ためらったが、小さくノックをした。声が不意にやんだので、少し待ってからドアを開けてなかをのぞく。バグラのタイル張りのかまどのそばに、憤怒の表情を浮かべた〈闇の主《ダークリング》〉が立っていた。

「ごめんなさい」わたしはドアを閉めようとした。「お入り、娘っ子。温かな空気を逃がさないでおくれ」

だがバグラがぴしゃりと言った。

部屋に入ってドアを閉めると、〈闇の主《ダークリング》〉が小さくお辞儀をした。「元気かい、アリーナ？」

「元気です」ようやくそう答えた。

「元気さ！」バグラがわめいた。「元気だとも！　廊下の明かりは灯せないが、元気だよ」

わたしは顔をしかめ、ブーツのなかに消えてしまいたいと思った。

だが驚いたことに、〈闇の主《ダークリング》〉が言った。「彼女はそのままでいい」

バグラの目が細くなった。「それがあんたの望みかい？」

〈闇の主《ダークリング》〉はため息をつき、怒ったように両手で髪をかきむしった。わたしに顔を向けたとき、口元には悲しそうな笑みが浮かび、髪はぼさぼさになっていた。「バグラにはバグラのやり方がある」

「えらそうなことを言うんじゃないよ！」鞭を打つような声だった。驚いたことに〈闇の主《ダークリング》〉はすっと背筋を伸ばし、そんな自分に気づいたのか顔をしかめた。

「わたしに文句を言うな」彼は危険を感じさせる低い声で言った。

部屋には怒りのエネルギーが充満していた。いったいなにが起きているのだろう？　その場をそっと抜け出して、わたしが中断させた口論を続けてもらおうと思ったとき、バグラが再び鋭い声で言った。

「坊やはあんたに増幅物を与えようと考えている。どう思うね、娘っ子？」

〈闇の主《ダークリング》〉に〝坊や〟という呼び名はあまりに似つかわしくなかったので、彼女の言葉を理解するのにしばしの時間が必要だった。だが理解できたとたんに、希望と安堵が湧き起こった。増幅物！　どうしていままで気づかなかったんだろう？　どうしてだれも気づかなかったんだろう？　バグラと〈闇の主《ダークリング》〉がわたしの力を呼び出せるのは、ふたりが増幅者だからだ。それなら、イヴァンの熊のかぎ爪やマリーが首から吊るしているアシカの歯のような増幅物があれば、わたしも力を呼び出せるはずだ。

「すばらしい考えだと思います！」必要以上に大きな声になった。

バグラは嫌悪感も露わにうめいた。

〈闇の主《ダークリング》〉は彼女に鋭い一瞥をくれてから、わたしに尋ねた。「アリーナ、きみはモロツォーヴァの群れの話を聞いたことがあるか？」

「あるに決まっているじゃないか。ユニコーンや、シュー・ハンのドラゴンの話だって聞いたことはあるさ」バグラが嘲るように言った。

〈闇の主《ダークリング》〉の顔を怒りが横切ったが、すぐに感情をコントロールしたようだ。「ふたりで話ができるかい、アリーナ？」礼儀正しく尋ねる。

「はい……もちろんです」

バグラはまた鼻を鳴らしたが、〈闇の主《ダークリング》〉はそれを無視してわたしの肘を取ると小屋を出てドアを閉めた。小道を少し歩いたところで、彼は大きくため息をつき、もう一度自分の髪をかきむしった。「あの女ときたら」

笑わずにはいられなかった。

「なんだ？」

「あなたがそんなに……いらだっているのを見たことがなかったので」

「バグラは人をいらつかせる」

「彼女もあなたの教官だったんですか?」

彼の顔がふと曇った。「そうだ。それで、きみはモロツォーヴァの群れのなにを知っている?」

唇を噛んだ。「ええ、その、ただの……」

彼がため息をつく。「ただの子供のおとぎ話かい?」

わたしは申しわけなさそうに肩をすくめた。

「いいんだ。覚えていることを聞かせてくれ」

夜遅く、大部屋で聞いたアナ・クーヤの声を思い起こした。「白い鹿の群れのことです。たそがれどきにだけ現われるという、魔法の生き物」

「彼らは、わたしたちと同じで魔法を使うわけではないよ。ただとても年を取っていて、とても力がある」

「本当にいるんですか?」信じられない。自分に魔法が使えるとか、力があると感じたことがないとは言わなかった。

「わたしはそう考えている」

「でもバグラは違う」

「彼女はいつも、わたしの考えをばかげていると言う。ほかになにを覚えている?」

「そうですね」わたしは笑いを含んだ声で答えた。「アナ・クーヤのお話のなかでは、鹿たちは話をすることができて、もし彼らを捕まえた狩人が命を助けてあげたら、代わりに願いをかなえてくれるということになっていました」

〈闇の主《ダークリング》〉も笑った。彼の笑い声を聞くのは初めてだ。心地のいい低い声が響いた。「その部分は確かに作り話だ」

「それじゃあ、ほかの部分は本当なんですか？」

「代々の王と〈闇の主《ダークリング》〉たちは、何世紀ものあいだモロツォーヴァの群れを探してきた。わたしの狩人たちは群れの痕跡を見つけたと報告してきたが、実際に目撃してはいない」

「それを信じるんですか？」

彼の石英色の目は冷ややかで揺るぎがなかった。「部下がわたしに嘘をつくことはない」背筋がぞくりとした。〈闇の主《ダークリング》〉にどんなことができるのかを知っていたから、わたしも嘘をつくつもりはなかった。「わかりました」落ち着きなく答える。

「モロツォーヴァの牡鹿を捕らえることができれば、その角を増幅物にできる」彼は手を伸ばして、わたしの鎖骨を軽く叩いた――ほんのわずかな接触にもかかわらず、例の確信が伝わってくる。

「ネックレスですか？」喉の付け根に彼の指を感じながら、わたしは想像してみようとした。

彼がうなずいた。「これまでで最強の増幅物だ」

思わず口が開く。「それをわたしに？」

彼は再びうなずいた。「かぎ爪とか牙とかそういったもののほうが、簡単なんじゃないですか？」

彼は首を振った。「〈影溜まり〉を破壊したいのならば、牡鹿の角が必要だ」

「でも、なにかほかのもので訓練すれば――」

「そういうわけにはいかないことは、きみにもわかっているはずだ」

「そうなんですか？」

〈闇の主《ダークリング》〉は顔をしかめた。「きみは理論を読んでいないのか？」

わたしも顔をしかめて言った。「理論はたくさんありますから」

驚いたことに、返ってきたのは笑みだった。「きみがまだ慣れていないことを忘れていたよ」

「わたしは忘れていません」

「つらいのか？」

なにかが胸にこみあげてきたので、わたしは狼狽し、ぐっと抑えこんだ。「わたしが自分ではひと筋の光すら呼び出せないことを、バグラから聞いているはずです」

「いずれ呼び出せる。わたしは心配していない」

「本当に？」

「そうだ。たとえ心配していたとしても、牡鹿を捕まえさえすれば問題ない」

いらだちが募った。増幅物で本当のグリーシャになれるのなら、存在するかどうかもわからない角を手に入れるまで、待ちたくはない。実在するものが欲しかった。いますぐに。「いままでだれもモロツォーヴァの群れを見つけられなかったのに、どうしていまになって見つけられると思うんです？」

「そうあるべきものだからだ。牡鹿はきみのためにいるんだ、アリーナ。わたしにはわかる」彼はわたしを見つめた。髪はくしゃくしゃのままだったが、明るい朝の光のなかで見る彼は、これまでよりずっとハンサムで人間らしかった。「わたしを信じてほしい」

なにを言えばいいのだろう？　実際のところ、答えは決まっていた。〈闇の主《ダークリング》〉が待てと言うのなら、待つほかはない。「わかりました。でも急いでください」

〈闇の主《ダークリング》〉はまた笑い声をあげ、わたしは頰が赤らむのを感じた。やがて彼は真顔になって言った。「わたしはきみを長いあいだ待っていたんだ、アリーナ。きみとわたしで世界を変えるんだよ」

わたしは気恥ずかしげに笑った。「わたしは世界を変えるようなタイプじゃありません」

「待つんだ」あの灰色の目で見つめられて、わたしの心臓は小さく跳びはねた。彼はもっと何かを言おうとしたようだったが、不安げな表情を浮かべ、唐突にあとずさった。「訓練がうまくいくことを祈っている」そう言い残すと、軽くお辞儀をしてから向きを変えて、湖岸に続く道を歩きだした。だが数歩進んだところで、振り返った。「アリーナ、牡鹿のことだが」

「はい」

「だれにも言わないでほしい。ほとんどの人間はただのおとぎ話だと思っているから、ばかにされたくない」

「だれにも言いません」

彼はうなずき、それ以上なにも言わずに歩き去った。わたしは彼のうしろ姿を見つめていた。どういうわけか、頭が少しぼうっとしている。

視線を戻すと、バグラが小屋のポーチに立ってわたしを見つめていた。顔が赤くなるのがわかった。

「はん」バグラは鼻を鳴らし、わたしに背を向けた。

〈闇の主《ダークリング》〉と話をしたあと、時間ができるとすぐに図書室に行った。牡鹿のことが書いてある理論の本はなかったが、イリヤ・モロツォーヴァには言及されていた。初期のころのもっとも力のあったグリーシャのひとりだ。

増幅物についてもいろいろなことが記されていた。グリーシャは生涯にひとつの増幅物しか持てないこと、一度だれかのものになった増幅物はそのグリーシャだけのものであることがわかった。〝グリーシャが増幅物を求めるように、増幅物もまたグリーシャを求める。互いがめぐり合ったとき、代わりになるものはない。類は友を呼び、つながりが生まれる〟

その理由はよくわからなかったが、グリーシャの力の抑制に関係があるらしい。

〝馬には速さがある。熊には強さがある。鳥には翼がある。そのすべてを持つ生き物は存在せず、その結果、世界はバランスを保っている。増幅物はこのバランスの一部であって、バランスを崩すための道具ではない。グリーシャはひとりひとりがこのことを肝に銘じなければ、恐ろしい結果を招くことになる〟

別の哲学者はこんなことを書いていた。〝グリーシャはなぜ増幅物をひとつしか持つことができないのか？　その答えとして、別の質問に答えておこう。無限とはなにか？　宇宙と人間の欲望である〟

図書室のガラスの円天井の下で、わたしは〈黒の異端者〉のことを考えた。〈影溜まり〉は祖先の欲望が生み出したものだと〈闇の主《ダークリング》〉は言った。哲学者たちが言う恐ろしい結果というのは、そのことなんだろうか？〈影溜まり〉は、〈闇の主《ダークリング》〉の力がまったく及ばない唯一の場所なのだということに、わたしは初めて思い至った。〈黒の異端者〉の野心は、彼の子孫たちを苦しめてきた。けれど、実際に血でその代償を支払ってきたのはラヴカだったと考えずにはいられなかった。

秋が冬に変わり、冷たい風が宮殿の庭園の木々をはだかにした。それでもわたしたちの食卓には、グリーシャが天候をコントロールする温室で獲れた新鮮な果物が並び、花が飾られている。だが瑞々しいプラムや紫色の葡萄を見ても、食欲が戻ってくることはなかった。〈闇の主《ダークリング》〉との会話がわたしのなかのなにかを変えてくれるかもしれないと、なんの根拠もなく考えていた。彼の言葉を信じたかったし、彼といっしょに湖岸にいたときにはほとんど信じかけていた。けれどなにも変わらなかった。バグラの手助けなしには力を呼び出すことはできない。わたしはまだ本当のグリーシャではなかった。

それでも、以前ほどの惨めさは感じなくなっていた。信じてほしいと〈闇の主《ダークリング》〉は言ったのだし、牡鹿が答えだと彼が考えているのなら、わたしにできるのは彼が正しいことを願うだけだ。ほかの召喚者たちといっしょに訓練を受けることはまだなかったが、マリーとナディアに連れられてバンヤを訪れたり、大王宮《グランド・パレス》にバレエを見に行ったりした。ジェンヤに血色をよくしてもらったこともあった。

わたしのそんな態度にバグラはひどく腹を立てた。

「あんたはやろうとすらしていないじゃないか！　魔法の鹿が助けに来てくれるのを待っているのかい？　きれいなネックレスになるのを？　ユニコーンがあんたの膝に頭を乗せてくるのを待っているんじゃないのかい？　ばかな娘だよ」

バグラが罵り始めても、わたしはただ肩をすくめただけだった。彼女の言うとおりだ。わたしは努力することにも、そのたびに失敗することにもうんざりしていた。わたしはほかのグリーシャとは違う。それを認めるべきだと思った。それに、興奮した彼女を見て楽しんでいる反抗的なわたしもいた。

ゾーヤがどんな罰を受けたのかは知らないが、彼女はあれからずっとわたしを無視していた。訓練室への立ち入りは禁止されたままで、冬の休日が終わったらクリバースクに戻るのだと聞いた。時折、わたしをにらみつけていたり、召喚者たちの友人といっしょになってわたしを笑っていたりすることもあったが、気にかけないようにした。

それでも、自分が落ちこぼれだという意識を消し去ることはできなかった。初めての雪が降った日、目が覚めると部屋の戸口に新しいケフタが置かれていた。どっしりした濃紺のウールでできていて、金色の厚い毛皮で裏打ちされたフードがついている。袖を通しはしたものの、いかさまをしているような気がして仕方がなかった。

つついただけの朝食を終え、バグラの小屋へと続く通い慣れた道をたどった。砂利の道に積もった雪は〈火を呼ぶ者《インフェルニ》〉に溶かされて、弱々しい冬の太陽の光を受けてきらきらと光っている。湖まであと少しというところで、使用人が追いかけてきた。

彼女は折りたたんだ紙を手渡すと、膝を曲げてお辞儀をし、来た道を急いで戻っていった。ジェンヤの筆跡だとわかった。

マルイエン・オレツェフの部隊は、六週間前から北チベヤのシャーナスト基地にいるわ。元気だということよ。連隊付けで手紙を送れるわ。

カーチの大使が贈り物を持って女王に会いにきたの。ドライアイスといっしょに詰めた牡蠣とイソシギとアーモンド・キャンディよ！ 今夜、持っていくわね。G

マルはチベヤにいる。元気で、生きていて、戦いからは遠く離れたところに。おそらく、冬に現われる獲物を追っているのだろう。

感謝すべきだとわかっていた。喜ぶべきだった。連隊付けで手紙を送れるわ。もう何カ月も連隊付けで送っていた。

最後に送った手紙のことを考えた。

親愛なるマル、全然返事をくれないっていうことは、きっとあなたは素敵なヴォルクラと出会って結婚して、〈影溜まり〉で幸せに暮らしているのね。光も紙もないから、手紙が書けないんでしょう？　それとも奥さんに両手を食べられた？

ボトキンや、鼻をふんふん言わせる女王の犬や、農民の習慣に対するグリーシャの妙なこだわりのことを書いた。美しいジェンヤや湖畔のパビリオンや図書室の見事なガラスの円天井のこと。謎めいたバグラや温室の蘭やわたしのベッドの上に描かれた鳥のこと。けれどモロツォーヴァの群れや、わたしがグリーシャとしてはできそこないであること、毎日彼のことを考えない日はないことは書かなかった。

そして少しためらったあとで、最後に走り書きのように付け加えた。これまでの手紙は届いている？　ここは言葉にできないくらいきれいな場所よ。でもトリヴカの池であなたといっしょに石を投げて遊べるなら、喜んで交換する。お願い、返事をちょうだい。

手紙は届いているはずだ。マルはあの手紙をどうしただろう？　読むくらいはしてくれただろうか？　五通めや六通めや七通目が届いたときには、困惑してため息をついた？

わたしはすくみあがった。お願い、返事をちょうだい、マル。お願いだから、わたしを忘れないで、マル。

哀れね、わたしは怒りの涙を拭いながら心のなかでつぶやいた。

湖に目をやる。ぐっと気温がさがっていた。ケラムソフ公爵の地所を流れる小川を思い出した。毎年冬になると、マルとわたしは小川が凍るのを待ってスケートをしたものだ。ジェンヤの手紙を握りしめた。もうマルのことは考えたくない。ケラムツィンでの記憶をすべて消してしまいたかった。いますぐ自分の部屋に駆け戻って、存分に泣きたかった。でもそれはできない。バグラとの実りのない、惨めな朝が待っている。

湖に続く道を時間をかけて進み、バグラの小屋の階段を重い足取りでのぼり、ドアを叩いた。

例によってバグラは火の近くに座り、やせこけた体を温めていた。わたしはその向かいの椅子にどすんと腰をおろして、待った。

バグラは短い笑い声をあげた。「今日は機嫌が悪いのかい、娘っ子？　いったいなにを怒っているんだね？　魔法の白い鹿を待つのに疲れたのかい？」

わたしは腕を組んだだけで答えなかった。

「お答え、娘っ子」

他の日だったなら、きっと嘘をついていただろう。ただ疲れているだけだと答えていただろう。けれどもう限界にきていたらしく、わたしはぶっきらぼうに答えた。「なにもかもうんざりなの。朝食にライ麦パンとニシンを食べるのも、こんなばかげたケフタを着るのももうたくさん。ボトキンに殴られるのも嫌気がさしたし、あなたにだってうんざりしている」

バグラは激怒するだろうと思ったが、ただわたしを見つめただけだった。傾げた首と炎の明かりに黒く光る目は、意地の悪い雀にそっくりだ。

「違うね」バグラはのろのろと言った。「そうじゃない。ほかにあるはずだ。なんなんだい？　かわいそうな娘っ子は家が恋しいのかい？」

鼻で笑った。「家？　どこのこと？」

「あんたが教えておくれ。ここでの暮らしのなにが不満だい？　新しい服、柔らかなベッド、温かい料理、〈闇の主《ダークリング》〉のペットになれるチャンス」

「わたしは彼のペットじゃない」

「だがそうなりたいんだろう？」バグラはあざ笑うように言った。「あたしに嘘をつかなくてもいいよ。あんたもほかのみんなと同じだ。あんたがどんな目で彼を見ているかはわかっているんだ」

かっと頬が熱くなり、バグラの杖で頭を殴りつけようかと思った。

「あんたの代わりになれるなら、自分の母親だって売ろうという娘は山ほどいる。なのにあんたは憂鬱そうで、子供みたいにふくれている。話してごらん、娘っ子。あんたのかわいそうな小さな心は、いったいなにを求めているんだ？」

彼女の言うとおりだった。一番の友人が恋しくてたまらないのだということは、よくわかっている。だがそれを彼女に言うつもりはなかった。

勢いよく立ちあがると、椅子が派手な音を立てて倒れた。「時間の無駄ね」

「そうかい？　ほかになにをしようっていうんだね？　地図を作るのかい？　年寄りの地図製作者から、インクを借りてくるかい？」

「地図製作者のどこが悪いのよ？」

「どこも悪くないさ。トカゲでいることだって悪くはない。鷹になるために生まれたんじゃないのならね」

「もうたくさん」わたしはとげとげしく言い、彼女に背を向けた。いまにも涙がこぼれそうだったが、この意地の悪い老女の前で泣きたくはなかった。

「どこに行くんだい？」ばかにしたような調子で彼女がうしろから呼びかけてきた。「なにがあんたを待っているんだね？」

「なにもないわよ」わたしは怒鳴りつけた。「だれも待ってる人なんていない！」

口に出したとたん、その言葉の真実に打たれたようになって、息ができなくなった。突然めまいがしたので、ドアの取っ手につかまった。

グリーシャの審査官の記憶が一気に蘇ってきたのはそのときだった。


わたしはケラムツィンの居間に座っている。暖炉では火が燃えている。青のケフタを着たがっしりした体格の男がわたしをマルから引き離そうとしている。

マルの手が強引にわたしからほどかれて、指が離れる。

紫のケフタの若い男がマルを抱きあげ、図書室に入って乱暴にドアを閉める。わたしは足をばたつかせ、腕を振りまわす。マルがわたしの名前を呼んでいるのが聞こえる。

もうひとりの男がわたしを抱え、赤いケフタの女が手首を握る。いきなり、純粋な確信がわたしの体を駆けめぐる。

わたしは抗《あらが》うのをやめる。わたしを呼ぶ声がする。わたしのなかのなにかが、それに応えようとして起きあがってくる。

息ができない。湖の底から水面に浮かびあがろうとしているみたいだ。もう少しで水面に出る。肺が空気を求めてあえいでいる。

赤いケフタの女は、目を細くしてわたしをじっと観察している。

図書室のドアの向こうからマルの声が聞こえる。アリーナ、アリーナ。

わかっていたのだ。わたしが彼とは違うことは。どうにもならないほど、徹底的に違うことは。

アリーナ、アリーナ！

わたしは選択する。自分のなかにいるなにかをぎゅっと捕まえ、ふたたび奥に押し戻す。

「マル！」そう叫んで、ふたたび抗い始める。

赤のケフタの女はわたしの手首を握ったままでいようとするが、わたしが泣きながら身をよじらせると、ようやくその手を放す。

わたしは震えながら、バグラの小屋のドアにもたれた。赤いケフタの女は増幅者だったのだ。〈闇の主《ダークリング》〉の呼び声を知っている気がしたのは、そのせいだ。だがわたしはなぜか、彼女に抵抗することができた。

ようやく、すべてを理解した。

マルが来る前、ケラムツィンは恐ろしい場所だった。闇のなかで泣きながら過ごす長い夜、わたしを無視する年長の子供たち、冷たくてがらんとした部屋。だがマルがやってきて、すべてが変わった。暗い廊下は隠れたり、遊んだりする場所になった。人気《ひとけ》のない林は探検場所だ。ケラムツィンはわたしたちの宮殿であり、王国だった。わたしはなにも怖くなくなった。

だがグリーシャの審査官は、わたしをケラムツィンから連れ去ろうとした。わたしからマルを奪おうとした。世界で唯一のよりどころであるマルを。だからわたしは選択した。自分の力を押しこめ、そうと気づくこともなく、ありったけのエネルギーと意思で日々押さえつけていた。その秘密を守ることに、自分のすべてを費やしていた。

三頭立て馬車で帰っていくグリーシャたちをマルといっしょに窓辺で眺めながら、激しい疲労を感じたことを思い出した。翌朝目が覚めてみると、目の下に隈ができていて、それ以来消えることはなかった。

そしてどうなった？　全身を震わせ、ドアの冷たい木に額を押し当てながら、自分に尋ねる。

マルは去っていった。

本当のわたしを知っている世界でただひとりの人は、わたしにはほんの二言、三言の手紙を書く価値すらないと考えている。それなのにわたしはまだしがみつこうとしていた。小王宮《リトル・パレス》がどれほど豪華でも、わたしにどれだけの力があっても、マルからなんの返事がなくても、しがみつこうとしていた。

バグラは正しかった。努力しているつもりでいたが、心の奥底にはマルのところに帰りたがっているわたしがいた。すべてがなにかの間違いであることを願っているわたしがいた。〈闇の主《ダークリング》〉が自分の過ちに気づいて、わたしを連隊に送り返すことを、どれほどわたしが恋しかったかにマルが気づいてくれることを、わたしたちの草地でふたりいっしょに年を取っていくことを望んでいるわたしがいた。マルはもう歩きだしているのに、わたしはいまもあの謎めいた三人の前で怯えながら彼の手を握りしめていた。

手を放すべきときが来たのだ。あの日〈影溜まり〉でマルはわたしの命を救い、わたしは彼の命を救った。あれがわたしたちの関係の終止符だったのかもしれない。

悲しみが溢れた。ふたりで抱いていた夢に対する悲しみ。慈しんでいた愛への悲しみ。希望に満ちた少女には二度と戻れないことへの悲しみ。悲しみが全身を満たし、そこにあることすら知らなかった結び目がほどけた。頬を涙が伝うのを感じながら目を閉じ、あまりに長いあいだ隠し続けてきた自分のなかのなにかに向かって手を伸ばす。ごめんなさいなにかに向かってささやいた。

長いあいだ、暗いところに置き去りにしていてごめんなさい。

ごめんなさい、でもやっと準備ができた。

わたしが呼びかけると、光が応えた。あらゆる方向から光がやってくるのを感じる。湖面をかすめ、小王宮の金のドームをなぞり、バグラの小屋のドアの下をくぐり、壁を突き抜ける。全身で感じていた。両手を広げると、花が咲くようにわたしを通して光が開き、部屋を満たした。石の壁を、タイル張りの古いかまどを、バグラの妙な顔を影ひとつ残さず照らし出す。熱く燃える光がわたしを包んだ。すべてわたしのものだったから、これまでよりはるかに力強く、純粋だ。笑いたくなったし、歌ったり、叫んだりしたかった。このすべてがわたしだけのものだ。

「よろしい」バグラがまぶしさに目をすがめながら言った。「それじゃあ、訓練に取りかかろうかね」

13

その日の午後、わたしは湖畔で訓練をしている〈召喚者の騎士団《エセリアルキ》〉たちの前で、初めて自分の力を呼び出した。揺れる光を湖面に送りこんで、イーヴォが起こした波をきらめかせた。ほかの者たちのように力を自由に操ることはまだできなかったが、それくらいなら問題はなかった。

突如として、いろいろなことが楽になった。いつも疲れているようなことはなくなったし、階段をのぼっても息が切れなくなった。夜は夢も見ずにぐっすり眠り、気持ちよく目覚めた。ここの食事は驚くほどおいしいことを初めて知った。砂糖とクリームをたっぷりかけたポリッジ。バターで焼いたエイ。温室育ちのぷりぷりしたプラムと桃。クヴァスの少し苦くて澄んだ味。まるで、バグラの小屋でのあの瞬間がわたしの初めての呼吸で、新たな人生が始まったかのようだ。

グリーシャたちはわたしがいままで力を呼び出せなかったことを知らなかったから、わたしの変わりようにかなり戸惑ったようだ。それでもなにも説明しないでいると、ジェンヤが滑稽な噂話を教えてくれた。

「マリーとイーヴォは、あなたがフォーダンの病気に感染したんじゃないかって考えていたわ」

「グリーシャは病気にならないんじゃないの？」

「そうなのよ！　それだけ悪意があるっていうことね。〈闇の主《ダークリング》〉が、彼の血とダイヤモンドのエッセンスをあなたに飲ませて治したんですって」

「ばかみたい」わたしは笑いながら言った。

「あら、こんなのまだましよ。ゾーヤときたら、あなたがなにかに取りつかれたって言いふらしていたんだから」

わたしはさらに笑った。

バグラの授業は相変わらず厳しく、歓迎する気にはなれなかったが、力を使えるチャンスがあるのは楽しかったし、着実に進歩していると思えた。初めのうちは、光を呼び出そうとするたびに怖かった。もう力がそこにはなくて、以前の自分に戻ってしまっているのではないかという気がしたのだ。

「あんたから切り離されることはないんだよ」バグラが言った。「あんたから逃げたり、呼ばれたときに来ようかどうしようか迷ったりする動物とは違う。あんたは自分の心臓に鼓動しろと頼むかい？　肺に呼吸しろと命じるかい？　あんたの力があんたのために働くのは、それが存在する理由だからだ。あんたのために働かずにはいられないんだよ」

バグラの言葉には含みがあるように思えた。わたしに理解してほしいと考えている、もうひとつの意味があるのかもしれない。だが彼女に課せられた訓練はそれだけで充分に厳しかったから、毒舌の老女が抱えている秘密を考えている暇はなかった。

バグラは力が及ぶ範囲を広げ、操ることができるように、徹底的にわたしを鍛えた。精神を集中させて、まばゆいほどの閃光や、熱を帯びた鋭い光線や、長く続く光の帯を作ることを教えた。意識する必要がなくなるまで、何度となく光を呼び出させた。光を集めることがほとんど不可能な夜に、訓練をすることもあった。ようやくのことで弱々しい光を作り出すと、バグラは杖を地面に打ちつけて怒鳴った。「だめだね、そんなんじゃ！」

「せいいっぱいやっているのよ」わたしはむっとして反論した。

「はん！　あんたがせいいっぱいやっているかどうかなんて、人が気にかけるとでも思うのかい？　さあ、もう一回。今度はちゃんとやるんだよ」

ボトキンの授業は驚きの連続だった。わたしも幼いころは、森や野原をマルといっしょに駆けまわったものだが、彼についていけたことは一度もない。いつだって病気がちで、弱々しくて、すぐに疲れた。だが生まれて初めて、きちんと食べて眠ったことで、そのすべてが変わった。ボトキンは厳しい戦闘訓練を課し、王宮の地所を延々と走らせたが、いつしかわたしはその課題を楽しんでいた。新しく手に入れたたくましい体になにができるのかを知るのは、喜びだった。

元傭兵にスパーリングで対抗できる日が来るとは夢にも思っていなかったが、〈製作者《マテリ》の騎士団《アルキ》〉のおかげでそれが可能になった。彼らが、内側に小さな鏡――初めて会った日にデヴィッドが作業場で見せてくれたガラスの円盤だった――のついた指のない革の手袋を作ってくれたのだ。手首をひねると、指のあいだに鏡が現われるようになっている。わたしはボトキンの許可を得て、呼び出した光をその鏡に反射させ、敵の目に当てる練習をした。その手袋が自分の手のように、鏡が指の延長のように感じられるまで幾度となく繰り返した。ボトキンは相変わらずぶっきらぼうで批判的で、ことあるごとにわたしを役立たずと呼んだが、風雨にさらされたその顔に、時折ちらりと満足げな表情が浮かんでいることにわたしは気づいていた。

冬の最中、ボトキンのあばらにパンチを一発お見舞いすることに成功した(その後、お礼として顎の付け根に平手打ちをもらった)長い授業のあとで、わたしは彼に呼ばれた。

「これを」ボトキンは、鋼と革の鞘に包まれたがっしりしたナイフを差し出した。「肌身離さず持っていろ」

それが当たり前のナイフではないことに気づいて、わたしは動揺した。グリーシャ鋼だ。

「ありがとうございます」

「礼はいらん」ボトキンは自分の喉に残る醜悪な傷跡を叩いた。「それは、おまえが獲得したんだ」

その冬はこれまでとはまったく違ったものになった。天気のいい午後はほかの召喚者たちと湖でスケートをしたり、王宮の地所でそりをしたりして遊んだ。雪の降る夜は大広間のタイル張りのかまどのまわりに集まってクヴァスを飲み、甘い物を食べて過ごした。聖ニコライの祝祭は、大きなボウルに入った団子入りスープと蜂蜜とケシの実を入れたクトゥヤで祝った。雪深いオス・アルタ郊外まで出かけてそりや犬ぞりを楽しむグリーシャもいたが、身の安全のため、わたしはいまだに王宮の地所から出ることを許されていなかった。

だが、それも気にならなかった。ほかの召喚者たちといっしょにいることが、以前ほど苦には感じられない。それでもマリーとナディアと過ごす時間を心から楽しいとは思えなかった。ジェンヤとふたりで自分の部屋の暖炉の前でお茶を飲み、話をしているほうがずっといい。わたしは宮廷内の噂話を聞くのが好きだった。大王宮《グランド・パレス》の裕福な人々の話であれば、さらに楽しい。一番のお気に入りは、ある伯爵が王に送った巨大なパイの話だ。中から小人が飛び出して、女王に忘れな草の花束を手渡したのだという。

冬の終わりには王と女王がグリーシャ全員を招待して、シーズン最後の晩餐会を催すらしい。もっとも豪華なパーティーなのだとジェンヤは言った。すべての貴族と位の高い廷臣に加え、軍の英雄、海外の高官、そして次期国王《ツァレヴィッチ》も出席するのだという。王宮の地所を家ほどの大きさの白い去勢馬に乗って走る皇太子を、一度だけ見たことがあった。ハンサムと言ってもいいような顔立ちだったが、王のほっそりした顎とひどく腫れぼったい目を受け継いでいるので、疲れているのか、それとも単に退屈しているだけなのかはわかりかねた。

「酔っていたんじゃないかしら」ジェンヤが紅茶をかき混ぜながら言った。「彼はいつだって、狩りをしているか、馬に乗っているか、お酒を飲んでいるかのどれかだから。女王はかりかりしているわ」

「ラヴカは戦争中だもの。もっと国のことを考えるべきよね」

「あら、女王が気にかけているのはそんなことじゃないの。あちこち遊びまわって、ポニーを買うのに山ほどの金を使うのをやめて、早く結婚してほしいだけよ」

「もうひとりはどうなの？」王と女王にはもうひとり息子がいることは知っていたが、一度も見かけたことはない。

「ソバシュカのこと？」

「王子を〝子犬《ソバシュカ》〟だなんて、よく呼べたものね」わたしは笑った。

「みんなそう呼んでいるわよ」ジェンヤは声を潜めた。「それに、彼は王の子供じゃないっていう噂もあるわ」

わたしは危うく紅茶を喉に詰まらせそうになった。「嘘！」

「真実を知っているのは女王だけ。どちらにしろ、彼は異質なのよ。どうしても歩兵隊に入りたいって言い張って、そのあとは鉄砲工のところで修行をしたの」

「宮廷には来ないの？」

「もう何年も見ないわね。今はどこかで、造船か同じくらい退屈ななにかを勉強しているんだと思う。デヴィッドとは気が合うかもしれない」ジェンヤの声は苦々しかった。

「あなたたちってどんな話をするの？」わたしは好奇心にかられて尋ねた。ジェンヤがデヴィッドに惹かれる理由が、いまだによくわからない。

ジェンヤはため息をついた。「ありふれたことよ。人生。愛。鉄鋼石の融点」頰をピンク色に染め、真っ赤な髪を指に巻きつける。「そうしようと思えば、彼はとてもおもしろくなれるの」

「本当に？」

ジェンヤは肩をすくめた。「だと思うわ」

わたしは安心させるように彼女の手を軽く叩いた。「いずれ彼も気づくわよ。照れ屋なだけ」

「作業所のテーブルの上に寝てみようかしら。わたしになにかを溶接するつもりかどうか、わかるかもしれないわね」

「たいていのラブストーリーはそんなふうに始まるものなんじゃない？」

ジェンヤは笑ったが、わたしはふと罪悪感を覚えた。ジェンヤはデヴィッドのことをなんでも話してくれているのに、わたしはマルの話を一度もしたことがない。だって話すことなんてなにもないから。心のなかでつぶやいて、紅茶に砂糖を入れた。

ほかのグリーシャたちがオス・アルタの郊外に出かけたある日の午後、わたしはジェンヤに誘われて大王宮にこっそり忍びこみ、女王の着替え室で服や靴を眺めて過ごした。ジェンヤは、淡水真珠の飾りがついた淡いピンク色のシルクのドレスを無理やりわたしに着させると、大きな金の鏡の前に連れていった。わたしは自分の目を疑った。

ずっと鏡を避けていた。わたしが見たいと思うものが、そこに映ることはないからだ。だがいま鏡のなかでジェンヤの隣に立っている娘は、わたしの知らない人だった。薔薇色の頬とつややかな髪、そして……均整のとれた体。何時間でも眺めていられる。ミカエルに見せてやりたいと唐突に思った。もう〝小枝〟なんて言わせない。

鏡ごしに目が合い、ジェンヤがにっこりした。

「ここにつれてきたのはこのため？」わたしは尋ねた。

「いったいなんの話？」

「わかっているくせに」

「自分の姿をじっくり見たいんじゃないかと思ったの。それだけよ」

喉元にこみあげてきた気恥ずかしさをぐっと呑みこみ、衝動的に彼女を抱きしめた。「ありがとう」そうささやいてから、彼女を小突く。「さっさと離れて。あなたが隣にいたら、少しもきれいに見えないじゃないの」

その日の午後はずっと、片っ端からドレスを着ては鏡に映る自分たちの姿を眺めて過ごした。そのどちらも、楽しいと思える日が来るとは夢にも思っていなかったことだ。時がたつのを忘れてしまい、気づいたときにはバグラとの夜の授業の時間がせまっていた。ジェンヤの手を借りてアクアマリン色の夜会服を脱ぎ、ケフタを着て湖へと急ぐ。懸命に走ったがそれでも間に合わず、バグラはひどく怒った。

バグラとの夜の授業は常に厳しいものだったが、その夜はことさら大変だった。

「コントロールが足りない！」わたしが呼び出した弱々しい光が湖岸に揺らめくと、バグラはぴしゃりと言った。「なにを考えているんだい？」

夕食のことを、そう思ったが口には出さなかった。ジェンヤとわたしは女王の衣裳部屋に夢中になるあまり、食事することすら忘れていた。お腹がぐるぐると鳴っている。

精神を集中させると、光は強くなり、凍りついた湖に届いた。

「ましになったね。光が自分から輝くようにするんだ。類は友を呼ぶんだよ」

わたしは力を抜いて、光が輝くに任せた。すると驚いたことに、氷の上で光がうねり、湖の中央にある小さな島を照らし出した。

「もっとだ！」バグラが叫んだ。「なにをためらう？」

さらに深く心の奥を探ると、光の輪は島を呑みこみ、湖全体と対岸にある学校を煌々《こうこう》と照らした。地面には雪が積もっていたが、わたしたちのまわりは真夏のように暑く、まぶしいほどに輝いている。全身で力が脈打っていた。心が浮き立つ。だが徐々に疲労が忍び寄り、力の限界が近づいてくるのが感じられた。

「もっとだ！」

「できない！」わたしは言い返した。

「もっと！」バグラの声に切羽つまったものを感じると、わたしのなかで警報のスイッチが入り、集中の糸が切れた。光が震え、わたしの手をすり抜けていく。あわててつかもうとしたが、あっという間に遠ざかっていき、まず学校が、そして島が、最後に湖岸がふたたび闇に沈んだ。

「それでは足りない」彼の声にぎくりとした。〈闇の主《ダークリング》〉が明かりに照らされた小道に姿を現わした。

「充分かもしれない」バグラが言った。「彼女の力がどれくらい強いかはわかっただろう。あたしはまったく手を貸さなかった。増幅物を与えて、どれほどのことができるか試してみるといい」

〈闇の主《ダークリング》〉は首を振った。「彼女には牡鹿を与える」

バグラは顔をしかめた。「あんたはばかだよ」

「もっとひどい言われ方をしたこともある。たいていはあなたに」

「愚かとしか言いようがないね。考え直すべきだ」

〈闇の主《ダークリング》〉の顔から表情が消えた。「考え直すべき？　もうあなたから命令は受けない。なにをすべきかは、わたしがよくわかっている」

「意外に思うかもしれませんけれど」わたしは声をあげた。〈闇の主《ダークリング》〉とバグラが振り返った。まるでわたしがここにいることを忘れていたかのようだ。「バグラの言うとおりです。もっとできます。もっと訓練します」

「きみは〈影溜まり〉に行ったことがあるはずだ、アリーナ。わたしたちがなにを相手にしているのか、よくわかっているだろう？」

急に意地になった。「毎日、進歩しているのがわかります。時間をもらえれば――」

〈闇の主《ダークリング》〉がまた首を振った。「そんな危険は犯せない。ラヴカの未来が危険にさらされているのだ」

「わかりました」力なく答える。

「本当に？」

「はい。モロツォーヴァの牡鹿がいなければ、わたしは役立たずも同然です」

「おやおや、彼女は見た目ほどばかじゃないようだ」バグラがけらけらと笑った。

「ふたりきりにしてくれ」〈闇の主《ダークリング》〉の声ははっとするほど恐ろしかった。

「あんたのプライドがあたしたちみんなを苦しめることになるんだよ、坊や」

「二度は言わない」

バグラはむっとしたように彼をにらみつけたが、きびすを返し、荒々しい足取りで小屋へと戻っていった。

音を立ててドアが閉まると、〈闇の主《ダークリング》〉は街灯の明かりのなかでわたしを眺めて言った。

「調子がよさそうだ」

「はい」そう答えながら、目を逸らした。ほめ言葉にどう応対すればいいのか、ジェンヤに教えてもらったほうがいいかもしれない。

「小王宮《リトル・パレス》に戻るのなら、わたしが送っていこう」

わたしたちは無言のまま湖岸を歩き、人気《ひとけ》のない石のパビリオンの前を通りすぎた。氷の向こうに学校の明かりが見える。

やがて、わたしは尋ねずにいられなくなった。「なにか連絡はありましたか？　牡鹿のことで？」

〈闇の主《ダークリング》〉は唇をぎゅっと結んだ。「いや。群れはフョーダに入ってしまったのかもしれないと部下たちは言っていた」

「そうですか」失望を表に出さないようにしながら答える。

〈闇の主《ダークリング》〉は不意に足を止めた。「きみは役立たずではないよ、アリーナ」

「わかっています。役立たずではないけれど、たいして力にはなれない」

「〈影溜まり〉に立ち向かえるだけの力のあるグリーシャはいない。わたしでもだめだ」

「わかっています」

「だがきみはそれが気に入らない」

「当然でしょう？　〈影溜まり〉を破壊する手助けができないなら、わたしはなにをすればいいんです？　真夜中のピクニックですか？　冬のあいだ、あなたの足が冷えないようにするとか？」

〈闇の主《ダークリング》〉の唇の端が少しだけ持ちあがった。「真夜中のピクニック？」

笑顔を返すことはできなかった。「グリーシャ鋼は獲得するものだとボトキンが言っていました。いまこうしていることを感謝していないわけじゃありません。心から感謝しています。ただ、自分の力で獲得したとは思えないんです」

彼はため息をついた。「すまない、アリーナ。信じてほしいと言っておきながら、わたしはまだきみに与えられずにいる」

彼があまりに疲れているように見えたので、わたしはすぐに後悔した。「そういうことじゃ――」

「いや、そのとおりだ」彼はもう一度深く息を吸い、首を撫でた。「バグラの言うとおりかもしれない。認めたくはないが」

わたしは首をかしげた。「あなたはなにがあっても心を乱されることはないのに、どうしてバグラが相手だとそんなにいらだつんですか？」

「わからない」

「いいことだと思います」

彼は驚いてわたしを見つめた。「なぜだ？」

「バグラはあなたを怖がったり、いいところを見せようとしたりしない、ただひとりの人ですから」

「きみもわたしにいいところを見せようとしているのか？」

「もちろんです」わたしは笑って言った。

「きみはいつも思っていることを言葉にしているかい？」

「そんなこと、半分もありません」

彼も笑い、わたしはその声がどれほど好きだったかを思い出した。「それでは、わたしは運がいいと思わなくてはならないようだな」

「バグラの力はなんですか？」そのことを疑問に思ったのは初めてだ。バグラは〈闇の主《ダークリング》〉

と同じ増幅者だが、彼はそれ以外にも力を持っている。

「よくわからない。〈潮を操る者《タイドメーカー》〉だったと思う。それを覚えているほど長く生きている者はここにはだれもいない」彼はわたしに顔を向けた。冷たい空気のせいで頬は赤く染まり、灰色の瞳に街灯の明かりが映っている。「アリーナ、いまでも牡鹿を捕まえられると信じているとわたしが言ったら、頭がどうかしていると思うかい？」

「わたしがどう思うかなんて、なぜ気にするんです？」

彼は途方に暮れたような顔になった。「わからない。だが気になる」

そして彼はわたしにキスをした。

あまりに突然のことだったので、反応する暇さえなかった。石英色の瞳を見つめていたと思ったら、次の瞬間には唇が重ねられていた。いつもの確信が伝わってくると同時に、全身がかっと熱くなり、心臓が踊り始める。そして同じくらい唐突に、彼は顔を離した。彼もまた、驚いているような表情だ。

「そんなつもりでは……」

足音が聞こえて、イヴァンが姿を現わしたのがそのときだった。まず〈闇の主《ダークリング》〉に、それからわたしにお辞儀をしたが、口元にうっすらと笑いを浮かべているのがわかった。

「〈アパラット〉がいらだっています」彼が言った。

「彼の好ましくない性質のひとつだな」〈闇の主《ダークリング》〉がさらりと応じた。その顔から驚きの表情は消えている。いたって冷静な様子でわたしにお辞儀をすると、それ以上こちらを見ようともせず、雪のなかにわたしを残したままイヴァンと共に去っていった。

わたしは長いあいだその場に立ち尽くしていたが、やがてぼうっとしながら小王宮の方向に歩き始めた。いまなにが起きたの？　唇に指で触れてみる。〈闇の主《ダークリング》〉は本当にわたしにキスをした？　大広間に立ち寄ることなく、まっすぐ自分の部屋に戻ったが、自分を持て余しただけだった。使用人に夕食を運んでもらい、部屋で食べることにした。どうしてもジェンヤと話がしたかったが、彼女は大王宮で夜を過ごしていたし、探しに行くだけの勇気はない。やがてわたしはあきらめて、大広間へとおりていった。

マリーとナディアはそり遊びから戻っていて、かまどのそばで紅茶を飲んでいるところだった。セルゲイがマリーの隣に座り、腕をからませているのを見てびっくりした。空気中になにか妙なものでも含まれていたのかもしれない、ふと思った。

彼女たちといっしょに紅茶を飲みながら、今日はどうだったかと尋ねてみたが、会話に集中するのは難しかった。ともすれば、重ねられた〈闇の主《ダークリング》〉の唇や、街灯の明かりの下に立つ彼の姿や、冷たい夜気のなかで白く見えた彼の息や、驚いたような表情へと意識がさまよっていく。

眠れないことはわかっていたので、マリーからバンヤに行かないかと誘われたときにはうなずいた。バンヤは野蛮な習慣で、農民たちがクヴァスを飲んだり、みだらなことをしたりするための言いわけだとアナ・クーヤはよく言っていたが、彼女はお高くとまっていただけなのだということが、最近になってわかってきた。

蒸気のなかでぎりぎりまで熱さを我慢してから、ほかの少女たちといっしょに歓声と共に雪に飛びこむ。それからまた蒸気のなかに戻り、同じことを繰り返す。わたしは真夜中を過ぎるまでバンヤにいて、笑ったり、はあはあとあえいだり、頭のなかを整理しようとしたりした。

ふらつく足で自分の部屋に戻ると、ベッドに倒れこんだ。肌はしっとりと上気して、髪は濡れてもつれている。体はほてり、すっかり力が抜けてしまっていたが、頭のなかはまだ渦を巻いていた。意識を集中させて温かな日光を呼び出し、絵の描かれた天井の上で銀のダンスを踊らせた。力を解放することで、神経をなだめるつもりだった。だが〈闇の主《ダークリング》〉のキスの記憶が蘇り、集中の邪魔をした。思考が乱れ、不安定な気流にさらわれた鳥のように、心臓は急降下した。

光は砕け散り、あとには闇とわたしだけが残された。

14

冬の終わりが近づいてきて、大王宮《グランド・パレス》で開かれる王と女王の祝宴の話があちこちらで聞かれ始めた。グリーシャの召喚者たちは、自分たちの力を披露して貴族を楽しませることになっている。だれが実演するのか、どうすればもっとも印象的なものにできるのか、長い時間をかけて話し合いが行なわれた。

「〝演じる〟って言わないほうがいいわ」ジェンヤが言った。「〈闇の主《ダークリング》〉がいやがるから。冬の祝宴は、グリーシャの時間の無駄遣いだって思っているのよ」

そのとおりかもしれないと思った。〈製作者の騎士団《マテリアルキ》〉の作業場は、王宮からの布や宝石や花火の注文で朝から晩まで大忙しだ。召喚者たちは石のパビリオンで〝実演〟に磨きをかけている。ラヴカが百年以上も戦争を続けていて、いまもまだその真っ最中であることを考えると、たしかに軽薄に思える。それでもわたしはあまりパーティーに出たことがなかったから、シルクやダンスや花の話に夢中にならずにはいられなかった。

バグラはそんなわたしに容赦がなかった。ほんの一瞬でも集中が途切れると、ぴしりと杖で叩いて言った。「闇の王子とのダンスで頭がいっぱいかい？」

聞き流しはしたものの、たいていは彼女の言うとおりだった。どれほど考えまいとしても、気がつけば〈闇の主《ダークリング》〉のことを考えている。彼の姿はまた見えなくなって、北部に行ったのだとジェンヤが教えてくれた。祝宴には出席しなければならないはずだとグリーシャたちは考えていたが、だれにも確かなことはわからない。キスのことをジェンヤに打ち明けようとしたことも一度や二度ではなかったが、言葉になりかけたところでいつも考え直した。

ばかみたい、自分を厳しく叱りつける。あんなこと、なんの意味もない。彼はきっと大勢のグリーシャの娘にキスをしている。そもそも、ジェンヤやゾーヤのような人が近くにいるのに、どうして〈闇の主《ダークリング》〉がわたしに興味を持ったりする？　だがたとえそれが事実だとしても、知りたくはなかった。だれにも言わずにいれば、あのキスは〈闇の主《ダークリング》〉とわたしだけの秘密だ。そのままにしておきたかった。それでも、朝食の最中に立ちあがって「〈闇の主《ダークリング》〉はわたしにキスをしたのよ！」と叫びたくなるのを、ありったけの意志でこらえることも時々あった。

バグラはわたしに失望していたかもしれないが、わたし自身の失望のほうが比べものにならないくらい大きかった。どれほど努力しても、限界が明らかになるばかりだった。授業が終わるたびに、「まだ足りない」という〈闇の主《ダークリング》〉の声が聞こえた。事実だ。彼は〈影溜まり〉を破壊し、〈偽海〉の黒い潮をもとどおりにしたがっているが、わたしにはそれができるだけの力がない。それが理解できるくらいには、理論を学んでいた。すべてのグリーシャには力の限界があって、〈闇の主《ダークリング》〉も例外ではなかった。わたしが世界を変えるのだと〈闇《ダー》の主《クリング》〉は言ったが、自分にそれだけの能力がないことを認めるのはつらかった。〈闇の主《ダークリング》〉の姿は見かけなくなったが、〈アパラット〉はどこにでもいるようだった。廊下に隠れていたり、湖に続く小道のそばにいたりした。わたしがひとりきりでいるところを捕まえたいのだろうと思ったが、信じることや苦しみについて彼がわめき散らすのを聞きたくなかったから、ひとりのときに彼と会うことのないように、細心の注意を払った。

冬の祝祭の日は授業に出なくてもよかったが、それでもボトキンのところには顔を出した。実演のことや、〈闇の主《ダークリング》〉に会うことを考えると、とても自分の部屋で座ってはいられない。ほかのグリーシャたちといっしょにいても気は紛れなかった。マリーとナディアは新しいシルクのケフタやどんな宝石をつけるかということばかり話していたし、デヴィッドと〈製作《マテ》者の騎士団《リアルキ》〉たちは実演についてくわしい話をしろと迫ってくる。そういうわけでわたしは大広間を避け、教練所近くの訓練室へと赴いた。

ボトキンはわたしに鏡を使ったスパーリングをさせた。鏡がなければ、いまだに彼には手も足も出ないが、手袋をつければひけを取らない。少なくともわたしはそう思っていた。だが授業が終わるとボトキンは、実は手加減したのだと言った。

「パーティーに行こうという娘を殴るわけにはいかない」そう言って肩をすくめる。「明日は堂々とやろう」

想像しただけでうめきたくなった。

大広間で手早く食事をし、埋めこみ式のバスタブのことを考えながらだれかにつかまる前に急いで部屋に戻った。バンヤは楽しいけれど、共用のお風呂は軍隊でたっぷり味わっていたから、プライバシーは貴重だった。

ゆったりとお湯につかったあとは、窓のそばに座って髪を乾かしながら、湖に日が落ちるのを眺めた。まもなく王宮に続く長い私道の街灯に明かりが灯り、どれも負けず劣らず凝った装飾の豪華な馬車に乗った貴族たちがやってくる。数カ月前だったなら、こんな夜のことを考えただけですくみあがっていただろう。美しいドレスをまとった美しい人々が何百人といるところで、わたし自身も着飾り、実演するのだ。だがいまは、不安は残っているものの、きっと楽しいひとときになるだろうと思えた。

炉棚の上の小さな時計に目をやり、眉間に皺を寄せた。メイドが新しいシルクのケフタを運んできてくれるはずなのに、まだ姿を見せない。すぐにでも来なければ、古いウールのケフタを着るか、マリーからなにかを借りなければならないだろう。

そう考えたとたんに、ドアをノックする音がした。だがそこにいたのはジェンヤだった。長身の肢体を金の刺繡をたっぷりと施したクリーム色のシルクのドレスで包み、赤い髪をアップにして耳元で揺れる大きなダイヤのイヤリングと優美な首を露わにしている。

「どう？」こちら向きに、そして反対向きにくるりとまわって見せながらジェンヤが訊いた。

「あなたって本当にいやな人ね」わたしは笑顔で言った。

「きれいじゃない？」ジェンヤが、洗面台の上の鏡に映る自分に賛辞を贈った。

「謙虚になれたら、もっときれいだと思うけれど」

「どうかしら。あなたはどうして着替えないの？」鏡のなかの自分に見とれていたジェンヤは、わたしがまだローブ姿であることに気づいて言った。

「ケフタがまだ届かないの」

「〈製作者の騎士団〉《マテリアルキ》たちは、女王の要求で手いっぱいだったのよ。きっとすぐに来るわ。とりあえず髪を整えるから、鏡の前に座ってちょうだい」

うれしさのあまり叫びたくなるのを、なんとかこらえた。ジェンヤが髪をセットしてくれればいいと思っていたが、自分から頼みたくなかったのだ。「てっきりあなたは女王のそばにいるんだろうと思っていた」ジェンヤがそのすばらしい手で髪をいじり始めるのを見ながら、わたしは言った。

ジェンヤは琥珀色の目をぐるりとまわした。「わたしにできることはかぎられているわ。女王陛下は今夜の舞踏会に行けないくらい、具合が悪いそうよ。頭痛がするんですって。まったく！　一時間もかけて目尻の皺を消したっていうのに」

「それじゃあ、女王は出席しないの？」

「出席するに決まっているわ！　まわりの人たちにあれこれと世話を焼いてもらいたがっているだけよ。そうすれば自分はえらいんだって思えるから。今夜の舞踏会はシーズン最大のイベントだもの。なにがあろうと行かないはずがないわ」

シーズン最大のイベント。わたしは身震いしながら息を吐いた。

「不安？」

「少し。どうしてなのかはわからないけれど」数百人の貴族が、あなたを見ようとして待ちかまえているからかもしれないわね」

「それはどうも。心強いこと」

「どういたしまして」ジェンヤはぐいとわたしの髪を引っ張った。「いい加減、じろじろ眺められるのに慣れてもいいころよ」

「でもまだ慣れない」

「どうしても我慢できなくなったら、合図をしてちょうだい。そうしたらわたしはテーブルに乗って、スカートを頭の上までたくしあげて踊るから。そうすれば、だれもあなたを見なくなるわ」

声をたてて笑うと、いくらか緊張がほどけた。ややあってから、できるだけさりげない口調で尋ねた。「〈闇の主〉《ダークリング》はもう帰ってきた？」

「ええ。昨日戻ってきたわ。彼の馬車を見たわよ」

気持ちが沈んだ。彼は丸一日宮殿にいたのに、わたしに会いにも来なかったし、わたしを呼びつけもしなかった。

「すごく忙しいんだと思うわ」ジェンヤが言った。

「そうでしょうね」

しばしの間のあと、ジェンヤは静かに言い添えた。「みんな感じているのよ」

「なにを？」

「彼が他人を惹きつける力。でも彼はわたしたちとは違うのよ、アリーナ」

神経がぴんと張りつめた。ジェンヤはあえてわたしの巻き毛を見つめている。

「彼の力。彼の外見。気がつかないとしたら、あなたの頭がどうかしているんだわ」

知りたくなかったけれど、訊かずにはいられなかった。「ひょっとして彼は……？　あなたと彼は……？」

「まさか！　とんでもない！」いたずらっぽい笑みがジェンヤの口元に浮かんだ。「でもいつかはそうなるから」

「本当に？」

「なりたくない人がいる？」鏡ごしに目と目が合った。「でも心を奪われたりはしない」

わたしは、関心がなさそうに見えることを願いながら肩をすくめた。「当たり前よね」

ジェンヤは非の打ちどころのない眉を吊りあげると、ぐいとわたしの髪を引っ張った。

「痛い！」悲鳴をあげた。「今夜、デヴィッドは来るの？」

ジェンヤはため息をついた。「いいえ。彼はパーティーが好きじゃないの。でもさっき作業場に顔を出して、彼が手に入れそこなったものを見せつけてやったわ。でも彼ったら、ほとんどわたしを見ようともしなかった」

「そんなことはないと思う」わたしは慰めるように言った。

ジェンヤはわたしの髪の最後のひと束をねじって形を整え、金色のヘアピンで留めた。

「できた！」勝ち誇ったように言う。わたしに手鏡を持たせ、彼女の作業の成果が見えるようにうしろを向かせた。髪の半分は手のこんだ飾り編みにしてあり、残った髪はゆるやかに波打ちながら肩の上で揺れている。わたしは笑顔になって、ジェンヤを抱きしめた。

「ありがとう。あなたって本当にすごい」

「わたしにとっては、あまりいいこともないけれどね」

こんなに魅力的なジェンヤが、どうしてあれほど真面目で、物静かで、彼女の美しさに無関心のように見える人に夢中なんだろう？ それとも、だからこそデヴィッドに惹かれるんだろうか？

ノックの音がわたしを現実に引き戻した。ドアに駆け寄って開ける。それぞれに箱を抱えたふたりのメイドが戸口に立っているのを見て、おおいに安堵した。ケフタが届くかどうかを、実はひどく心配していたらしい。一番大きな箱をベッドの上に置き、蓋を開けた。

ジェンヤは悲鳴のような声をあげ、わたしは目を丸くしてそこにあるものを見つめた。わたしが動けずにいると、ジェンヤが手を伸ばし、波打つ黒のシルクを箱から取り出した。袖と襟元には繊細な金の刺繍が施され、小さな黒のビーズが縫いつけられている。

「黒」ジェンヤがつぶやいた。

彼の色。いったいどういう意味だろう？

「見て！」ジェンヤがあえぐように言う。

襟は黒のベルベットのリボンで縁取られていて、その先に小さな金の飾りがついている。〈闇の主《ダークリング》〉のシンボルである、日食を表わす重なり合ったふたつの円だ。

わたしは唇を噛んだ。今度こそ〈闇の主《ダークリング》〉は、わたしを特別扱いすることに決めたらしい。わたしにどうこうできることではない。かすかな腹立たしさを感じたのもつかの間、沸き立つような思いが怒りを呑みこんだ。彼がこの色を選んだのは、あの湖畔での夜の前だろうか。それともあと？　今夜わたしがこれを着ているのを見て、彼は後悔しないだろうか？　考えている暇はなかった。はだかで舞踏会に行きたくなければ、これを着るほかはない。ついたての向こう側にまわり、新しいケフタに手を通した。ひんやりしたシルクを肌に感じながら、苦労して小さなボタンを留めていく。ついたての陰から出ていくと、ジェンヤは満面の笑みを浮かべた。

「わお、あなたには黒が似合うって思っていたのよ」彼女はわたしの腕をつかんだ。「来て！」

「まだ靴を履いていないのに！」

「いいから来て！」

ジェンヤは廊下の先にわたしを引っ張っていくと、ノックもせずにドアを開けた。

ゾーヤが悲鳴をあげた。濃紺のシルクのケフタを着た彼女は手にブラシを持ち、部屋の中央に立っている。

「失礼！」ジェンヤが言った。「でもこの部屋が必要なの。〈闇の主《ダークリング》〉の命令よ！」

ゾーヤの美しい青い目に危険な光が浮かんだ。「もしあなたが――」言いかけたところで、わたしの姿が目に入ったらしい。あんぐりと口が開き、顔から血の気が引いた。

「出ていって！」ジェンヤが告げる。

ゾーヤは口を閉じ、それ以上なにも言わずに部屋を出ていったのでわたしは仰天した。ジェンヤがドアを閉めた。

「いったいどういうこと？」彼女に尋ねる。

「あなたにちゃんとした鏡で自分を見せたかったのよ。化粧台の上のあんな使いものにならないガラスのかけらじゃなくて。でもなにより、〈闇の主《ダークリング》〉の色を着ているあなたを見たときの、あの女の顔が見たかったの」

思わず頬が緩んだ。「いい眺めだったわね」

「でしょう？」ジェンヤは満足そうに応じた。

わたしは鏡を見ようとしたが、ジェンヤはわたしを強引にゾーヤの化粧台の前に座らせた。引き出しのなかをごそごそと探し始める。

「ジェンヤ！」

「いいから……あった！　彼女がまつ毛を黒くしているのはわかっていたのよ」ジェンヤはゾーヤの引き出しから黒いアンチモンの小さな瓶を取り出した。「作業しやすいように少し光を呼んでくれる？」

ジェンヤがよく見えるように柔らかな光を呼び出し、上を向け、下を向け、左を見ろ、今度は右だと命じる彼女に、辛抱強く従った。

「完璧だわ！」ようやく終わったらしい。「まあ、アリーナ、すごく魅惑的よ」

「そうかしら」わたしは彼女の手から鏡を奪い取った。のぞきこんで笑みがこぼれる。骨ばった肩をして頬のこけた病弱そうな少女はもういない。そこにいたのは、きらきら光る目とつややかに波打つブロンズ色の髪をしたグリーシャだった。均整のとれた体にまとった黒いシルクが、縫い合わせた影のように揺れている。ジェンヤがなにかをしたらしく、目はまるで猫のように黒く輝いていた。

「アクセサリー！」ジェンヤが叫び、わたしたちは廊下で激怒しているゾーヤの脇をすり抜けて部屋へと駆け戻った。

「用は済んだの？」かみつくようにゾーヤが訊いた。

「いまのところは」わたしは陽気に答え、ジェンヤはなんとも品のない鼻の鳴らし方をした。

ベッドの上のほかの箱を開けると、そこには金色のシルクの室内履きと黒玉と金のイヤリングとどっしりした毛皮のマフが入っていた。準備が整ったところで、洗面台の上の鏡で自分の姿を確かめてみる。わたしではないあでやかな娘の服を着ているかのように、謎めいて魅惑的な女になった気分だ。

ジェンヤが不安そうな面持ちでわたしを見つめていることに気づいた。

「どうかした？」急に気おくれした。

「なんでもない」ジェンヤが笑顔で答える。「すごくきれいよ。でも……」笑みが消えた。手を伸ばしてわたしの襟元の小さな金の飾りに触れる。

「アリーナ、〈闇の主《ダークリング》〉はわたしたちにほとんど気を留めたりしないわ。彼の長い人生のなかで、わたしたちは記憶にも残らない一瞬にすぎないの。でもそれは、悪いことじゃないんだと思う。ただ……気をつけて」

わたしは当惑して彼女を見つめた。「なにに？」

「力のある男の人には」

「ジェンヤ」おじけづく前に尋ねた。「あなたと国王のあいだになにがあったの？」

ジェンヤはサテンの室内履きの爪先を眺めた。「王は大勢の使用人を自由にできる」そう言って肩をすくめた。「少なくとも、宝石はいくつか手に入れたわ」

「それが目的だったわけじゃないでしょう？」

「違うわ」片方のイヤリングをもてあそびながら言う「最悪なのは、みんなが知っているっていうこと」

彼女の肩に腕をまわした。「気にすることなんてない。あの人たちが束になったって、あなたにはかなわないんだから」

ジェンヤはいつもの自信に満ちた笑みを作ろうとした。「わかっているわよ」

「〈闇の主《ダークリング》〉はなにかするべきだった。あなたを守らなきゃいけなかった」

「してくれたわよ、アリーナ。あなたが思っている以上に。それに、彼もわたしたちと同じで、王の気まぐれの奴隷なのよ。少なくともいまは」

「いまは？」

ジェンヤはわたしを抱きしめて言った。「今夜は気が滅入るような話はやめましょうよ」

美しい顔にまぶしいほどの笑みを浮かべる。「シャンパンが飲みたくてたまらないわ！」そう言い残し、落ち着いた様子で部屋を出ていった。わたしはもっと言いたいことがあった。〈闇の主《ダークリング》〉について彼女が言ったことを問いただしたかった。王の頭を殴りつけてやりたかった。だが彼女の言うとおりだ。思い悩む時間なら、明日たっぷりある。小さな鏡をもう一度のぞいてから、急いで部屋を出た。心配事とジェンヤの警告をあとに残して。

わたしの黒のケフタを見た大広間の人々はどよめき、青のベルベットとシルクに身を包んだマリーとナディアとそのほかの〈召喚者の騎士団《エセリアルキ》〉は、いっせいにわたしとジェンヤを取り囲んだ。ジェンヤはいつものようにそっとわたしから離れようとしたが、わたしはその手を放さなかった。身に着けているのが〈闇の主《ダークリング》〉の色だというのなら、それを最大限に利用して友人にそばにいてもらうつもりだった。

「いっしょに舞踏会場に入るわけにはいかないのよ。女王がひきつけをおこすわ」ジェンヤが耳元でささやいた。

「わかった。でも入口まではかまわないはずよ」

ジェンヤが笑顔になった。

砂利の道を進んで樹木のトンネルに入ったところで、セルゲイと数人の〈破壊する者《ハートレンダー》〉が並んで歩いていることに気づき、それがわたしたちを――おそらくはわたしを――守るためだと悟ってぎょっとした。王宮内には大勢の見知らぬ客がいるのだからもっともだとは思ったが、わたしの死を願う人間が大勢いることが改めて思い出されて、落ち着かない気持ちになった。

大王宮周辺は照明が灯され、散策する客は活人画や曲芸師たちの技を楽しんでいる。仮面をつけた音楽家が小道をそぞろ歩き、肩に猿を乗せた男性が通り過ぎていったかと思うと、全身を金の葉で覆ってシマウマにまたがったふたりの男性が、行きかう人々に宝石のついた花を投げている。木立では衣装をつけた聖歌隊が歌っていた。わずかばかりの貝殻とサンゴに身を包んだ赤い髪の三人の踊り子が、双頭の鷲の噴水のなかを歩きまわりながら、客たちに牡蠣がいっぱいに載った皿を差し出している。

大理石の階段をのぼり始めたところで、使用人が近づいてきてジェンヤに伝言を手渡した。彼女はそれを読んでため息をついた。

「女王の頭痛は奇跡的によくなって、結局舞踏会に出ることにしたそうよ」わたしを抱きしめると、実演の前には戻ってくると約束して遠ざかっていった。

春はまだその気配をほとんど感じさせていなかったが、大王宮のなかにいるととてもそうは思えなかった。大理石の廊下の向こうから音楽が聞こえてくる。不思議なことに空気はほんのりと暖かく、グリーシャの温室で育てられた白い花の香りが漂っていた。数千ものその花はテーブルに飾られ、手すりにもびっしりと並べられている。

マリーとナディアとわたしは〈生者と死者の騎士団《コーポラルキ》〉の警備兵を引き連れ、貴族のあいだを進んだ。彼らは無視するふりをしながら、わたしたちが脇を通り過ぎるとひそひそと何事かをささやいている。わたしは頭を高く掲げ、舞踏室の入口に立つ若い男性たちのひとりに微笑みかけることさえした。驚いたことに彼は顔を赤らめ、足元に視線を落とした。気づいたかどうかを確かめようとマリーとナディアを見たが、ふたりは夕食に供される料理の話に夢中だった。オオヤマネコのロースト、桃の塩漬け、サフラン風味の白鳥の焼き物。あらかじめ食事をしておいてよかったと胸を撫でおろした。

舞踏室は謁見室よりさらに大きく、さらに豪華だった。きらめくシャンデリアがずらりと並び、大勢の人々がお酒を飲んだり、奥の壁沿いで仮面をつけたオーケストラが演奏する音楽に合わせて踊ったりしている。ドレスも宝石もシャンデリアから吊るされたクリスタルも、さらには足の下の床さえもがきらきらと光っているようだ。いったいどれくらいが〈製作者《マテリ》の騎士団《アルキ》〉の作ったものなのだろうとわたしは考えた。

グリーシャたちも人々に混じって踊っていたが、色鮮やかなその衣装のおかげですぐにそれとわかる。紫と赤と青のケフタは、淡い色の庭園に咲いた異国の花のように、シャンデリアの下で輝いていた。

そのあとの時間は、よくわからないうちに過ぎていった。数えきれないほどの貴族とその妻、軍の高官、廷臣、さらには客として舞踏会に出席している貴族の家のグリーシャにまで紹介された。名前を覚えることはすぐにあきらめ、ただ笑顔でうなずいたり、お辞儀したりをひたすら繰り返した。黒い衣装に身を包んだ〈闇の主《ダークリング》〉の姿は、探すまいとした。初めてシャンパンを口にし、クヴァスよりずっとおいしいことも知った。

途中で、杖によりかかって立つ疲れた様子の貴族の男性が目の前にいることに気づいた。「ケラムソフ公爵！」思わず叫んでいた。公爵は、広い胸に勲章がたくさんついた昔の将校の軍服を着ていた。

公爵はいぶかしげにわたしを見た。わたしが彼の名前を知っていたことに明らかに驚いている。

「わたしです。アリーナ・スターコフ」

「ああ……そうそう、そうだった！」かすかな笑みを浮かべて言う。

彼の目をのぞきこんだ。わたしのことなど、まったく覚えていない。

覚えている理由があるだろうか？　わたしはまったく印象にも残らない、大勢いる孤児のうちのひとりにすぎなかったのだから。それでも、意外なほどに心が痛んだ。

礼儀を失しない最低限の会話を交わし、最初の機会を逃すことなくその場を離れた。

柱にもたれ、使用人とすれ違いざま、もう一杯シャンパンをもらった。部屋のなかは妙に暖かい。あたりを見まわし、不意に孤独を覚えた。マルのことを思い、ここ数週間で初めて、昔から慣れ親しんだ心のうずきを感じた。マルにここを見せてあげたいと思った。シルクのケフタを着て、髪に金をまぶしたわたしを見てもらえたならと思った。ただ隣に立っていてくれれば、それでよかった。そんな思いを脇へ押しやり、シャンパンをあおる。どこかの酔った老人がわたしを覚えていなかったからといって、それがどうだというの？　あのがりがりに痩せた惨めな少女がわたしだったことに気づかれなくて、よかったのだと思った。

ジェンヤが人ごみのなかをこちらに近づいてくるのが見えた。伯爵や公爵や裕福な商人たちが振り返って彼女を見つめているが、いっさいそれを無視している。時間の無駄よ、彼らに教えたかった。彼女の心はパーティー嫌いのひょろひょろした〈作り出す者《ファブリケーター》〉のものだから。

「ショー・タイムよ――じゃなかった、実演の時間」わたしの前に立ったところでジェンヤが言った。「どうしてひとりなの？」

「ちょっと休憩したくて」

「シャンパンを飲みすぎた？」

「かもしれない」

「ばかね」ジェンヤはわたしの腕に自分の腕をからませた。「シャンパンはいくら飲んでもいいのよ。明日になったら、そうは思わないでしょうけれどね」

ジェンヤはわたしに話しかけようとしたり、彼女をいやらしい目で見たりしている人たちを巧みに避けて進み、舞踏室の一番奥に作られたステージの裏側へとわたしを連れていった。オーケストラの近くに立ち、手のこんだ銀色のアンサンブルを着た男がステージにあがって、グリーシャを紹介するのを見守る。

オーケストラが奏でるドラマチックな和音に合わせて、〈火を呼ぶ者《インフェルニ》〉が人々の上に炎の帯を放ち、〈嵐を呼ぶ者《スクエラー》〉がそこに風を送りこんで尖塔のような炎の渦を作ると、人々は息を呑んで喝采を送った。〈潮を操る者《タイドメーカー》〉たちは、〈嵐を呼ぶ者《スクエラー》〉の力を借りてバルコニーの上に巨大な波を呼んだ。波は観客の頭上数センチのところにとどまっていて、薄く広がるきらめく水に触れようとして、何人かが手を伸ばすのが見えた。〈火を呼ぶ者《インフェルニ》〉が両手をあげたかと思うと、シューッという音と共に波が渦巻く霧となって爆発した。ステージの脇に隠れていたわたしはふと思いついて、その霧のなかに光を送りこんだ。つかの間、あたりはきらきらと虹色に輝いた。

「アリーナ」

ぎくりとした。光は薄れ、虹は消えた。〈闇の主《ダークリング》〉が隣に立っている。いつものごとく黒いケフタをまとっていたが、今夜のものは生糸とベルベットでできていた。蠟燭の明かりが黒髪に光る。わたしは息を呑み、あたりを見まわしたが、ジェンヤはいなくなっていた。

「こんばんは」ようやくそう口にする。

「用意はいいか？」

わたしがうなずくと、〈闇の主《ダークリング》〉はステージにあがる階段にわたしをいざなった。人々の拍手を浴びながらグリーシャたちがステージをおりてきて、イーヴォがわたしの腕を叩いて言った。「よかったよ、アリーナ。あの虹は完璧だった」ありがとうと応じてから人々に意識を向けたが、不意に緊張が湧き起こった。みな待ちきれない様子だ。女官たちに囲まれた退屈そうな女王、その隣の玉座でゆらゆらと体を揺らしている酒がだいぶまわっている様子の王、そして傍らの〈アパラット〉が見えた。王子たちの姿は見当たらない。〈アパラット〉がまっすぐにわたしを見つめていることに気づいてぎょっとしたわたしは、あわてて目をそらした。

オーケストラが徐々に音量をあげながら不気味な旋律を奏で始め、銀の服の男性がふたたびステージにあがってわたしたちを紹介した。

突如としてイヴァンが現われ、〈闇の主《ダークリング》〉の耳元で何事かをささやいた。「作戦指令室に案内しておいてくれ。すぐに行く」と〈闇の主《ダークリング》〉が答えたのが聞こえた。

イヴァンはわたしにはいっさい目もくれず、戻っていった。わたしに向きなおった〈闇の主《ダークリング》〉は笑みを浮かべ、目は興奮に輝いている。それがなんにせよ、いい知らせだったに違いない。

沸き起こった喝采が、わたしたちがステージにあがる合図だった。〈闇の主《ダークリング》〉はわたしの腕を取って言った。「彼らが望むものを見せてやろう」

うなずいたものの、彼に連れられて階段をあがり、ステージの中央に立ったときには喉がからからになっていた。期待に満ちたざわめきが聞こえ、待ちきれないといった顔がこちらを見つめている。〈闇の主《ダークリング》〉が小さくうなずいた。彼が前置きもなく音を立てて両手を合わせると、雷のような音が轟《とどろ》き、暗黒の波が部屋を包んだ。

人々の期待が高まるのを〈闇の主《ダークリング》〉はじっと待った。グリーシャに実演させるのを好まないにしろ、彼は見せ方を心得ていた。部屋が文字どおり緊張に震え始めたところで、彼は顔を近づけ、わたしにしか聞こえないごく小さな声でささやいた。「いまだ」

わたしは自分の鼓動を聞きながら、手のひらを上に向けて片腕を持ちあげた。大きく息を吸い、あの確信を呼び出す。光がほとばしり、わたしを突き抜けていく感覚を味わいながら、自分の手に意識を集中させた。闇に包まれた舞踏室で、一本のまばゆい光の柱が手のひらから上向きに延びる。人々は息を呑み、だれかが叫んだのが聞こえた。「本当だった！」

少し手の角度を変えて、デヴィッドに言われていたバルコニーのある一点に当たるように光を動かした。

「高いところを狙ってくれ。そうすれば大丈夫だ」彼は言っていた。

手のひらから伸びた光がバルコニーで反射するのを見て、狙いを違《たが》わなかったことを知った。〈製作者の騎士団《マテリアルキ》〉が作った大きな鏡に当たった光は、次の鏡に向かって延び、さらに次の鏡に反射して、何度もジグザグに部屋を横切って暗い舞踏室に光の模様を描いた。

人々が感嘆の声をあげる。

手を握って光の筋を消し、今度はわたしと〈闇の主《ダークリング》〉のまわりで輝かせた。きらめく光の球でふたりを包むと、わたしたちのまわりで金の暈《かさ》のように光が揺らめいた。〈闇の主《ダークリング》〉はわたしを見つめ、手を差し出した。黒い闇のリボンが光の球に沿って延びていく。わたしは力が体を駆けめぐる喜びを感じながら指先から解き放ち、光をさらに大きく、明るくしていった。〈闇の主《ダークリング》〉が送りこんだ巻きひげのような黒いリボンが、光のなかでダンスを踊る。

人々の喝采を聞きながら、〈闇の主《ダークリング》〉は静かな声で言った。「さあ、見せてやれ」

わたしは笑みで応じ、教わったとおりに大きく両手を広げ、すべてを解放した。両手を合わせると、舞踏室を震わせるような轟音が響き、白くまばゆい光が炸裂した。人々はいっせいに「あああ！」と声をあげて目を閉じ、両手で光を遮ろうとしている。

そのまま数秒待ってから合わせていた手を放すと、光は薄れて消えた。大歓声があがった。人々は猛烈な勢いで手を叩き、足を踏み鳴らしている。

わたしたちはお辞儀をし、オーケストラが演奏を始めた。歓声は興奮したおしゃべりに変わった。〈闇の主《ダークリング》〉はわたしをステージの脇に引っ張っていった。「あの歓声が聞こえるか？　彼らが踊ったり、抱き合ったりしているのが見えるか？　彼らは噂が本当だったことを知ったんだ。すべてが変わろうとしていることを」

疑念が湧き起り、高揚感がいくらか翳った。「それって、あの人たちに偽りの期待をいだかせていることになりませんか？」

「それは違う、アリーナ。わたしはきみが答えだと言ったはずだ。実際にそのとおりなんだ」

「でも湖であんなことがあって……」かっと顔がほてり、あわてて言い添えた。「わたしの力では足りないとあなたに言われました」

〈闇の主《ダークリング》〉の口が笑みをほのめかすように動いたが、目は真剣だった。「きみは本当にわたしに見切られたと思ったのか？」

かすかな震えが走った。〈闇の主《ダークリング》〉はわたしを見つめている。その顔から薄ら笑いは消えていた。彼は唐突にわたしの腕をつかむと、ステージからおりて観客に紛れこんだ。人々は祝いの言葉を述べ、わたしたちに触れようとして手を伸ばしたが、彼はさざめくような闇をふわりと広げた。それは人々のあいだをすり抜け、わたしたちが通り過ぎるとすぐに消えた。まるで、だれにも見えない存在になったかのようだ。脇を通り過ぎるとき、ところどころ会話が聞こえた。

「信じていなかったけれど……」

「……奇跡よ！」

「……彼を信用したことはなかったが……」

「終わったのよ！　終わったのよ！」

笑い声や泣き声が聞こえてくる。再び不安が固いしこりとなって湧き起こった。あの人たちは、わたしが救ってくれると信じている。実際はなんの役にもたたず、ただの座興しかできないことがわかったら、いったいどう思うだろう？　だがそんな思いもすぐに消えた。何週間もわたしを無視していた〈闇の主〉《ダークリング》が、いまわたしの手を取り、小さなドアを抜けて、だれもいない廊下を歩いているという事実以外のことを考える余裕などなかった。

窓から月明かりが射しこむだけの無人の部屋に入ると、頭がくらくらして思わず笑いたくなった。ここが以前女王に会うために連れてこられた居間だと気づくまもなく、ドアが閉まるやいなや、〈闇の主〉《ダークリング》はわたしにキスをした。ほかのことはなにも考えられなくなった。

キスならいままでにもしたことはある。たがいに酔って、ぎこちなく触れ合ったことはある。だがこのキスはそんなものとはまったく違っていた。迷いはなく、強烈で、全身が一気に目覚めたかのようだ。自分の心臓が激しく打つのを聞き、肌にシルクが押しつけられるのを感じた。わたしを抱きすくめる彼の腕が力強い。彼は片手でわたしの髪をまさぐりながら、もう一方の手を背中に当てて自分のほうへと引き寄せていた。唇が触れ合った瞬間、わたしたちのつながりが開かれ、彼の力がどっと流れこんでくるのがわかった。彼がどれほどわたしを求めていることか――だが欲望の背後に、なにかを感じた。怒りにも似たなにか。

わたしは驚いて体を引いた。「あなたは、こうしているのをいやがっている」

「こうする以外にしたいことなどない」彼はうなるように言ったが、苦々しい思いと欲望が混ざり合ったものをわたしはその声に感じ取った。

「でもそれがいやでたまらない」突然、わたしは理解した。

〈闇の主《ダークリング》〉はため息をつくと、わたしの首にかかった髪をはらいながら言った。「そうかもしれない」彼の唇が耳から喉、鎖骨へと移動する。

わたしは頭をのけぞらせ、体を震わせたが、尋ねずにはいられなかった。「どうして？」

「どうして？」彼は同じ言葉を繰り返した。その唇はさらにわたしの肌の上をさまよい、指が胸元のリボンをまさぐっている。「アリーナ、さっきステージにあがる前に、わたしがイヴァンからなにを聞いたと思う？　今夜、部下たちがモロツォーヴァの群れを発見したという報告が届いたんだ。〈影溜まり〉を征服するための鍵がようやく手に入った。本当ならわたしは指令室にいて、彼らの報告を聞いているべきだ。北へ向かう計画を立てていなければならないはずだ。それなのにここにいる。そうだろう？」

思考が停止していた。駆けめぐる快感と、彼は次にどこにキスをするのだろうという期待で頭がいっぱいだ。

「そうだろう?」彼はそう言って、わたしの首に歯を立てた。わたしはあえぎ、首を振った。もうなにも考えられない。彼はわたしをドアに押しつけ、腰と腰を密着させた。「欲望の問題点は」彼の口が顎の線をなぞり、唇の上で止まった。「わたしたちを弱くすることだ」そしてようやく、もうとてもこれ以上我慢できないと思ったところで、ふたたび唇が重ねられた。

いまだ残る怒りが混じっているのか、今度のキスはさらに激しかった。かまわなかった。彼に無視されたことも、混乱させられたことも、ジェンヤの漠然とした警告も、もうどうでもいい。彼は牡鹿を見つけた。彼がわたしについて言っていたことは正しかった。彼はいつだって正しかった。

彼の手がわたしの腰へとおりていく。スカートがたくしあげられ、指が太腿に近づいてくると、パニックのさざ波が押し寄せてくるのを感じたが、わたしは彼から離れる代わりにさらに体を押しつけた。

これからなにが起きるのだろう——廊下から大きなわめき声が聞こえてきたのはそのときだった。ひどく酔っ払ったにぎやかな一団がこちらに近づいてきたかと思うと、だれかがドアに勢いよく体当たりし、取っ手をがちゃがちゃと動かした。わたしたちは凍りついた。〈闇の主《ダークリング》〉がドアを肩で押さえつけて開かないようにしていると、一行は叫んだり笑ったりしながら遠ざかっていった。

あとに残された静けさのなかで、わたしたちは見つめ合った。やがて彼はため息をついて手をおろし、シルクのスカートがはらりと元の位置に戻った。

「行かなければ」〈闇の主《ダークリング》〉がつぶやくように言った。「イヴァンたちがわたしを待っている」

自分がなにを言い出すかわからなかったから、わたしは黙ってうなずいた。

〈闇の主《ダークリング》〉が体を離した。わたしが横に移動すると、彼はドアを少しだけ開けて、廊下にだれもいないことを確かめた。

「わたしはパーティーには戻らない。だがきみは戻らなくてはいけない。とりあえずは」

もう一度うなずいた。暗い部屋にろくに知らない人とふたりきりでいるのだということを、不意に強烈に意識した。そのうえほんの数分前には、スカートを腰までたくしあげられそうになっていたのだ。農家の娘の愚かな過ちについて語ったアナ・クーヤの厳めしい顔を思い出し、気恥ずかしさに顔が熱くなった。

〈闇の主《ダークリング》〉は廊下に出たところで、振り返った。「アリーナ」彼が葛藤しているのが感じられた。「今夜、きみの部屋に行ってもいいか？」

ためらった。ここでイエスと答えれば、戻れないことはわかっていた。彼に触れられた肌はまだほてっていたが、めくるめくようなひとときは過ぎ去って、いくらか分別が戻ってきている。どうしたいのか、自分でもよくわからなかった。もうなにひとつ確信など持てない。

手遅れだった。またこちらに近づいてくる声がする。〈闇の主《ダークリング》〉はドアを閉めて廊下を歩き去っていき、わたしは暗闇のなかにあとずさった。だれもいない部屋に隠れている言いわけを考えながら、息を潜める。

話し声は通りすぎていき、わたしは震えながら長々と息を吐いた。〈闇の主《ダークリング》〉にイエスともノーとも答えることができなかった。それでも彼は来るだろうか？　わたしは彼に来てほしいんだろうか？　頭のなかがぐるぐると渦を巻いている。気持ちを落ち着かせて、パーティーに戻らなくてはならない。〈闇の主《ダークリング》〉はそのまいなくなることができるが、わたしにそんな自由はない。

滑るようにして廊下に出ると、舞踏室へと急いだ。途中にある金縁の鏡で自分の姿を確かめたが、思っていたほどひどくはなかった。頬が赤らみ、唇がいくらか腫れているように見えたが、それはどうしようもない。髪を撫でつけ、ケフタの皺を伸ばした。舞踏室に入ろうとしたところで、廊下の反対側のドアが開く音がした。〈アパラット〉が茶色の長衣をなびかせながら、急ぎ足で近づいてくる。お願い、いまはやめて。

「アリーナ！」彼が呼んだ。

「舞踏会に戻らなくてはならないんです」明るい声で応じ、彼に背を向けた。

「きみに話がある！　事態は思っていたよりずっと速く――」

わたしは穏やかな表情に見えることを願いながら、パーティーに戻った。とたんに、わたしと言葉を交わしたがっている人々に囲まれる。セルゲイとほかの〈破壊する者《ハートレンダー》〉の警備兵たちがあわてて近づいてきて、わたしを見失ったことを謝った。ちらりと振り返り、〈アパラット〉のみすぼらしい姿が人の波に呑みこまれたのを見て安堵した。

せいいっぱい礼儀正しく言葉を交わし、尋ねられたことに答えた。ひとりの女性が目に涙をためて、彼女を祝福してほしいと頼んできた。なにをすればいいのかわからなかったので、これで力づけられることを願いながら彼女の手を軽く叩いた。いまはただひとりになって考えたいだけだった。混乱した感情を整理する時間がほしい。シャンパンはなんの役にも立たない。

入れ替わり立ち替わりやってくる人のなかに、見たことのある憂いを帯びた細長い顔があった。イヴァンといっしょに〈闇の主《ダークリング》〉の馬車に乗っていた、フョーダの暗殺者と戦った〈生者と死者の騎士団《コーポラルキ》〉だ。

彼の名前を思い出そうと、必死に記憶をたぐった。

彼が深々とお辞儀をし、名乗ってくれたので助かった。「フェデョール・カミンスキーだ」

「ごめんなさい。とても長い夜だったので」

「おれには想像もできないよ」

できたら困る、わたしは気恥ずかしさを覚えた。

「〈闇の主《ダークリング》〉は正しかったようだな」彼は笑顔で言った。

「なんのこと？」声が裏返った。

「あのときキミは、自分はグリーシャじゃないと頑として言い張っていた」

笑みを返した。「とんでもない間違いをする習慣をつけようと思って」

新たな任務は南の国境近くだと言ったところで、フェデョールは〈太陽の召喚者〉と話ができるチャンスを待ちわびていた人たちに追い払われた。あの日、草地でわたしの命を守ってくれたお礼を言う暇すらなかった。

それから一時間あまり、なんとか笑顔を作り、話を続けたが、人の波が一瞬途切れたところで、わたしは帰りたいと警備兵に告げて一目散にドアに向かった。

外に出たとたんに、いくらか気分がよくなった。夜の空気は気持ちよく冷えていて、空では星がきらめいている。大きく深呼吸をした。めまいがしたし、疲れていたし、頭のなかは興奮と不安のあいだを跳びはねている。〈闇の主《ダークリング》〉が今夜、部屋にやってきたとしたら、それはなにを意味するのだろう？　彼のものになることを考えると、わたしはおおいに動揺した。彼がわたしを愛しているとは思わないし、わたしが彼のことをどう感じているのかもわからない。だが彼はわたしを求めている。それだけで充分なのかもしれなかった。

わたしは首を振り、筋道を立てて考えようとした。〈闇の主《ダークリング》〉の部下たちが牡鹿を見つけたという。そのことを考えるべきだとわかっていた。自分の運命のこと、太古のその生き物を殺さなくてはならないという事実、そうすることで手に入れられる力とその責任のことを。だが腰に添えられた彼の手や、首筋をなぞる彼の唇や、暗闇で感じた引き締まった彼の体のことしか考えられない。もう一度、夜の空気を深々と吸いこんだ。自分の部屋に鍵をかけ、眠りにつくのが賢明なのだろう。だが賢明になりたいのかどうか、自分でもさだかではなかった。

小王宮《リトル・パレス》に着くと、セルゲイたちは再び舞踏会に戻っていった。大広間は静まりかえっている。タイルのかまどの火は灰で覆われ、ランプは小さな金色の明かりを灯していた。階段に続く戸口を通り過ぎたところで、〈闇の主《ダークリング》〉のテーブルの向こう側にある彫刻を施したドアが開いた。わたしは急いで暗がりに身を潜めた。パーティーを早めに抜け出したことを〈闇《ダー》の主《クリング》〉に知られたくなかったし、まだ彼と顔を合わせる心の準備ができていない。だが玄関ホールから外に出ていこうとしていたのは、兵士たちの一団だった。牡鹿の居場所を報告するためにやってきたのが彼らなのかもしれない。ランプの明かりに最後尾を歩く兵士の姿が浮かびあがり、心臓が止まりそうになった。「マル！」

彼が振り返った。知りすぎるほど知っているその顔を見て、喜びにとろけてしまうのではないかと思った。心のどこかでは彼が険しい表情を浮かべていることに気づいていたが、あまりにうれしすぎて気にしている余裕もなかった。大広間を駆け抜け、押し倒しかねないほどの勢いで彼に飛びつく。マルは体勢を整えると、首に巻きついたわたしの手をはずしながら、足を止めてこちらを眺めているほかの兵士たちをちらりと見た。ばつの悪い思いをさせていることはわかっていたが、それもどうでもよかった。喜びの舞いを舞うように、ぴょんぴょんと跳びはねる。

「先に行っていてくれ」マルは兵士たちに言った。「すぐに追いつく」

数人が眉を吊りあげたが、兵士たちはその場にわたしたちふたりを残し、正面玄関から出ていった。

口を開いたものの、なにから言えばいいのかわからない。そこで最初に浮かんだことを口にした。「ここでなにをしているの？」

「さあね」疲れ切ったマルの口調に驚いた。「きみの主人に報告することがあっただけだ」

「わたしの……なに？」ふと気づいて、思わず笑みがこぼれる。「モロツォーヴァの群れを見つけたのはあなたね！　もちろん、そうに決まっている」

マルから笑みは返ってこなかった。わたしと目を合わそうとすらしない。顔を背けて、こう言っただけだった。「もう行かないと」

信じられずに彼を見つめた。浮き立っていた気持ちがしぼんでいく。思っていたとおりだった。マルはもうわたしに興味がない。この数カ月のあいだ抱いていた怒りと困惑が、一気にのしかかってきた。「悪かったわね」冷ややかに言う。「引き留めたりして」

「そんなことは言っていない」

「もういい、わかっている。わたしの手紙に返事すらくれなかったんだもの。本当の友だちが待っているのに、わたしと話なんかしている暇はないよね」

マルは顔をしかめた。「手紙なんて受け取っていない」

「それはそれは」怒りをこめて言う。

彼はため息をついて、片手で顔をこすった。「ぼくたちは群れを追いかけて、移動を続けていた。ぼくの隊は、連隊ともほとんど連絡を取っていなかったんだ」

ひどく疲れた声だった。わたしは初めて本当の意味で彼を見、どれほど変わったかに初めて気づいた。青い目の下に隈ができている。髭を剃っていない顎に沿ってぎざぎざの傷がある。マルであることに変わりはなかったが、そこにはなにか荒々しいものがある。見たことのない、冷たいなにか。

「わたしの手紙が届いていなかったの？」

マルはよそよそしい表情を崩さないまま、うなずいた。

どう考えればいいのだろう。マルは一度もわたしに嘘をついたことはない。怒りを覚えてはいたが、いま嘘をついているとは思えなかった。ためらいながら尋ねる。

「マル……もう少しここにいられない？」懇願するような口調になっている。そんな自分がいやでたまらなかったが、彼が行ってしまうことのほうがもっといやだった。「ここでの暮らしがどんな風だか、とても想像できないと思う」

マルは耳障りな笑い声をあげた。「想像する必要なんてないさ。舞踏室できみのちょっとした実演を見たよ。おおいに感嘆したね」

「わたしを見たの？」

「見たさ」とげとげしい口調で言う。「ぼくがどれほど心配していたと思う？　きみの身になにがあったのか、きみがなにをされたのか、だれも知らなかった。連絡を取るすべはなかった。拷問されているという噂すらあった。〈闇の主《ダークリング》〉に報告するための人員が必要だと言われ、もしかしたらきみに会えるかもしれないと思ったぼくは、ばかみたいにわざわざここまで来たんだ」

「本当に？」とても信じられなかった。マルはわたしに関心がないとすっかり思いこんでいた。

「そうさ。そしてきみを見つけた。無事で元気そうで、甘やかされた王女のように踊ったり、ふざけたりしていた」

「そんなにがっかりしたような言い方をしないで。それであなたの気分がよくなるなら、ベッドでも熱い石炭でも、〈闇の主《ダークリング》〉が用意してくれるわ」

マルは顔をしかめて、わたしから離れた。

いらだちのあまり、涙が浮かんだ。どうして言い争っているんだろう？　切羽つまったわたしは、手を伸ばして彼の腕に触れた。筋肉が緊張するのがわかったが、払いのけられることはなかった。「マル、ここでのことはわたしにはどうしようもない。なにひとつ、わたしが望んだわけじゃないの」

マルはしばしわたしを見つめ、それから目を逸らした。こわばっていたものが、少しほどけたようだ。やがて彼は言った。「わかっている」

その声に、わたしはまた激しい疲れを感じ取った。

「なにがあったの、マル？」

彼はなにも答えず、ただ大広間の暗がりに視線を向けただけだった。

無精ひげの生えた頬に手を当てて、そっとこちらを向かせた。「答えて」

マルは目を閉じた。「答えられない」

顎の盛りあがった傷跡を指でなぞった。「ジェンヤならこれを治せる。彼女は――」

間違ったことを言ったのだとすぐに悟った。マルはぱっと目を開けた。

「治してもらう必要はない」

「わたしはただ――」

マルは顔に当てていたわたしの手を握りしめ、わたしの目をのぞきこんだ。「きみはここで幸せなのか、アリーナ？」

思いもよらない質問だった。

「え……わからない。時々は」

「彼といっしょで幸せなのか？」

だれのことを言っているのか、尋ねる必要はなかった。答えようとして口を開いたが、なにを言えばいいのかわからなかった。

「きみは彼のシンボルをつけている」マルの視線が、わたしの襟元で揺れている小さな金の飾りに流れた。「彼のシンボルと彼の色を」

「ただの服よ」

マルの口が皮肉っぽい笑みを作った。わたしがよく知っている大好きだった笑顔とはあまりに違っていて、思わずたじろいだ。「そうは思っていないくせに」

「わたしがなにを着ているかが、そんなに重要？」

「その服、宝石、きみの外見だってそうだ。きみはすっかり彼に支配されている」

その言葉に平手打ちされた気がした。暗い大広間のなかで、怒りに頬が熱くなるのがわかる。彼の手を振りほどき、胸の前で腕を組む。

「そんなんじゃない」小声で反論したものの、彼の目を見ることはできなかった。もし目と目が合ったら、心の内を見透かされそうな気がする。〈闇の主《ダークリング》〉に対してわたしが抱いた熱っぽい思いを、頭のなかから抜き出されそうな気がする。だがそう思った直後に怒りが湧いてきた。彼に知られたからどうだというの？　わたしを裁くどんな権利が彼にある？　マルはいったい何人の娘を暗がりで抱きしめた？

「彼がきみを見る目に気づいたよ」マルが言った。

「そういう目で見られるのが好きよ！」わたしはほとんど叫んでいた。

苦々しい笑みを口元に貼りつけたまま、マルは首を振った。引っぱたいて、その笑みを消してやりたくなった。

「認めろよ」マルはあざ笑うように言った。「きみは彼に支配されている」

「あなただって支配されている」すかさず言い返す。「わたしたちみんな、彼に支配されている」

マルの顔から笑みが消えた。

「違う。ぼくは違う。絶対に」

「本当に？　いなきゃいけない場所があるんじゃない？　従わなきゃいけない命令があるんじゃないの？」

マルは氷のような表情で背筋を伸ばした。「そうだ。ある」

彼はいきなりきびすを返し、ドアを出ていった。

わたしは怒りに体を震わせながらつかの間その場に立ち尽くしたが、すぐにドアに駆け寄った。階段を下までおりたところで、足を止める。ずっとこらえていた涙がとうとうあふれだして、頬を伝った。マルのあとを追いかけたかった。さっき言ったことを取り消して、ここにいてと懇願したかった。だがわたしはこれまでの人生を、マルを追いかけることに費やしてきた。だからいまは黙ってそこに立っているだけで、彼を引き留めようとはしなかった。

15

自分の部屋に戻ってドアを閉めたところで、わたしはようやくこらえていた涙に身を任せた。崩れるように座りこむと、ベッドに背中を押しつけ、両手で膝をかかえて冷静になろうとした。

今ごろマルは王宮を出て、モロッツォーヴァの群れを探すほかの〈追跡者〉たちに追いつくべくチベヤに向かっているだろう。広がっていくわたしたちのあいだの距離が、見える気がした。孤独だったこの数カ月よりもさらに、彼から遠いところにいるようだ。

手のひらの傷を親指でなぞった。「戻ってきて」声に出すと、新たな涙がこみあげて体が震えた。「戻ってきて」だがマルは戻ってこない。わたしが、行ってと命じたのも同然だ。二度と会うことはないかもしれないと思うと、心が激しく痛んだ。

どれくらいそうやって暗闇のなかで座りこんでいただろう。ふと、だれかがドアを密やかにノックしていることに気づいた。わたしは背筋を伸ばし、すすり泣きを止めようとした。〈闇の主《ダークリング》〉だったらどうする？　いまはとても彼に会えない。涙のわけを説明することなどできない。だが無視するわけにはいかなかった。のろのろと立ちあがり、ドアを開けた。

骨ばった手が手首に巻きつき、強く握った。

「バグラ？」戸口に立つ人影に目を凝らしながら尋ねる。

「おいで」彼女はわたしの腕を引っ張りながら言った。

「放っておいて」手を振りほどこうとしたが、彼女は驚くほど力が強かった。

「あたしといっしょに来るんだよ、娘っ子」バグラはぴしゃりと言った。「いますぐに！」

バグラの視線の激しさのせいだったかもしれないし、そこに恐怖を見て取った驚きのせいだったかもしれない。あるいは彼女の言葉に従う習慣がついていたというだけのことかもしれない。とにかくわたしはバグラについて部屋を出た。

バグラはわたしの手首をつかんだまま、ドアを閉めた。

「どういうこと？　どこに行くの？」

「静かに」

右に曲がって中央階段に向かうのではなく、バグラは廊下の反対側にわたしを引っ張っていく。壁のどこかを押したかと思うと、隠し扉が開いた。彼女にぐいっと押された。抗《あらが》う気力はなかったから、わたしはよろめきながら狭い螺旋階段をおり始めた。振り返るたびに、バグラに軽く押される。下までおり切ると、バグラはわたしの前に立ち、むきだしの石の床と飾り気のない木の壁の狭苦しい廊下を進んだ。小王宮《リトル・パレス》のほかの場所に比べるといかにも殺風景で、使用人が使っている区画なのかもしれないと思った。

バグラは再びわたしの手首をつかみ、がらんとした暗い部屋に引っ張りこんだ。蠟燭に火を灯し、ドアに鍵とかんぬきをかけてから部屋の奥へと進み、爪先立ちになって地下室の小さな窓にカーテンを引いた。小さなベッドと簡素な椅子、洗面器があるだけのがらんとした部屋だ。

「さあ」わたしに服を押しつけながら言う。「これを着るんだ」

「疲れていて授業なんて無理」

「授業じゃないよ。あんたはここを出ていくんだ。今夜」

わたしは目をぱちくりさせた。「いったいなんの話？」

「あんたが残りの生涯を奴隷として過ごさなくていいようにしているんだよ。さあ、着替えて」

「バグラ、いったいどういうこと？　どうしてこんなところにわたしを連れてきたの？」

「時間がないんだ。〈闇の主《ダークリング》〉はモロツォーヴァの群れをもうじき見つけるだろう。彼は牡鹿を手に入れる」

「知っている」そう答えながら、マルを思い出した。胸が痛んだが、皮肉を言いたい思いは抑えられなかった。「あなたはモロツォーヴァの牡鹿を信じていないんだと思ったけれど」

バグラはわたしの言葉を退けるかのように、手を振った。「そう言っていただけさ。ただの言い伝えにすぎないと思って、彼が牡鹿を探すのをやめてくれることを願っていた。だが牡鹿を手に入れたなら、もうだれも彼を止められない」

わたしはいらだって両手をあげた。「彼がなにするのを止めるっていうの？」

「〈影溜まり〉を武器として使うことさ」

「なるほどね。あそこに夏の別荘を建てる計画でもあるわけ？」

バグラはわたしの腕をつかんだ。「冗談なんかじゃないんだ！」

彼女の声には、聞いたことのない切羽つまった響きがあったし、つかまれた腕は痛いくらいだった。いったいどうしたっていうんだろう？

「バグラ、診療所に行ったほうが――」

「あたしは病気でも、頭がおかしくなったんでもないよ。いいかい、あたしの言うことをよく聞くんだ」

「それなら、わかるように話して。いったいどうやって〈影溜まり〉を武器として使うっていうの？」

バグラは指をわたしの腕に食いこませながら、ぐっと身を乗り出した。「あそこを広げることでだ」

「なるほどね」わたしは彼女の手から逃れようとしながら、のろのろと答えた。

「〈偽海〉が広がっているところは、かつては緑に覆われた、肥沃なすばらしい土地だった。だがいまは忌み嫌われる不毛の地だ。〈闇の主《ダークリング》〉はその境界を、北はフョーダ、南はシュー・ハンまで広げようとしている。彼に従わない者は、自分たちの王国が荒れ地と化し、そこに暮らす人々がヴォルクラに貪り食われるのを目撃することになるんだ」

わたしは描きだされた恐ろしい光景におののきながら、彼女を見つめた。バグラは頭がおかしくなったに違いない。

「バグラ」穏やかに語りかける。「きっと熱でもあるのよ」それとも完全にもうろくしたか。「牡鹿を見つけるのはいいことだもの。そうすればわたしは〈闇の主《ダークリング》〉が〈影溜まり〉を破壊する手助けができる」

「そうじゃない！」うなるような声だった。「彼はあそこを破壊するつもりなんてない。〈影溜まり〉は彼が作ったものなんだから」

ため息をついた。よりによって今日のような日におかしくなってしまうなんて。

「〈影溜まり〉は何百年も前に〈黒の異端者〉が作ったの。〈闇の主《ダークリング》〉は――」

「彼が〈黒の異端者〉なんだよ」バグラはわたしからほんの数センチのところに顔を近づけ、憤然として言った。

「そうでしょうとも」わたしは苦労して彼女の指を腕からはずすと、彼女から離れてドアに歩み寄った。「〈治す者《ヒーラー》〉を探してくる。わたしはもう寝るから」

「あたしをご覧、娘っ子」

わたしは深呼吸をして振り返った。そろそろ我慢の限界だ。彼女が気の毒だったが、これ以上はもう無理だ。「バグラ――」

唇の上で言葉が凍りついた。

バグラの手のひらに闇が集まり、インクのような黒い帯が宙へと伸びている。

「あんたは彼を知らないんだ、アリーナ」バグラがわたしの名前を呼んだのはこれが初めてだった。「だがあたしは知っている」

黒い渦がバグラのまわりに広がっていくのを眺めながら、わたしは自分が見ているものの意味を理解しようとした。バグラの奇妙な顔をじっと見つめるうちに、そこにある答えがはっきりとわかってきた。かつては美しかった女性、美しい息子を生んだ美しい女性の面影がそこにはあった。

「あなたは彼の母親」茫然としてつぶやく。

バグラはうなずいた。

「あたしは狂ってなどいない。本当の彼を、本当の彼の意図を知っているのはあたしだけだ。そのあたしが、あんたに逃げろと言っているんだ」

〈闇の主《ダークリング》〉は、バグラの力を知らないと言った。あれは嘘だったの？

わたしは頭をはっきりさせようとして、首を振った。バグラの言葉の意味を必死になって理解しようとした。「ありえない。〈黒の異端者〉が生きていたのは、何百年も前なのに」

「彼は数えきれないほどの王に仕え、数えきれないほどの回数死んだふりをしてきた。そうして、ただひたすらあんたを待っていたんだ。彼が〈影溜まり〉を支配できるようになれば、もうだれも逆らえない」

全身に震えが走った。「違う。〈影溜まり〉は過ちだって彼は言った。〈黒の異端者〉は邪悪だって」

「〈影溜まり〉は過ちじゃないよ」バグラが手をおろすと、彼女を包んでいた闇は消えた。

「唯一の過ちはヴォルクラだ。あんなものが現われるとは、彼も予期していなかった。あれほどの力がただの人間にどんな影響を及ぼすのかを、考えなかったんだ」

胃がひっくり返った気がした。「ヴォルクラは人間だったの？」

「そうさ。何世代も前の。農夫とその妻、子供たち。必ずしっぺ返しを食うと警告したのに、彼は耳を貸さなかった。力への欲望のあまり、なにも見えなくなっていた。いまと同じように」

「違う」わたしは骨の髄まで凍りそうなほどの冷たさを拭い去ろうとして、腕をこすった。

「嘘よ」

「〈影溜まり〉を敵に対する武器として使えなかったのは、ヴォルクラがいたからだ。あれは彼に対する罰なんだよ。彼の傲慢さの生きる証人だ。だがあんたはそのすべてを変えてしまう。怪物たちは太陽の光に耐えられないから、〈闇の主《ダークリング》〉があんたの力を、ヴォルクラを制圧するために使えば、安全に〈影溜まり〉に入ることができる。彼はようやく欲しかったものを手に入れるんだ。彼の力は無限になる」

わたしは首を振った。「彼はそんなことしない。絶対にしない」壊れた納屋のたき火のそばで話をした夜のことを思い出した。彼の声に含まれていた後悔と悲しみを思った。〝この国を正しい状態に戻すために、わたしは人生を費やしてきた。きみは初めての希望の光なんだ〟「彼はもう一度ラヴカをひとつにしたいって。彼は――」

「彼がなにを言ったかなんて忘れておしまい！」バグラはとげとげしく言った。「彼は長く生きている。孤独で純真な娘にどんな嘘をつけばいいかくらい、学ぶ時間はたっぷりあっただろうよ」黒い目をぎらぎらさせながら、彼女はわたしに近づいてきた。「考えてごらん、アリーナ。ラヴカが完全な状態になったら、第二軍は必要じゃなくなるんだ。〈闇の主《ダークリング》〉は王に仕える使用人のひとりにすぎなくなるんだよ。それが彼の夢だと思うかい？」

わたしは震え始めた。「お願い、やめて」

「だが〈影溜まり〉を支配すれば、彼は破滅を広げることができる。世界を荒廃させることができる。二度と王にひざまずかなくてよくなるんだ」

「違う」

「なにもかもあんたのせいで」

「違う！　そんなことしない！　たとえあなたの言っていることが本当だとしても、わたしは絶対にそんなことに手を貸したりしない」

「あんたに選択の余地はないよ。牡鹿の力は、殺した人間のものになる」

「でも彼は増幅物を使えない」わたしは弱々しい声で反論した。

「だがあんたを使うことはできる。モロツォーヴァの牡鹿は普通の増幅物とは違う。彼は牡鹿を追い、殺すだろう。その角を手に入れて、あんたの首にかけたが最後、あんたは完全に彼のものになる。あんたはこれまでに存在したもっとも力のあるグリーシャになって、新たに手に入れた力は彼が意のままに操れるようになる。あんたは永遠に彼に縛りつけられて、決して反抗はできないんだ」

バグラの声ににじむ哀れみがわたしの心に突き刺さった。つかの間の弱さも休息も許そうとしなかった人間が見せた哀れみ。

脚から力が抜け、わたしは床にへたりこんだ。両手で耳を押さえ、バグラの声を聞くまいとする。だが頭のなかに響く〈闇の主《ダークリング》〉の言葉を止めることはできなかった。

〝わたしたちはみな、だれかに仕えている〟

〝王は子供だ〟

〝きみとわたしで世界を変えるんだよ〟

彼はバグラのことで嘘をついていた。〈黒の異端者〉のことで嘘をついていた。牡鹿のことも嘘だろうか？

〝わたしを信じてほしい〟

バグラはわたしに別の増幅物を与えるように頼んだが、彼は牡鹿の角にこだわった。骨のネックレス——いや、首輪だ——をさせることに。わたしが納得しないでいると、彼はキスをし、わたしは牡鹿や増幅物やそのほかいっさいのことを忘れた。覚えているのはランプの明かりに浮かびあがった完璧に整った彼の顔と、驚いたような表情と、くしゃくしゃの髪だけ。

あれはすべて意図的にされたことなのだろうか？　湖畔でのキス、納屋でのあの夜、彼の顔をよぎった傷ついたような表情、思いやりのある仕草、自信に満ちた言葉、そして今夜わたしたちのあいだに起きたことも？

そう考えると身がすくんだ。彼の温かな息の感触がまだ首筋に残っていたし、耳元でささやく声が聞こえている。〝欲望の問題点は、わたしたちを弱くすることだ〟

彼の言うとおりだ。わたしはどこかに、だれかに属したくてたまらなかった。どうにかして彼を喜ばせたかったし、彼に秘密を打ち明けられたことが誇らしかった。だが、彼が本当はなにを望んでいるのか、本当の動機がなんなのかを尋ねようとはしなかった。彼の傍らにいる自分、ラヴカの救世主となる自分、だれより大切にされ、求められ、女王のように扱われる自分を想像することで頭がいっぱいだったからだ。わたしはさぞ、扱いやすかっただろう。

〝きみとわたしで世界を変えるんだ。待つんだ〟

きれいな服を着て、次のキスを、次のやさしい言葉を待つ。牡鹿を待つ。首輪を待つ。殺人者兼奴隷にされるのを待つ。

グリーシャの力の時代が終わりに近づいていると〈闇の主《ダークリング》〉は言った。だが彼は断じてそうさせまいとするだろうことに、気づくべきだったのだ。

わたしは弱々しく息をつきながら、体の震えを止めようとした。かわいそうなアレクセイや、〈影溜まり〉の黒い広がりに置き去りにされて死んでいった大勢の人のことを思った。かつては柔らかな茶色い土だった、灰色の砂を思った。〈黒の異端者〉の欲望の最初の犠牲者であるヴォルクラのことを思った。

〝きみは本当にわたしに見切られたと思ったのか？〟

〈闇の主《ダークリング》〉はわたしを利用しようとした。わたしに属する唯一のものを奪い取ろうとした。わたしが持つ唯一の力を。

立ちあがった。これ以上、利用されるつもりはない。

「わかった」バグラが持ってきてくれた服に手を伸ばしながら言う。「なにをすればいいの？」

16

バグラは明らかにほっとしていたが、時間を無駄にしようとはしなかった。「あんたは今夜、役者や曲芸師たちといっしょにここを抜け出すんだ。西にお向かい。オス・ケルヴォに着いたら、カーチの貿易船《ヴァーロレン》を探すんだ。運賃はもう払ってある」

ケフタのボタンの上でわたしの指が止まった。「西ラヴカに向かえと言うの？　ひとりで〈影溜まり〉を越えろと？」

「あんたは姿を消さなきゃいけないんだよ、娘っ子。ひとりで〈影溜まり〉を越えられるくらいに、あんたは強くなっている。簡単なはずだよ。どうしてあたしがあれだけの時間をあんたの訓練に割いてきたと思っているんだ？」

それもまた、わたしが尋ねようとしなかったことだった。〈闇の主《ダークリング》〉はわたしをそのままにしておけと言ったのだ。わたしをかばっているのだとばかり思っていたが、ひょっとしたら彼はただわたしを強くしたくなかっただけなのかもしれない。

ケフタを脱ぎ捨て、目の粗いウールのチュニックを頭からかぶった。「あなたは最初から彼の意図を知っていた。どうしていまになって話してくれるの？　どうして今夜？」

「もう時間がないからだよ。彼が本当にモロツォーヴァの群れを見つけるとは思っていなかった。あれは捕まえるのが難しい生き物だ。古代科学の一部で、地球の中心で作られたんだ。だがあたしは、彼の部下たちをみくびっていたよ」

そうじゃない、わたしは革のズボンとブーツに足を突っこみながら考えた。あなたが見くびっていたのは、マル。狩りと追跡では、だれもかなう者のいないマル。岩からウサギを取り出すことのできるマル。牡鹿を見つけてわたしに届けてくれるはずのマル。なにも知らずに、わたしたちを〈闇の主《ダークリング》〉の支配下に置こうとしているマル。

バグラは、毛皮で裏打ちされた厚手の茶色いコートと毛皮の帽子と幅広のベルトを差し出した。腰にベルトを巻いてみると、財布とナイフ、そして内側に鏡を仕込んだ革の手袋が入った小袋が吊るされていることがわかった。

バグラのあとについて小さなドアから外に出てから、彼女から革の背嚢を受け取って背負った。バグラは、大王宮《グランド・パレス》の明かりが遠くにまたたくあたりを指差した。音楽が聞こえてくる。パーティーはまだたけなわらしいと気づいて驚いた。舞踏室を出てからもう何年もたったような気がしていたが、あれはつい一時間ほど前のことだったらしい。

「生け垣の迷路まで行って、そこを左に曲がるんだ。明かりのある道は避けるんだよ。もう帰ろうとしている曲芸師たちがいる。王宮を出ていく馬車を探すんだ。調べられるのは入ってくる馬車だけだから、きっと大丈夫なはずだ」

「はず？」

バグラはそれを無視して言葉を継いだ。「オス・アルタを出たら、大通りは避けてお歩き」そう言って封をした封筒を差し出す。「あんたは西ラヴカの新しい雇い主のところに向かう途中の建具師だ。いいね？」

「はい」心臓がすでに激しく打ち始めていた。「どうしてわたしを助けてくれるの？」唐突に尋ねる。「どうして自分の息子を裏切るの？」

つかの間、彼女は無言のまま、小王宮《リトル・パレス》の影のなかでしゃんと背筋を伸ばした。それからこちらに向きなおったが、わたしはその顔に浮かんだ深い闇に気づいてぎょっとしてあとずさった。自分がその縁に立っているかのように、はっきりと見て取れた。そこにあったのは、あまりに長く生きすぎた者が抱く、ぱっくりと口を開けた、暗く、果てのない空しさ。

「遠い遠い昔」バグラがささやくように言った。「まだ第二軍を思いつきもしていなかったころ、自分の名前を捨てて〈闇の主《ダークリング》〉になる前、あの子はただの才能のある聡明な少年にすぎなかった。あたしは彼に野心を教え、誇りを与えた。時が来たとき、あたしがあの子を止めなきゃいけなかったんだ」バグラは小さく笑った。見ているのがつらいほどの悲しい笑み。「あたしが息子を愛していないと思っているんだろう？　だがそれは違う。あの子を愛しているからこそ、贖《あがな》えないほどの罪を犯させるわけにはいかないんだよ」

バグラは小王宮を振り返った。「朝になったらメイドをあんたの部屋の前に立たせて、あんたは具合が悪いんだと言わせるよ。できるかぎり時間を稼ぐ」

わたしは唇を嚙んだ。「今夜。今夜じゃなきゃだめ。〈闇の主《ダークリング》〉が……わたしの部屋に来るかもしれない」

バグラにまた笑われるだろうと思ったが、彼女は首を振って小さくつぶやいただけだった。

「ばかな娘っ子だ」軽蔑されたほうが、ずっとましだと思った。

行く手に目をやり、そこに待つもののことを考えた。わたしは本当にここを逃げ出すつもりなの？　パニックが起こりそうになるのを押さえこむ。「ありがとう、バグラ。なにもかも」

「はん。お行き、娘っ子。急いで、気をつけて行くんだよ」

わたしはバグラに背を向けて走りだした。

いやになるほど繰り返されたボトキンとの訓練のおかげで、地所の地形はしっかり頭に入っている。芝生の上や木立のあいだを汗まみれになって走った時間に感謝した。大王宮の裏に近づいたときには、バグラがわたしの両脇に貼りつけてくれた細い闇の渦がわたしを覆い隠してくれた。マリーとナディアはまだなかでダンスをしているのだろうか？　わたしはどこに行ったのだろうとジェンヤはいぶかっているだろうか？　そんな思いを頭から追い出した。自分がなにをしているのか、なにをあとに残してきたのかを考えるのが怖かった。

役者たちの一行が、小道具や衣装を荷馬車に積みこんでいた。駁者はすでに手綱を握り、急げと彼らを怒鳴りつけている。役者のひとりが駁者の隣に座り、残りの面々がポニーに引かせた二輪馬車に乗りこむと、鈴の音を響かせながら走りだした。わたしは背後から荷馬車に駆け寄って舞台装置の隙間に潜りこみ、ほこりよけの黄麻布を頭からかぶった。

砂利敷きの長い私道をゴトゴトと揺られて王宮の門を出ていくあいだ、わたしは息を潜めていた。いまにも警報が響き、馬車が止められるに違いないと思った。荷馬車のうしろから引きずり出されることを覚悟した。だが車輪はまわり続け、馬車はオス・アルタの丸石の道を進んでいった。

何カ月も前、〈闇の主《ダークリング》〉に連れられてきたときにたどった道を思い出そうとしたが、あのときはひどく疲れて混乱していたせいで、屋敷と霧に包まれた道路のあやふやな記憶しか残っていない。荷馬車の隠れている場所からでは外の様子がよくわからなかったが、顔を出す気にはなれなかった。まさにそのときだれかが通りかかって、わたしに目を留めるかもしれない。

いなくなったことに気づかれる前に、宮殿との距離をできるだけ広げておきたい。いまの願いはそれだけだった。バグラがどれくらい時間を稼げるものかわからなかったから、駅者がもっと速く走らせてくれることを祈った。橋を渡って市の立つあたりまでやってきたときには、小さく安堵のため息をついた。

荷馬車の薄板のあいだから冷たい隙間風が入ってくるので、バグラが持たせてくれた厚手のコートがありがたかった。疲れていたし、節々も痛んだが、なにより恐ろしかった。ラヴカでもっとも力のある人間から逃げようとしているのだ。グリーシャ、第一軍、そしてマルとほかの〈追跡者〉たちまでもが、わたしを追ってくるだろう。自分だけの力で〈影溜まり〉までたどり着ける確率はどれくらい？　もし西ラヴカに着いて《ヴァーロレン》に乗れたとして、そのあとは？　言葉もわからず、知り合いもいない見知らぬ土地に、ひとりで上陸することになるのだ。涙がこみあげてきたので、無理やりこらえた。いま泣きだしたら、止められないとわかっていた。

オス・アルタの石の道路を通り過ぎ、広々としたヴァイの土の道に出たのは、まだ夜も明けないうちだった。やがて日がのぼり、朝がやってきた。時折うとうとはするものの、恐怖と体の痛みのせいでほとんど眠ることはできなかった。太陽が空の高い位置にまでのぼり、厚いコートの下で汗ばみ始めたころ、馬車が止まった。

思い切って、馬車の外をのぞいてみた。居酒屋か宿屋のような建物の裏手だ。

脚を伸ばした。両足ともすっかりしびれてしまっていて、爪先の血流が戻る痛みに顔をしかめた。馭者と役者たちが建物のなかに姿を消すのを待って、隠れていた場所から這い出た。こそこそしているとよけいに目立つと思ったので、しゃんと背を伸ばし、足早に表側にまわった。そこは村の本通りで、何台もの馬車や人々がせわしなく行き来している。

しばらく聞き耳を立てるうちに、ここがバラキレフであることがわかった。オス・アルタのほぼ真西にある小さな村だ。運よく、正しい方角に来ていたようだ。

馬車に乗っているあいだに、わたしはバグラからもらったお金を数え、これからどうするかを考えた。もっとも時間がかからないのは馬を使うことだが、ひとり旅の娘が馬を借りるだけのお金を持っているとなると人目を引くだろう。一番いいのは馬を盗むことだ。だがどうやって盗めばいいのか見当もつかなかったから、とりあえずこのまま進もうと決めた。

町を出る途中で屋台に立ち寄り、硬いチーズとパン、干し肉を買った。

「腹ペコかい？」歯の抜けた老いた商人はそう尋ねながら、買ったものを袋に押しこんでいるわたしを熱心すぎるまなざしで見つめた。

「兄さんがね。豚みたいに食べるんだ」わたしは人ごみのなかのだれかに向かって手を振るふりをした。「いま行く」そう叫んで、急いで走っていく。彼の記憶に残るのが、家族といっしょに旅をしている娘であることを願うだけだ。まったく覚えていなければもっといい。

その夜は、ヴァイから少しはずれたところにある酪農場のきれいに片付いた干し草置き場で眠った。小王宮の豪華なベッドからはほど遠かったが、雨風を避けられるだけでありがたかったし、動物の気配を近くで感じられることがうれしかった。背嚢と毛皮の帽子を間に合わせのまくらにして横向きに寝ると、乳牛の低い鳴き声やごそごそ動く物音が聞こえ、孤独が紛れる気がした。

バグラが間違っていたらどうする？　横になったまま考えた。もし嘘をついていたら？　あるいは単に誤解をしていたなら？　わたしは小王宮に戻れる。自分のベッドで眠り、ボトキンの授業を受け、ジェンヤとおしゃべりができる。心が揺らいだ。もしいま戻ったら、〈闇の主《ダークリング》〉は許してくれるだろうか？

許す？　わたしったらどうかしているんじゃないの？　わたしに首輪をつけて奴隷にしようとしているのは彼だというのに、その彼が許してくれるかどうかを心配しているの？　わたしは自分に腹を立てながら、向きを変えた。

心の底では、バグラが正しいとわかっていた。マルに言った自分の言葉を思い出した。〝わたしたちみんな、彼に支配されている〟マルのプライドを傷つけたくて、深く考えもせず腹立ちまぎれに言ったことだったが、バグラの言葉同様、わたしが言ったことも真実だった。〈闇の主《ダークリング》〉は冷酷で危険だとわかっていたのに、わたしは見ないふりをした。自分の偉大な運命を信じるのは気分がよかったし、彼が求めているのがわたしだと思うとぞくぞくしたから。

彼のものになりたがっていたことを認めたらどう？　頭のなかで声がした。いまもあなたの一部はそうなりたがっていると認めたら？

わたしはその思考を追い払った。翌日待ち受けているもののことや、西に向かうもっとも安全な経路はどれなのかを考えようとした。嵐の日の雲のような色の彼の目以外のことを考えようとした。

翌日は昼も夜も、オス・アルタへの道を行き来する人々に混じってヴァイを歩いた。だがバグラがそれほど長い時間ごまかし続けられないことはわかっていたから、今後も大通りを歩くのは危険すぎる。その後は森や野原を抜け、狩人の使う小道や農道を歩いた。徒歩ではなかなか進まない。脚は痛み、爪先にはまめができたが、それでも太陽を頼りにひたすら歩いた。

夜には毛皮の帽子を耳が隠れるくらい深くかぶり、コートのなかで体を震わせながら、お腹の鳴る音を聞き、遠い昔に居心地のいい文書係用テントで作った地図を頭のなかに思い浮かべた。チェルニツィンとケルスキーとポルヴォストといった小さな町の脇を通り、オス・アルタからバラキレフにたどり着いた自分の足跡をそこに描いて、希望を失わないようにした。〈影溜まり〉まではまだ長い道のりだが、わたしにできるのはただ進み続け、運が尽きないことを祈るだけだった。

「わたしはまだ生きている」暗闇のなかでつぶやいた。「わたしはまだ自由」

時折、農夫や旅人とすれ違った。わたしは手袋をはめ、万一に備えてナイフを握りしめたが、彼らがわたしに気を留めることはほとんどなかった。わたしはいつも空腹だった。昔から狩りは苦手だったから、バラキレフで買ったわずかな食料と川の水と時折農家から盗んだ卵や林檎で命をつないでいた。

この先どういうことになるのか、このつらい旅の終わりになにが待っているのか、皆目見当もつかなかったが、なぜかそれほど惨めには感じなかった。孤独にはなら慣れている。以前のものは本当の孤独などではなかったといまになってわかったが、本当の孤独にしても想像していたほど恐ろしくはなかった。

それでも、ある朝、白いしっくい塗りの小さな教会の前を通りかかると、礼拝に出席したいという衝動を抑えることができなくなった。司祭さまは礼拝の最後に、集まった人々のために祈りを捧げた。戦争で怪我を負ったこの女性の息子をお守りください、高熱を出している赤ん坊をお守りください、そしてアリーナ・スターコフが健康を取り戻しますように。わたしはぎくりとした。

「〈影溜まり〉の邪悪を追い払い、この国を再びひとつにするために遣わされた〈太陽の召喚者〉を、聖人たちがお守りくださいますように」

わたしはごくりとつばを飲みこみ、あわてて教会を出た。あの人たちはわたしのために祈っている。そう考えると悲しくなった。もし〈闇の主《ダークリング》〉の思うとおりになったなら、彼らはわたしを憎むだろう。憎むべきなのかもしれない。わたしは、ラヴカとわたしを信じている人たちを見捨てようとしているのではない？〈影溜まり〉を破壊できるのはわたしの力だけなのに、わたしはいま逃げ出そうとしている。

首を振った。いまはそんなことを考えている暇はない。わたしは裏切り者であり逃亡者だ。ラヴカの未来の心配をするのは、〈闇の主《ダークリング》〉の手から逃げおおせたあとでいい。

足早に小道を進み、教会の鐘の音に追い立てられるようにして丘をのぼって、森に入った。頭のなかで地図を描いてみると、まもなくライヴォストに着くことがわかった。〈影溜まり〉までどうやって行くかを決めなければならない。川沿いに進むか、あるいは北西の方角にそびえたつ岩だらけのペトラゾイ山地を越えるか。川沿いのルートのほうが楽だが、人口の多い地域を通らなければならない。山を越えるほうが距離的には短いものの、道のりは険しい。

わたしはシュラの交差路に出るまで考え続けたが、結局山のルートに決めた。だが、そのためには、ライヴォストに寄る必要がある。そこは川沿いでもっとも大きな町だったから危険は承知していたが、食料とテントか携帯用の毛布がなければペトラゾイを越えられないこともわかっていた。

ひとりきりで何日も過ごしたあとだったので、ライヴォストの人通りの多い通りや運河の喧騒《けんそう》やにぎやかな物音が妙に感じられた。顔を伏せ、帽子を深くかぶって歩いていく。あらゆる街灯や店の窓に、わたしの顔のポスターが貼られているに違いないと思った。だがさらに町の中心部へと入っていくにつれ、緊張がほどけていった。わたしがいなくなったという知らせは、思っていたほど遠くまでは届いていないようだ。

ロースト・ラムや焼きたてのパンのにおいに唾が湧いてきた。硬いチーズと干し肉を買い足したついでに、林檎を奮発して食べた。

新しい毛布を背嚢にくくりつけながら、重くなった荷物を持ってどうやって山をのぼろうかと考えていたわたしは、角を曲がったところで兵士たちの集団に危うくぶつかりそうになった。

オリーブ色の長いコートと背中にくくりつけたライフルを目にして、とたんに心臓が早鐘のように打ち始める。くるりときびすを返し、反対方向に走りだしたくなったが、顔を伏せ、なんとかそのままの足取りで歩き続けた。通り過ぎたところで、そっと振り返ってみた。いぶかしげにわたしを見つめている者はいない。それどころか、話をしたり、冗談を言ったり、なかには洗濯物を干している娘をからかっている者もいた。

横道に入り、鼓動がもとどおりになるのを待った。いったいどういうことだろう？　小王宮を逃げ出してから、もう一週間以上になる。警報が出されているはずだ。〈闇の主《ダークリング》〉が、あらゆる町のあらゆる連隊に伝令を出すだろうとわたしは思いこんでいた。第一と第二の両方の軍隊の人間全員が、わたしを探しているだろうと考えていた。

ライヴォストを出るまでのあいだに、さらにほかの兵士たちを見かけた。休暇中の兵士もいれば、任務についている者もいたが、だれひとりとしてわたしを探している様子はない。どう解釈すればいいのかわからなかった。バグラのおかげだろうか？　わたしはフョーダ人にさらわれたか、あるいは殺されたのだと、どうにかして〈闇の主《ダークリング》〉に思いこませてくれたのかもしれない。あるいは、すでにもっと西のほうまで行ってしまったと考えているのだろうか。どちらにしろ、運を当てにするつもりはなかったから、町を出るべく足を速めた。

思った以上に時間がかかり、町の西のはずれまでようやくたどり着いたときには、すでにとっぷりと日が暮れていた。通りは暗く、いかがわしそうな酒場が数軒と、老いた酔っ払いがひとり建物にもたれて低い声で歌を口ずさんでいる以外、あたりに人気《ひとけ》はなかった。騒がしい宿屋の前を急いで通りすぎようとしたときドアが開いて、まばゆい光とにぎやかな音楽と共に、ずんぐりした体格の男がつんのめるようにして外に出てきた。

男はわたしのコートをつかんで、自分のほうに引き寄せた。「よう、かわい子ちゃん。おれをあったためてくれよ」

わたしはその手を振りほどこうとした。

「小さいわりには力があるじゃねえか」男の熱い息はすえたビールの匂いがした。

「放して」抑えた声で言う。

「つれなくすんなよ、ラプシュカ。いっしょに楽しもうぜ」

「放してって言ったでしょう！」男の胸を押した。

「お断りだね」男はくすくす笑いながら、酒場の脇の路地の暗がりにわたしを連れこんだ。

「いいものを見せてやるよ」

手首をひねると、指のあいだに鏡の心強い重みを感じた。さっと片手を伸ばすと、一筋の光がきらめいて男の目を射った。

光に目がくらんだ男はうめき、わたしをつかんでいた手を離した。わたしはボトキンに教わったとおり、男の片足の甲を思いっきり踏んづけたあと、うしろから足首をすくうようにしてはらった。男の両足は宙に浮き、地面にしたたかに体を打ちつけた。

ちょうどそのとき、酒場の裏口のドアが開いた。出てきたのは、片手にクヴァスのボトルを持ち、もう一方の手で露出の多い服を着た女性を抱いた軍服姿の兵士だ。その軍服が〈闇《ダー》の主《クリング》〉の警備兵の濃灰色であることに気づいて、わたしはぞっとした。兵士はぼんやりした目で、その光景を見て取った。地面に倒れている男と、その前に立つわたし。

「いったいなんだ？」もつれる舌でつぶやく。腕にしがみついている娘がくすくす笑った。

「目が見えない！」倒れている男が情けない声をあげた。「この女がおれの目を見えなくしやがった！」

〈護衛団《オプリクニキ》〉は男を眺め、それからわたしに視線を移した。目と目が合うと、男の顔にはっとした表情が浮かんだ。わたしのつきもこれまでだ。ほかのだれもわたしを探していなかったかもしれないが、〈闇の主〉《ダークリング》の護衛兵は別だ。

「あんたは……」男が言った。

わたしは駆け出した。路地を抜け、細い道路が迷路のように入り組んでいるあたりへと走りこむ。心臓が激しく打っていた。町はずれの薄汚れた建物をあとにし、道路をはずれて、やぶのなかへと飛びこんだ。枝に頬や額をひっかかれながら、よろめく足で森の奥へと進んでいく。

背後から物音が聞こえる。たがいを呼ぶ声、森を走る足音。闇雲に走りたくなるのをこらえ、足を止めて耳をすました。

東側の道路近くを探しているようだ。何人いるのかはわからなかった。

息を潜めると、水の音がすることに気づいた。近くに水が流れている。川の支流だろう。水辺までたどり着ければ、足跡を消すことができる。暗いなかでわたしを見つけるのは難しいはずだ。

時折足を止めて方向を修正しながら、水音のほうへと歩いていった。ほとんど這うようにしてひどく険しい斜面をのぼる。枝やむき出しになった木の根をつかんで体を引きあげていった。

「あそこだ！」下のほうから声が聞こえ、わたしは振り返った。丘の麓に向かって移動している明かりが、木立の合間にいくつも見える。さらに上へとのぼった。手の下で土がすべり、肺は焼けつくようだ。頂上までのぼりきったところで体を引きあげ、反対側を見おろした。水面に月明かりが反射するのが見えて、希望が湧き起こった。

体重をうしろにかけてバランスを取りながら、急な斜面をできるかぎりの速さでおりていく。叫び声が聞こえて振り向くと、夜空に追手たちのシルエットが浮かびあがるのが見えた。すでに丘の頂上までやってきている。

わたしはおおいにうろたえ、斜面を駆けおりはじめた。小石が次々と斜面を転がって、川へと落ちていく。勾配はあまりにきつく、わたしは足を滑らせて顔から転んだ。地面に打ちつけられながら両手をついたが勢いを止めることはできず、ごろごろと回転しながら丘を転がって、冷たい水に落ちた。

心臓が止まるかと思った。冷たい手に、容赦なく全身をぐいっとつかまれたかのようだった。しばらく水中でもみくちゃにされたあと、ようやく顔が水面に出たのであえぎながら息を吸ったが、すぐにまた水中へと引き戻された。どこまで運ばれたのかもわからない。次の呼吸のことと、しだいにしびれていく手足のことしか考えられなかった。

もう水面には顔を出せないかもしれないと思い始めたころ、水がよどんでいるところに流れついた。岩にしがみつき、浅瀬に体を引きあげる。なんとか立ちあがったものの、濡れたコートの重みでよろめき、つるつるした川底の石にブーツが滑った。

どうやったものか自分でもよくわからないうちに、なんとか森のなかへと足を踏み入れ、密集した低木の茂みの下に潜りこんだ。体はまだがたがた震えていたし、川の水を飲んだらしくて咳も止まらない。

人生で最悪の夜だった。コートはぐっしょり濡れ、ブーツのなかの足は感覚がない。わずかな物音にもぎくりとし、そのたびに見つかったのだと覚悟した。毛皮の帽子も食料がいっぱい入った背嚢も新しい毛布も、すべて流れに持っていかれた。危険を冒してライヴォストに行ったのも、すべてが無駄になった。財布もなくなっている。ナイフだけはまだ腰につけた鞘に収まっていた。

夜明けが近づいてきたころ、わたしはささやかな日光を呼び出してブーツとこごえた手を乾かした。少しうとうとしたらしく、バグラがわたしのナイフを握り、わたしの喉に押し当てている夢を見た。乾いた笑い声が耳に残った。

自分の心臓の音と、あたりの物音で目が覚めた。わたしは茂みの陰――そうであることを願った――の木の根元にもたれかかるようにして眠っていた。だれの姿も見えないが、遠くから声が聞こえてくる。どうすればいいのかわからず、その場に凍りついたままためらった。別の場所に移動すれば、自分の居場所を教えてしまう可能性がある。だがここにじっとしていれば、見つかるのは時間の問題だろう。

音が近づいてくると、心臓の鼓動はさらに速まった。木の葉の合間に、顎ひげをはやしたがっしりした体格の兵士が見える。手にはライフルを持っているが、わたしを殺すつもりがないことはわかっていた。わたしは貴重な存在だ。死ぬ覚悟さえあれば、それを利用できるだろう。

絶対につかまらない。明確な心の声だった。絶対に戻らない。

手首をひらめかせると、左手に鏡が滑り出た。手のひらにグリーシャ鋼の重みを感じながら、右手でナイフを握る。音を立てないようにしながらその場にしゃがみ、耳を澄ました。恐ろしくてたまらなかったが、行動を起こしたくてうずうずしているわたしもどこかにいることが意外だった。

顎ひげの兵士が円を描くようにしてこちらに近づいてくるのを、わたしは葉の隙間から眺めていた。ほんの三十センチほどのところまで来ている。首をつたう汗の滴やライフルの銃身に反射する朝日が見え、その瞬間、彼がまっすぐわたしを見つめていると思った。森の奥から呼び声がし、兵士は叫び返した。「ニチェーヴォ！」なにもない。

そして驚いたことに、彼はきびすを返し、わたしから遠ざかっていった。

声が遠くなり、足音が小さくなっていく。こんな幸運があるものだろうか？ 動物かほかの旅人の足跡を、わたしのものと間違えたんだろうか？ それともこれはなにかの罠？ わたしは体を震わせながら待ったが、聞こえてくるのは虫や鳥の鳴き声、木々のあいだを風が吹きぬけていく静かな森の音だけだった。

ようやく鏡を手袋に戻すと、大きく息を吐いた。ナイフを鞘にしまい、ゆっくりと立ちあがる。くしゃくしゃに丸めた湿ったままのコートを地面から拾いあげようとしたそのとき、背後に間違いようのないひそやかな足音を聞いて動きを止めた。

喉元まで心臓がせりあがったように感じながら振り返ると、枝の陰に人影が見えた。ほんの数十センチしか離れていない。顎ひげの兵士に気をとられるあまり、背後にだれかがいることに気づかなかった。次の瞬間、わたしの手には再びナイフが握られ、もう一方の手は鏡を高い位置に構えていた。声もなく木の陰から姿を現わしたその人物を、これは幻覚に違いないと思いながら見つめる。

マル。

口を開きかけたが、彼はひたとわたしを見据えたまま、人差し指を口に当てた。しばし耳を澄ましたあと、マルはついてくるようにと身振りで示すと、森のなかに消えた。わたしはコートをつかみ、あわてて彼のあとを追った。せいいっぱいついていこうとしたが、たやすいことではない。マルはほかの人の目には見えない道が見えるかのように、音もたてずに移動し、枝のあいだを影のようにすり抜けていく。

彼は川へと戻り、歩いて渡れるような浅瀬にわたしを連れていった。冷たい水がまたブーツに入ってきて、思わず身がすくむ。対岸まで渡ると、マルは足跡を隠すために、大きく円を描きながら戻っていった。

頭のなかは訊きたいことで溢れかえっていて、次から次へと質問が湧いてくる。マルはどうやってわたしを見つけたの？　ほかの兵士たちといっしょにわたしを追っていた？　わたしを助けたのは、いったいどういう意味なんだろう？　手を伸ばして彼に触れ、本当にそこにいるのかどうかを確かめたかった。抱きついて、感謝の念を伝えたかった。あの夜小王宮で彼が言ったことに対して、顔を殴りつけてやりたかった。

それから何時間も、わたしたちは無言のまま歩き続けた。一定時間ごとに、マルは身振りでわたしを立ち止まらせては、痕跡を隠すためにやぶのなかへと入っていった。午後になると、岩だらけの険しい道をのぼり始めた。川からかろうじて這いあがったのがどのあたりだったのかはわからないが、マルがペトラゾイを目指していることは確実だった。

一歩一歩が苦痛でしかなかった。ブーツは濡れたままだったし、かかとと爪先には新しいマメができている。森でつらいひと晩をすごしたせいで頭はずきずきと痛み、ろくに食べていないためにめまいがしたが、決して文句は言うまいと決めていた。ただ黙って、マルのあとをついて山をのぼり、道をはずれて歩き、岩を越えた。やがて疲労のあまり脚が震え始め、乾きのせいで喉がひりひりと痛み始めた。ようやくマルが足を止めたのはかなり上までのぼってからで、張り出した巨大な岩と不揃いな数本の松の木が姿を隠してくれる場所だった。

「ここでいい」マルは荷物をおろしながら言うと、すぐに確かな足取りで来た道を戻っていった。わたしのおぼつかない足取りの痕跡を消しに行ったのだとわかっていた。

わたしはほっとして地面に座りこみ、目を閉じた。足がずきずきと痛んだが、一度ブーツをブーツを脱いでしまったら、もう履けなくなる気がした。頭を垂れたが、眠るわけにはいかない。いまはまだ。訊きたいことは千ほどもあったが、すぐに確かめなければならないのはたったひとつだった。

マルが戻ってくるころには、あたりを夕闇が静かに包み始めていた。マルはわたしの向かいに腰をおろし、背嚢から水筒を取り出した。ひと口飲んだあと口を拭い、水筒をわたしに差し出す。わたしはごくごくと飲んだ。

「ゆっくり。これで、明日までもたせなきゃいけないんだ」

「ごめん」水筒を彼に返した。

「今夜は火をおこす危険は冒せない」暮れていく空を見つめながら彼が言った。「明日には火を使えるかもしれない」

うなずいた。山を歩いているあいだにコートは乾いていたが、袖のあたりがまだ少し湿っている。寒くて、汚れていて、ぼろぼろになった気分だ。なにより、目の前の奇跡のせいで、ひどく混乱している。だがそういったことすべてはあとまわしだ。答えを聞くのが怖かったが、尋ねなければならないことがあった。

「マル」彼がわたしと目を合わせるのを待って訊いた。「群れを見つけた？　モロツォーヴァの牡鹿を捕まえた？」

マルは片手で膝を叩いた。「どうしてそれがそんなに重要なんだ？」

「長い話なの。教えて。彼は牡鹿を手に入れたの？」

「いいや」

「でも、時間の問題？」

マルはうなずいた。「だが……」

「だが、なに？」

マルはためらった。午後の光の名残のなかに、わたしがよく知っているいたずらっぽい笑みらしきものが口元に浮かぶのが見えた。「ぼくがいなくては、見つけられないと思う」

わたしは眉を吊りあげた。「あなたがそれだけ優秀だっていうこと？」

「そうじゃない」再び真剣な表情になった。「いや、そうかもしれない。誤解しないでくれ。彼らは優れた〈追跡者〉だ。第一軍でもっとも優秀だ。だが……あの群れを追うには、独特の勘が必要だ。あれは普通の動物じゃない」

あなたも普通の〈追跡者〉じゃない。そう思ったが、口には出さなかった。マルの顔を見ながら、だれもが自分自身の能力を理解しているとはかぎらないと〈闇の主《ダークリング》〉が言っていたことを思い出した。マルの能力には、幸運や訓練以上のなにかがあるんだろうか？　自信が持てなかった経験は一度もないだろうが、うぬぼれているとも思えない。

「あなたの言うとおりだといいけど」わたしはつぶやいた。

「今度はきみが答える番だ」マルの声には辛辣な響きがあった。「どうして逃げた？」

どうしてわたしが小王宮を抜け出したのか、どうして〈闇の主《ダークリング》〉がわたしを探しているのか、マルはなにも知らないのだという事実に、わたしはこのとき初めて気づいた。最後に会ったとき、視界から消えてと命じたも同然だったのに、それでもマルはすべてを捨ててわたしのところに来てくれた。わたしには説明する義務がある。だがどこから始めればいいのかわからなかった。ため息をつき、片手で顔をこすった。わたしはなにに彼を巻きこんでしまったのだろう？

「世界を救おうとしているって言ったら、信じる？」

マルは険しいまなざしでわたしを見つめた。「それじゃあ、痴話げんかとかそんなものじゃないんだな？　そのうち気が変わって彼のところに戻ったりはしないんだろうな？」

「まさか！」驚いて叫んだ。「そんなんじゃ……わたしたちはべつに……」言葉が見つからなかったので、笑うしかなかった。「そういうことならよかったんだけれど」

マルは長いあいだ無言だった。やがてなにかの結論に達したらしく、「わかった」というと立ちあがり、伸びをしてから肩にライフルをかけた。背嚢からウールの厚い毛布を取り出し、わたしに向かって投げた。

「少し休むといい。ぼくが最初の見張りをする」マルはわたしに背を向けると、わたしたちがあとにしてきた谷の向こうにのぼった月を見やった。

わたしは硬い地面の上で丸くなり、毛布をしっかりと巻きつけた。居心地がいいとは言えなかったが、まぶたは重く、いまにも眠りに引きずりこまれそうだ。

「マル」ささやくような声で言った。

「なんだ？」

「わたしを見つけてくれてありがとう」

あるいは夢だったのかもしれないが、暗闇のどこからか彼の声が聞こえた気がした。「いつだって」

眠りがわたしをさらっていった。

17

マルはその後の見張りも引き受けて、ひと晩中わたしを眠らせてくれた。朝になると、干し肉を差し出しながら、端的に言った。「話してくれ」

どこから始めればいいのかわからなかったので、最悪のところから切り出した。「〈闇の《ダークリ》主《ング》〉は〈影溜まり〉を武器として使おうと考えている」

マルはまばたきひとつしなかった。「どうやって？」

「〈影溜まり〉を広げることで。ラヴカからフョーダ、さらには抵抗勢力があるところにはどこでも。でも、ヴォルクラを追い払えるわたしがいないと、それができないの。モロツォーヴァの牡鹿のことはどれくらい知っている？」

「あまり知らない。貴重なものだとしか」マルは谷の向こうに目を向けた。「そして、それがきみのためだということしか。群れの居場所を突き止めて、牡鹿を捕まえるか、あるいは追いつめるようにと命じられた。決して傷つけるなと」

わたしはうなずき、増幅物の働きについて知っていることを説明しようとした。イヴァンはシャーボーン熊を、マリーは北のアザラシを殺さなければならなかったことを話した。

「グリーシャは自分の力で増幅物を手に入れなければならないの。牡鹿も同じ。でもそれはわたしのためじゃない」

「行こうか」マルが唐突に言った。「残りの話は移動しながら聞く。もっと山中深くまで入っておきたい」

マルは毛布を背嚢に押しこむと、ここで夜を明かした痕跡をできるかぎり消した。岩だらけの急な斜面をのぼり始める。弓は背嚢に縛りつけてあったが、ライフルはいつでも使えるように手に持ったままだ。

一歩ごとに足が抗議の声をあげたが、それでもなんとか彼についていきながら、話を続けた。バグラが話してくれたこと、〈影溜まり〉の起源、わたしの力を利用するために〈闇の主〉《ダークリング》がわたしにつけようとしている首輪のこと、そして最後にオス・ケルヴォで待っている船のことを話した。

話し終えると、マルが言った。「バグラの言うことを聞くべきじゃなかった」

「どうしてそんなことが言えるの？」

マルが不意に振り返ったので、危うくぶつかるところだった。「〈影溜まり〉まで行きついたとして、いったいどうなると思っていたんだ？　その船に乗ったあとは？　〈真海〉の岸までしか、彼の力は届かないとでも思っているのか？」

「そういうわけじゃ――」

「彼がきみを見つけて、首輪をつけるのは時間の問題だろう」

マルは再び向きを変え、茫然として立ちすくんでいるわたしをその場に残し、大股で歩き始めた。わたしも急いであとを追った。

確かにバグラの計画は甘いかもしれないが、ほかにどんな方法があっただろう？　わたしをつかんだ彼女の手の強さを、熱っぽい目に浮かんでいた恐怖を思った。バグラは、〈闇の《ダークリ》主《ング》〉が本当にモロツォーヴァの群れの居場所を突き止めるとは、思っていなかったのだ。冬の祝宴の夜、バグラは心底うろたえていたが、それでもわたしを助けようとした。彼女が息子と同じくらい非情だったなら、危険を冒したりはせず、わたしの喉を切り裂いていたかもしれない。そのほうが、わたしたちみんなにとってよかったのかもしれない。

長いあいだ、わたしたちは無言で歩き、ジグザグに山をのぼっていった。ところどころ道がひどく狭くなっていて、山肌にしがみつくようにしながら、そろそろと足を進めなければならないところもあった。昼ごろに最初の山をおりて、次の斜面をのぼり始めた。そちらのほうがさらに高く険しい。

目の前に延びる山道を見つめ、絶望感を振り払いながら一歩ずつ足を前に踏み出していく。考えれば考えるほど、マルの言うとおりのような気がしてきた。わたしは、自分だけでなくマルのことも破滅に追いやってしまったのかもしれない。〈闇の主《ダークリング》〉はわたしを生かしておかなければならない。だが、マルのことはどうするだろう？　自分の恐怖と未来のことしか頭になくて、マルがなにをしたのか、なにを捨ててきたのかまで考えていなかった。彼は二度と軍隊にも、友人のところにも、栄誉ある〈追跡者〉にも戻れない。それどころか、脱走かあるいは反逆の罪に問われ、死刑判決を受けるかもしれない。

日が落ちるころには、不揃いな木々もほとんど姿を消し、地面にはところどころ氷が残るくらいの高度までのぼっていた。硬いチーズと筋の多い干し肉のわびしい夕食をとった。火をおこすのは危険だとマルはまだ考えていたので、わたしたちは肩がわずかに触れるくらいの場所で無言のまま毛布にくるまり、うなる風のなかで震えていた。

うとうとしかかったところで、マルが不意に切り出した。「明日、北に向かう」

ぱっと目が開いた。「北？」

「チベヤに」

「牡鹿を追うの？」信じられずに訊き返した。

「ぼくなら見つけられる」

「〈闇の主《ダークリング》〉がまだ見つけてなければの話でしょう！」

「まだだ」彼が首を振ったのがわかった。「鹿はまだあそこにいる。ぼくにはわかる」

その言葉に、〈闇の主《ダークリング》〉がバグラの小屋に通じる小道で言ったことを思い出してぞっとした。〝牡鹿はきみのためにいるんだ、アリーナ。わたしにはわかる〟

「〈闇の主《ダークリング》〉が先に見つけたらどうするの？」

「これから一生、逃げまわるわけにはいかないんだぞ、アリーナ。牡鹿はきみの力を強くすると言ったね？ 彼と戦えるくらいに強いのかい？」

「かもしれない」

「それなら、そうするほかはない」

「捕まったら、あなたは殺される」

「わかっている」

「なんなのよ、マル。どうしてわたしを追ってきたの？　いったいなにを考えていたの？」

マルはため息をつき、短い髪を片手でかきあげた。「考えたわけじゃない。チベヤに向かっていたとき、戻ってきてきみを捕まえろという命令を受けた。だからそのとおりにした。難しかったのは、ほかのやつらをきみから遠ざけておくことだった。ライヴォストできみが自分はここにいると事実上、宣言してしまってからはなおさらだった」

「そしてあなたは脱走兵になった」

「そうだ」

「わたしのせいで」

「そうだ」

こらえた涙で喉がつまりそうになったが、なんとか声を震わせずに言葉をしぼり出した。

「こんなことになるとは思わなかった」

「ぼくは死ぬことは怖くないんだ、アリーナ」見ず知らずの人のもののような、冷たく落ち着いた声だった。「だが戦うチャンスが欲しい。牡鹿を追わなきゃならない」

わたしは長いあいだ、彼の言葉を考えていたが、やがて答えた。「わかった」

返ってきたのはいびきだった。マルはすでに眠っていた。

それから数日間、マルは容赦のないペースで歩き続けたが、わたしのプライドが——あるいは恐怖だったかもしれない——速度を落としてと頼むことを許さなかった。斜面を軽やかに駆けおりていく山羊をたまに見かけたし、ある夜は青く澄んだ湖のほとりで野営をしたが、それはめったにない気晴らしでしかなく、あとはただひたすら鉛色の岩と陰鬱な空が続くばかりだった。

マルはむっつりと黙りこんだままだった。〈闇の主《ダークリング》〉に命じられた牡鹿の追跡がどうなったのか、この五カ月どんな生活をしていたのかを知りたかったが、なにを訊いてもひとことだけの答えしか返ってこないか、ときには完全に無視されることもあった。ひどく疲れていたり空腹だったりするときには、怒りをこめて彼の背中をにらみつけ、頭を思い切りひっぱたいて振り向かせてやろうかと考えたりもした。だがほとんどの時間は、ただただ不安だった。わたしのあとを追おうと決めたことを、マルは後悔しているのかもしれない。広大なチベヤで牡鹿を見つけるのは不可能かもしれない。だがなにより怖かったのは、もし〈闇の主《ダークリング》〉に捕まったら、マルがどうなるかということだった。

ペトラゾイの最後の北西の斜面をくだりはじめたときには、殺風景な岩山と冷たい風と別れられることが心底うれしかった。樹木があるところまでくだり、木立に入ると心が躍った。何日も硬い地面を歩いたあとだったから、柔らかな松葉を踏みしめるのは気持ちがよかったし、茂みのなかで動物がごそごそする音を聞いたり、樹液のにおいのする空気を吸ったりするのは楽しかった。

小川のそばで野営をすることにし、マルがたき火のためのたきぎを集め始めたのを見て、思わず鼻歌を歌いたくなった。凝縮させた小さな光を呼んでたきつけに火をつけたが、マルはたいして感心しなかった。彼は木立に入っていったかと思うと、ウサギを捕まえて戻ってきたので、処理をしてから火であぶった。わたしが自分の分を貪るように食べ、まだ足りなくてため息をつくのを見て、マルは困惑の表情を浮かべた。

「きみが昔みたいに小食だったら、楽だったんだがな」文句を言いながら自分の肉を食べ終えると、マルは腕を枕にして地面に横になった。

わたしは彼の言葉を聞き流した。暖かいと感じたのは、小王宮《リトル・パレス》を出てから初めてだ。なにがあろうとこの至福感が損なわれることはないだろう。マルのいびきでさえも。

チベヤに向けてさらに北へと旅を続ける前に装備を整える必要があったが、ペトラゾイの北西にある小さな村のひとつに通じる小道を見つけるまで、それから一日半かかった。人の住む地域に近づくにつれ、マルはどんどん神経をとがらせていった。長い時間姿が見えなくなったり、先のほうまで偵察に行ったり、町の大通りと並行して歩いたりした。午後になると、マルは不格好な茶色のコートと茶色のリスの毛皮の帽子を着て戻ってきた。

「どこで手に入れたの？」

「鍵のかかっていない家から拝借してきた」マルは申しわけなさそうに言った。「代わりに硬貨を数枚置いてきたよ。だが妙なんだ。どこの家も空っぽだ。道路にもだれもいない」

「日曜日なのかもしれない」小王宮をあとにして以来、曜日の感覚はすっかりなくなっていた。「みんな教会に行っているのかも」

「そうかもしれないな」そう言ったものの、木の根元に軍支給のコートと帽子を埋める彼の顔は不安げだった。

村から八百メートルほどのところまでやってくると、ドラムの音が聞こえてきた。道路に近づくにつれ、音は大きくなっていき、やがて鐘やバイオリンの音、手を叩く音や歓声が聞こえた。マルは様子を確かめるために木にのぼり、おりてきたときにはその顔に浮かんでいた不安の色は薄くなっていた。

「どこもかしこも人でいっぱいだ。何百人も道路を歩いている。飾り荷馬車が見えたよ」

「バター・ウィークだ！」わたしは叫んだ。

春の断食日の前の週、貴族の男性は、お菓子やチーズやパンを積んだ飾り荷馬車で自分の地所をまわることになっている。パレードは村の教会から始まり、村をぐるりとまわってから屋敷へと向かう。解放された屋敷では農民や農奴にお茶とパンケーキに似たブリニが振舞われ、地元の娘たちは赤いサラファンを着て髪に花を飾り、春の訪れを祝うのだ。

孤児院にいたころ一番楽しみにしていたのが、このバター・ウィークだった。屋敷の掃除をしたり、料理を手伝ったりするために、授業は短縮になる。ケラムソフ公爵はいつも、この週に合わせてオス・アルタから戻ってきた。全員で飾り荷馬車に乗りこみ、公爵はすべての農家に立ち寄ってクヴァスを飲み、ケーキやキャンディを配った。公爵の隣に座って歓声をあげる村人たちに手を振っていると、まるで自分が貴族になったような気がしたものだ。

「見に行ってもいい？」わたしは熱っぽく尋ねた。

マルは渋い顔をしたが、用心深さとケラムツィンで幸せだったころの記憶がせめぎあっているのがわかった。やがて彼の口元にかすかな笑みが浮かんだ。「いいだろう。大勢いるから、ぼくたちが紛れこんでもきっと大丈夫だ」

わたしたちは道路を練り歩く人々に加わり、バイオリンやドラムを演奏する人たちに紛れこんだ。幼い少女たちが、鮮やかな色のリボンを結わえた枝を振っている。村の大通りでは店主たちがそれぞれの店の入口に立って、音楽に合わせて鐘を鳴らしたり手を叩いたりしていた。マルは足を止めて毛皮や食料品を買ったが、硬いチーズを背嚢に押しこむのを見て、わたしは舌を出した。硬いチーズにはもう当分お目にかかりたくなかったのに。

マルにやめろと言われるより早く、わたしは飾り荷馬車のうしろについて歩いている人々のあいだを縫うようにして、馬車に近づいていった。ずんぐりした手にクヴァスのボトルを持った血色のいい男が、体を左右に揺らして歌いながら、馬車を取り囲む農民たちにパンを配っている。わたしは手を伸ばし、温かなロールパンを受け取った。

「あんたにだよ、かわいい娘さん」男はつんのめりそうになりながら、言った。

甘いロールパンはすばらしくいい匂いがした。わたしは彼に礼を言い、おおいに満足しながら跳びはねるようにしてマルのところに戻った。

マルはわたしの腕をつかむと、二軒の家のあいだのぬかるんだ路地に引っ張っていった。

「いったいどういうつもりだ？」

「だれにも見られていないわよ。ただの農民の娘だって思ったはず」

「こんな危険は割に合わない」

「それじゃあ、食べたくないのね？」

マルはためらった。「そうは言っていない」

「ひと口食べさせてあげるつもりだったのに、あなたはいらないみたいだから、わたしがひとりで全部食べる」

マルはロールパンに手を伸ばしたが、わたしはひらりとそれをかわし、右に左にとよけて彼に触れさせないようにした。彼が驚いているのがわかって、うれしくなった。わたしはもう、彼の知っている不器用な娘じゃない。

「生意気な娘だ」マルはうなるように言うと、再び手を伸ばした。

「でもその生意気な娘は、甘いロールパンを持っているのよ」

どちらが先に気づいたのかは、わからない。だがここにいるのがわたしたちだけではないことを不意に悟って、ふたりそろって背筋を伸ばした。だれもいない路地で、男がふたり、いつのまにかうしろに忍び寄っていた。マルが振り返る間もなく、男のひとりがみすぼらしいナイフを彼の喉に押し当て、もうひとりが汚らしい手でわたしの口を押さえた。

「静かにしろ」ナイフを持った男ががらがら声で言った。「でないと、おまえたちの喉を掻き切るぞ」男の髪は油っぽく、滑稽なほど顔が長い。

マルの首に当てられた刃を見つめ、わたしは小さくうなずいた。男は口から手をはずしたが、腕はつかんだままだ。

「金だ」長い顔の男が言った。

「お金が目的？」わたしは思わず尋ねた。

「そうだ」わたしをつかんでいる男が言った。

止められなかった。捕まったわけではないと知った安堵と驚きがあまりに大きすぎて、自然と笑いがこぼれた。

強盗たちとマルは、頭がおかしくなったのではないかと言いたげな顔でわたしを見た。

「少し頭が足りないのか？」わたしを押さえている男が言った。

「ああ」わたしを見つめるマルの目は、明らかに黙れと言っていた。「少しな」

「金だ」長い顔の男が言った。「早く」

マルはコートの内側にそろそろと手を差し入れると、財布を取り出して、長い顔の男に渡した。男はその軽さに顔をしかめた。

「これだけか？　背嚢のなかは？」

「たいしたものは入っていない。毛皮が少しと食べ物だけだ」

「見せろ」

マルはゆっくりと背嚢をおろし、中身が見えるように蓋を開けた。ウールの毛布に包まれたライフルが一番上に載っている。

「おっと」長い顔の男が言った。「いいライフルじゃねえか。そう思わねえか、レヴ？」

レヴと呼ばれた男は大きな手でわたしの手首をつかんだまま、もう一方の手でライフルを取り出した。「いいライフルだ。それに背嚢は軍の支給品だぜ」気持ちが沈んだ。

「だから？」長い顔の男が尋ねた。

「チェルナストの前哨基地から兵士がひとりいなくなったって、ライコフが言っていた。南へ向かったきり、戻ってこなかったんだとさ。ひょっとしたら、おれたちは脱走兵を捕まえたのかもしれないぜ」

長い顔の男はなにかを考えているような表情でマルを見つめた。どれくらい報奨金をもらえるだろうと考えているに違いない。彼はなにもわかっていない。

「どうなんだ？　おまえは脱走兵じゃないんだろう？」

「この背嚢は兄のだ」マルはさらりと答えた。

「かもしれないな。それとも、チェルナストの隊長にこれとおまえを見てもらったほうがいいかもしれない」

マルは肩をすくめた。「いいだろう。おまえたちが強盗を働こうとしたことを、喜んで報告させてもらうよ」

レヴはその考えが気に入らなかったようだ。「金だけもらって、さっさとずらかろうぜ」

「だめだ」長い顔の男はまだマルを見つめている。「こいつが脱走兵なのかもしれないし、ほかの兵士から背嚢を盗んだのかもしれない。どちらにしろ、隊長は相当な額の金を払ってくれるはずだ」

「女はどうする？」レヴはわたしを揺すった。

「こいつといっしょに旅をしているなら、この女もろくなやつじゃねえな。こいつもどこから逃げ出してきたのかもしれない。そうでないなら、ちょっとばかり楽しませてもらおうか、どうだい？」

「彼女に触るな」マルが前に出た。

長い顔の男はさっと片手をひらめかせたかと思うと、ナイフの柄でマルの頭を殴りつけた。マルがよろめき、片膝をつく。こめかみから血が流れていた。

「やめて」わたしは叫んだ。レヴはわたしの腕を放し、代わりに口を押さえた。それだけで充分だった。自由になった手首をわずかにひねって、指のあいだに鏡を取り出す。

長い顔の男はナイフを持ちかえ、マルの前に立った。「死体になってても、褒美はもらえるだろう」

男はナイフを突き出した。わたしは鏡をひらめかせ、まばゆい光で男の目を射った。光を遮ろうとして男が片手を持ちあげる。マルはそのチャンスを逃がさなかった。さっと立ちあがって男をつかんだかと思うと、壁に思いっきり叩きつけた。

レヴはわたしをつかんでいた手を放し、ライフルを構えようとしたが、わたしは彼に向き直り、鏡を使って視界を奪った。

「いったい──」レヴは目を細くしてうめいたが、わたしは彼が体勢を整えるより早く、股間に膝を叩きこんでいた。体をふたつ折りにした彼の後頭部を両手でつかみ、今度は顔を蹴りあげる。ぞっとするような音がした。わたしがあとずさると、レヴは鼻を押さえながら地面に倒れこんだ。指のあいだから血が吹き出ている。

「やった！」ボトキンに見せたかったと思いながら、わたしは歓声をあげた。

「行くぞ！」マルの声に我に返った。振り返ると、長い顔の男は気を失って泥のなかに倒れている。

マルは背嚢をつかむと、パレードから遠ざかるように路地の反対の出口に向かって走りだした。レヴはうめいてはいるものの、まだライフルを握ったままだ。わたしは腹部に強烈な蹴りをお見舞いしてから、マルのあとを追った。

がらんとした店や家の前を通り過ぎ、ぬかるんだ大通りを横切り、森のなかへと飛びこんだ。マルはすさまじい速度で小川を渡り、尾根を越え、何キロにも感じられる距離をただひたすら進んだ。強盗たちは追いかけてこられるような状態ではないと思ったが、息をするのにせいいっぱいで、話などしている余裕はなかった。やがて、マルは足取りを緩めたかと思うと、前かがみになって膝に両手を当て、ぜいぜいと息をついた。

わたしは地面に倒れこみ、ごろりと仰向けになった。心臓が激しく打っている。木々の合間から射しこむ午後の光を浴びながら、耳の奥で血が流れる音を聞き、息を整えようとした。ようやく話せるようになったところで、肘をついて体を起こした。「大丈夫？」

マルは恐る恐る頭の傷に手を当てた。出血は止まっていたが、それでも顔をしかめた。

「ああ」

「あの人たち、だれかにしゃべると思う？」

「当然だ。情報を提供して、いくらかでももらおうとするだろう」

「まったく」

「おれたちにはもうどうしようもないよ」そう言うと、マルは驚いたことに笑みを浮かべた。

「どこであんな戦い方を覚えたんだ？」

「グリーシャの訓練で」芝居がかった口調で答える。「急所蹴りという古代の技よ」

「効き目があるならなんでもいいさ」

わたしは笑った。「ボトキンはいつもそう言うわ。〝こいつは見世物じゃない。痛みを与えるんだ〟って」彼のなまりを真似て言った。

「賢い男だ」

「グリーシャは身を守るのに自分の能力だけに頼るべきじゃないって〈闇の主《ダークリング》〉は考えているから」そう口に出したとたんに後悔した。マルの笑みが消えた。

「彼もばかじゃない」森の奥を見つめながら言う。一分ほどたってから、言葉を継いだ。

「彼は、きみがまっすぐ〈影溜まり〉に向かったんじゃないことに気づくだろう。ぼくたちが牡鹿を追っていることにも」マルは苦々しい顔で、わたしの隣にどさりと腰をおろした。

この戦いでわたしたちが優位に立っている点はほんのわずかしかなかったのに、そのうちのひとつを失ってしまったのだ。

「町になんて行くんじゃなかった」マルの声は暗かった。

わたしは彼の腕を軽く叩いた。「だれかに襲われるなんて、予想できるはずもない。だいたい、こんなに運が悪い人間なんているかしら？」

「必要のないリスクだった。もっと考えるべきだったんだ」マルは地面に落ちている小枝を拾うと、怒りをこめて投げつけた。

「ロールパンは無事よ」わたしは力なく言うと、ポケットから糸くずまみれでぺしゃんこになった塊を取り出した。春になるとやってくる群れを歓迎するために、鳥の形に焼いてあったのだが、いまは丸めた靴下にしか見えない。

マルは下を向き、膝で肘を支えながら両手で顔を覆った。肩が震え始め、泣いているのかもしれないと思ったわたしは、一瞬すくみあがったが、やがて声を出さずに笑っているのだと気づいた。全身を揺らし、しゃくりあげながら、涙を流して笑っている。「さぞおいしいパンだろうな」

頭がどうかしたのではないかと、わたしはつかの間彼の顔を見つめたが、すぐに同じように笑い始めた。口を押さえて声をもらすまいとするものの、笑いはいっそう激しくなるばかりだ。ここ数日の緊張と恐怖が限界を超えたかのようだった。

マルは人差し指を口に当て、大げさに「シーッ！」と言ったが、わたしはさらに新たな笑いの波に襲われた。

「きみはあいつの鼻を折ったんだぞ」

「それは悪かったわね。わたしは行儀がよくないから」

「まったくだ」彼は言い、わたしたちはまた笑った。

「ケラムッィンで、あの農夫の息子に鼻を折られたときのことを覚えている？」わたしは笑いの発作の合間に訊いた。「あなたはそのことをだれにも言わなくて、アナ・クーヤのお気に入りのテーブルクロスを血だらけにしたわよね」

「そいつはきみの作り話だ」

「違う！」

「そうさ。きみは鼻を折るだけじゃなくて、嘘までつくんだ」

わたしたちは息ができなくなり、横腹が痛くなって、目がまわり始めるまで笑い続けた。

こんなふうに最後に笑ったのはいつだっただろう。

ロールパンは結局食べた。砂糖がまぶしてあって、子供のころに食べた甘いロールパンと同じ味がした。食べ終えると、マルは「確かにおいしいパンだった」と言い、わたしたちはまたひとしきり笑った。

やがてマルはため息をついて立ちあがり、わたしに手を貸して立たせた。

日が落ちるまで歩き続け、廃虚と化した小屋の近くで夜を明かすことにした。あんなことがあったばかりだったから、今夜は火をおこすのは危険だとマルが考えたので、村で手にいれた食料でお腹を満たした。干し肉と例の硬いチーズをかじりながら、マルはボトキンや小王宮にいるそのほかの教師のことを尋ねた。自分の身に起きたことをどれほどマルに教えたかったのか、わたしは話し始めてようやく気づいた。マルは昔のように、簡単に笑うことはなくなっている。だが笑ったときには、冷ややかな厳しさが少し消えて、わたしがよく知っているマルが戻ってきたような気がした。永遠に彼を失ったわけではないのかもしれないという希望が湧いた。

寝る時間になると、マルは安全であることを確かめるために野営地の端まで歩いていき、そのあいだにわたしは食料を背嚢にしまった。マルのライフルとウールの毛布がなくなったので、背嚢は空間がたっぷりあった。弓がまだ手元にあることに感謝した。リスの毛皮の帽子を丸めて頭に敷き、背嚢はマルが枕に使えるように置いておいた。それからコートをしっかりと体に巻きつけて丸くなる。うとうとしかかったところでマルが戻ってきて、隣で横になった。背中が押し当てられる感触が心地いい。

眠りに落ちていきながら、甘いロールパンの砂糖の味がまだ舌に残っているような気がしていた。笑うことの喜びが湧き起こってくるようだ。強盗に襲われた。危うく殺されるところだった。ラヴカでもっとも力のある男に追われている。だがわたしたちはまた友だちに戻れた。長いあいだ、これほど安らかな眠りが訪れたことはなかった。

夜中に一度、マルのいびきで目が覚めた。肘で彼の背中を突く。マルは寝言をつぶやきながらこちらにごろりと寝返りを打ち、片手をわたしの体にまわした。一分後、マルはまたいびきをかき始めたが、今度は起こさなかった。

18

新芽や野生の花をまだところどころで見ることはできたものの、チベヤに向けて北へと進み、牡鹿がいるはずの荒野の奥へと入っていくにつれ、春の兆候はどんどん少なくなっていった。密集した松林はまばらに生える樺《カバ》の木立に取って変わられ、やがてそれもどこまでも続く牧草地になった。

村に立ち寄ったことをマルは後悔していたが、必要だったことがまもなくわかった。夜はどんどん冷えこんでいき、チェルナストの前哨基地が近くなると火をおこすこともできなくなった。狩りや罠に時間を割きたくなかったから、減っていくことに不安を覚えながら、手持ちの食料でお腹を満たした。

わたしたちのあいだのわだかまりのようなものがなくなり、ペトラゾイを越えていたときの冷たい沈黙は消えて、いろいろと語り合いながら歩いた。マルは小王宮《リトル・パレス》での暮らしや、宮殿の妙な習慣や、グリーシャ理論にすら興味を示した。

ほとんどのグリーシャが王をばかにしていることを聞いても、マルはまったく驚かなかった。〈追跡者〉が王の無能さに対して抱く不満も日に日に大きくなっているらしい。

「フォーダは銃尾から装塡するライフルを持っていて、それは一分間に二十八発も弾が撃てる。おれたちの兵士も同じものを持つべきなんだ。王が第一軍にもっと関心を持てば、これほどグリーシャに頼らなくてすむ。だが、そうはならないだろうな」マルはそう言ってから、ひとりごとのように言い添えた。「この国を支配しているのがだれか、おれたちみんなが知っている」

わたしはなにも言わなかった。できるかぎり、〈闇の主《ダークリング》〉のことは口にしないようにしていた。

牡鹿を追っていたときのことをマルに尋ねると、彼はいつもうまくはぐらかして逆に質問を返してきた。無理強いはしなかった。マルの部隊がフョーダの国境を越えたことは知っている。脱出の際には戦いを切り抜けねばならなかっただろうから、顎の傷はそのときに負ったものなのだろうとわたしは考えていた。彼はそれ以上のことを語ろうとはしなかった。

霜のおりた地面を踏みしめながら立ち枯れた柳の木々のあいだを通ったときには、あれがハイタカの巣だと教えてくれて、わたしはこのまま永遠に歩き続けていたいと思った。温かい食事とベッドが恋しくてたまらなかったが、この旅の終わりになにが待っているのかを考えると恐ろしくてたまらない。牡鹿を見つけて、その角を自分のものにしたら、なにが起きるのだろう？　それほど強力な増幅物はわたしをどう変えるだろうか？〈闇の主《ダークリング》〉から自由になれるくらいの力を手に入れられるだろうか？　こうやって肩を並べて歩き、星空の下で体を寄せ合って眠る日々が永遠に続いてほしかった。モロツォーヴァの群れを隠しているように、なにもない平原と静かな林がわたしたちをかくまい、追手から守ってくれるかもしれない。

愚かな考えだとわかっていた。チベヤは人を寄せつけない場所だ。厳しい冬と過酷な夏が待つ荒涼とした場所。そのうえわたしたちは、たそがれどきに地上をさまよう古代の生き物ではない。ただのマルとアリーナにすぎず、追手たちから永遠に逃げ続けることは不可能だ。数日前から頭のなかにぼんやり浮かんでいた考えが、ようやく形になりつつあった。この問題をマルと話し合わなければならないことがわかっていながら、先送りにしていたことを思ってため息が出た。それは無責任なことだったし、わたしたちがどれほどの危険にさらされているかを考えれば、このままにしておくわけにはいかない。

その夜、わたしが話を切り出す勇気を振り絞ったときには、マルはほとんど眠りかけていて、息遣いは深く規則正しくなっていた。

「マル」わたしが声をかけると、マルは一瞬で目を覚まし、全身に緊張をみなぎらせて体を起こしながらナイフに手を伸ばした。「そうじゃない」わたしは彼の腕に手を乗せた。「なにも問題はないから。ただ、話したいことがあるの」

「いま?」マルは不満げにつぶやくと、ふたたび地面に横になり、わたしに腕をまわした。

ため息が出た。わたしも暗闇のなかで横たわり、風が草をそよがす音を聞きながら、安心してまどろんでいたかった。たとえそれが幻想であったとしても。だがそうするわけにはいかない。「あなたにしてもらいたいことがあるの」

マルは鼻を鳴らした。「軍を脱走し、山を越え、毎晩冷たい地面の上で凍えること以外に？」

「そう」

「ふう」マルは曖昧な声を出した。息遣いはすでに、深く規則正しい眠りのそれになりかけている。

「マル、もしうまくいかなかったら……牡鹿を見つける前にわたしたちが捕まってしまったら、そのときはわたしを彼らの手に渡さないでほしい」

マルの体が凍りついた。彼の鼓動が感じられる。あまりに長く身動きひとつしなかったので、また眠ってしまったのかと思ったほどだ。

彼が口を開いた。「ぼくにそんなことを頼むな」

「そういうわけにはいかない」

マルはわたしを押しのけるようにして体を起こすと、片手で顔をこすった。わたしも起きあがり、毛皮をしっかりと肩に巻きつけて、月明かりのなかで彼を見つめた。

「断る」

「ただ断ればいいっていうものじゃない」

「きみは頼みごとをし、ぼくは断った。それだけだ」

マルは立ちあがり、数歩わたしから遠ざかった。

「彼がわたしに首輪をつけたらどういうことになるか、あなたにはわかっているはず。わたしのせいで、どれだけ大勢の人間が死ぬことになるか。そんなことをさせるわけにはいかないの。そんな重荷には耐えられない」

「いやだ」

「北に向かったときから、そうなる可能性があることはわかっていたんじゃないの？」

マルはこちらに戻ってくると、顔がよく見えるようにわたしの前にしゃがみこんだ。

「ぼくはきみを殺したりしないよ、アリーナ」

「そうしなきゃいけないかもしれない」

「いやだ」マルは首を振り、視線を逸らした。「いやだ、いやだ」

わたしは冷たい手でマルの顔を押さえ、わたしのほうを向かせた。

「やるの」

「できないよ、アリーナ。ぼくにはできない」

「マル、あの夜、小王宮であなたは、わたしは〈闇の主《ダークリング》〉に支配されていると言った」

マルはわずかにたじろいだ。「あのときは怒っていたんだ。そういう意味じゃ――」

「彼が首輪を手に入れたら、本当にわたしを支配することになるわ。完全に。そしてわたしは怪物に変えられてしまう。お願い、マル。そんなことはさせないって言ってほしい」

「よくもそんなことをぼくに頼めるな」

「ほかのだれに頼めって言うの？」

わたしを見つめるマルの顔には、絶望と怒りとわたしには理解できないなにかが浮かんでいた。やがて彼は一度だけうなずいた。

「約束して、マル」マルの口は堅く結ばれ、顎のあたりがぴくぴくと震えている。こんなことをしたくはなかったが、確かめておかなければならない。「約束して」

「約束する」マルがかすれた声で答えた。

わたしは安堵の思いが心を満たすのを感じながら、長々と息を吐いた。身を乗り出し、マルの額に自分の額をつけて目を閉じる。「ありがとう」

長いあいだそうやっていたあと、マルは体を離した。目を開けると、彼がわたしを見つめていた。ほんの数センチのところに顔があって、温かい息が感じられるほどだ。どれほど近くに彼がいるのかを不意に意識して、無精ひげの生えた彼の頬から手を離した。マルはつかの間わたしを見つめたあと唐突に立ちあがり、暗闇のなかへと歩いていった。

わたしは寒さと惨めな思いのなかで、じっと暗がりを見つめた。マルがそこにいて、わたしが課した重荷を抱いたまま、音もなく草の合間を歩きまわっている。申しわけないとは思ったが、マルが約束してくれたことにほっとしていた。彼が戻ってくるのを待ったが、いつのまにかわたしは眠りに落ちていた。星空の下、ひとりで。

それから数日間、わたしたちはチェルナストの周辺にいた。前哨基地にもできるかぎり近づいて、数キロ平方メートルにわたってモロツォーヴァの群れの痕跡を探した。時間がたつにつれ、マルの顔つきは暗くなっていく。夜は寝返りを繰り返し、ほとんどなにも食べない。

毛皮の下で手足をばたつかせながら、「どこだ？　どこにいる？」と寝言を言う彼に起こされることも時々あった。

マルはほかの人間の痕跡をあちこちで見つけたが――折れた枝、動かされた岩、彼から指摘されるまでわたしの目には見えないいくつもの痕跡――牡鹿の気配はなかった。

ある朝、マルは夜が明ける前にわたしを揺り起こした。

「起きろ。近くにいる。感じるんだ」マルはわたしがかぶっていた毛皮をはぎとり、背嚢にしまおうとした。

「ちょっと！」わたしは半分寝ぼけたまま、毛皮を取り戻そうとしたが無駄だった。「朝食は？」

マルは乾パンをひとつ放ってよこした。「歩きながら食べろ。今日は西のほうを探してみる。いそうな気がするんだ」

「でも昨日は東に向かうって言ったじゃない」

「昨日は昨日だ」マルはすでに背嚢を背負い、背の高い草のなかを歩き始めていた。「さっさとするんだ。牡鹿を見つけないと、きみの首をはねなきゃならなくなるからな」

「首をはねてなんて頼んだ覚えはない」わたしは目をこすりながら、かろうじて彼のあとを追った。

「それじゃあ、剣を突き刺すのか？　銃で撃つのか？」

「もっと地味なやり方はないの？　毒薬とか」

「きみは殺してくれと言っただけだ。やり方についてはなにも言わなかったぞ」

わたしは彼の背中に向かって舌を突き出したが、活気づいている彼を見られてうれしかった。そのことを冗談にできるのはいいことだと思ったし、冗談であることを願った。

カラマツの木立を抜け、雑草や赤い地衣が生える草地を通り過ぎた。マルの足取りはいつもどおり軽く、自信に満ちている。

空気はひんやりと湿っていて、マルは何度か心配そうにどんよりした空を見あげたが、足を止めることはなかった。午後遅くになるころ、低い丘にたどり着いた。その先には、白っぽい草に覆われた広々した高原地帯が広がっている。マルはその丘の頂上を西に、それから東に向かって歩いたあと、丘をくだり、それからのぼった。もう一度くだるのを見たときには叫びたくなったが、マルはようやくいくつもの大きな岩の風下側にわたしを連れていき、背嚢をおろして言った。「ここでいい」

冷たい地面に毛皮を広げて腰をおろし、マルが落ち着きなく行ったり来たりするのを見守った。しばらくしてやっとわたしの隣に座ったものの、片手を軽く弓に乗せたまま、じっと高原地帯を見つめている。そこにいる群れを想像しているのがわかった。地平線から姿を現わした鹿を思い浮かべている。たそがれに光る白い体と、寒さで白く見える息。現われてくれと願っているのかもしれない。ここは牡鹿がいかにも好みそうな場所だった。新鮮な草が生えていて、あちらこちらにある小さな青い湖が夕日を浴びて硬貨のように光っている。

太陽が地平線に隠れ、高原地帯は夕闇に包まれて青く変わっていく。わたしたちは自分の息遣いと、チベヤの広大な大地を吹き抜ける風のうなりを聞きながら待った。だが光が薄れて消えても、高原にはなにも現われない。

月がのぼったが、雲に隠れてぼんやりとしか見えなかった。マルは動かない。高原地帯に顔を向け、石のようにじっと座っている。青い瞳は遠くを見つめていた。わたしは背嚢からもう一枚の毛皮を取り出すと、彼と自分の肩にかけた。岩が風を遮ってくれてはいたものの、寒さを防ぐ役にはたたなかった。

やがてマルは深々とため息をつき、夜空を見あげた。「雪になりそうだ。森に入るべきだったな。だが……」首を振りながら言う。「確信があったんだ」

「気にしないで」彼の肩に頭をもたせかけた。「明日があるし」

「食料はいつまでももたないし、一日長くここにいれば、それだけ見つかる危険も大きくなる」

「明日がある」わたしは繰り返した。

「きっと彼はもう群れを見つけたに違いない。牡鹿を殺して、いまはぼくたちを追っているんだ」

「そんなの信じない」

マルは応じなかった。わたしは毛皮をさらに引きあげて、手の上にごく小さな光を呼んだ。

「なにをしているんだ?」

「寒いんだもの」

「ここは安全じゃない」マルは彼の顔を金色に照らす光を隠そうと、毛皮をぐっと引っ張った。

「もう一週間以上も人間を見かけていないし、凍えて死んだら隠れていたって意味がないわ」

マルは顔をしかめたが、やがて手を伸ばし、光のなかに指を差し入れた。「たいしたものだ」

「ありがとう」笑顔で答える。

「ミカエルは死んだよ」

わたしの手の上で光がまたたいた。「え？」

「彼は死んだ。フョーダで。ダブロフもだ」

衝撃のあまり、動けなくなった。ミカエルもダブロフもたいして好きだったわけではないが、それはどうでもいいことだ。「わたし、知らなくて……」口ごもった。「なにがあったの？」

答えるつもりがないのかもしれない、それとも訊くべきではなかったのだろうかとつかの間考えた。マルはわたしの手の上でちらちら揺れている光を見つめている。心が遠くをさまよっているのがわかった。

「ぼくたちは北の果ての永久凍土層の近くにいた。チェルナストの前哨基地よりさらに北だ」静かな声で切り出す。「牡鹿を追って、あと少しでフョーダというところまできていた。

何人かにフォーダ人のふりをして国境を越えさせ、群れを追わせようと隊長が言い出した。ばかげた話だよ、まったく。たとえ見つかることなく国境を越えられたとしても、群れを見つけたあとはどうするんだ？　牡鹿を殺すなという命令を受けていたから、生け捕りにしたうえで、また国境を越えてラヴカまで持って帰らなければならない。正気の沙汰じゃない」

うなずいた。確かにばかげている。

「その夜ミカエルとダブロフとぼくは散々笑い合った。自殺に等しい任務だし、隊長は頭がどうかしたに違いないと言って、その任務を押しつけられるかわいそうなやつのために乾杯した。そして翌朝、ぼくは志願したんだ」

「どうして？」わたしは驚いて尋ねた。

マルはまた黙りこみ、ようやくこう言った。「〈影溜まり〉で、きみはぼくの命を助けてくれた」

「でもわたしを助けたのはあなただわ」そのことと、フォーダへの自殺に等しい任務にどういう関係があるのかわからないまま、わたしは答えた。だがマルの耳には届かなかったらしい。

「きみはぼくの命を助けてくれたのに、グリーシャのテントできみが連れていかれたとき、ぼくはなにもしなかった。ただあそこに立ち尽くして、きみが連れていかれるのを見ていたんだ」

「なにをするべきだったっていうの？」

「国境を越えたのは九人だった。六人の兵士と三人の〈追跡者〉だ。戻ってきたのはふたりだ」

「それで？」

は笑って、ぼくひとりに手柄は立てさせないと言った」

たから、あいつも志願したんだ。そしてもちろんダブロフも。やめろと言ったが、ミカエル

ちは悟った。「ミカエルはそんなことをなにひとつ知らなかった。だがあいつは友だちだっ

した」マルとわたしの視線がからまり、それがどれほど間違った考えであったかをわたした

鹿を見つけられたら、きみを助けられる気がした。そうすることで、過ちを取り戻せる気が

「ぼくたちが〈闇の主《ダークリング》〉のために牡鹿を追っていることはわかっていた。ぼくは……もし牡

しれないとは、想像したこともなかった。

彼が恋しくてたまらなかったけれど、マルもまた同じくらいわたしのことを考えているかも

に最後に見たマルの顔を思い出し、もう一度彼に会える日が来るのだろうかと考え続けた夜。

眠れないまま過ごした小王宮での夜を思った。〈闇の主《ダークリング》〉の警備兵に連れていかれたとき

姿が見えなくなる場面を何度も繰り返し思い出した」

ぼくはそう感じたんだ。なにも食べられなくなった。眠れなくなった。きみが連れていかれ、

マルはいらだったように髪をかきあげた。「筋が通っていないことはわかっている。だが

「マル――」

「なにかだ。なんでもいい、なにかだ」

彼の救いのない言葉が耳に残った。牡鹿を追って七人の男が命を落としたという。わたしが知らないところで、いったい何人死んでいるのだろう？　だがそう考えているあいだにも、心を掻き乱す思いが浮かんできた。牡鹿の力は何人の命を救えるだろうか？　マルとわたしは、ラヴカの国境であまりにも長いあいだ行なわれている戦争のあいだに生まれた難民だ。〈闇の主《ダークリング》〉と〈影溜まり〉の恐ろしい力が戦争を終わらせることができるとしたら？　ラヴカの敵を倒して、わたしたちが安全に暮らせるようにできるとしたら？

ラヴカの敵だけじゃない、わたしは自分に言い聞かせた。〈闇の主《ダークリング》〉の邪魔をする者すべて。彼に歯向かう者すべて。〈闇の主《ダークリング》〉は、あらゆるものを手に入れないかぎり、世界を荒廃させてしまうだろう。

マルは疲れた顔を手でこすった。「どちらにしろ、無駄だったんだ。天気が回復すると、群れはラヴカに戻ってきたから。牡鹿がやってくるまで、ただ待っていればよかったんだ」

わたしはマルを見た。どこか遠いところを見ている目と、傷のある険しい顎のライン。わたしが知っていた少年はもういない。牡鹿を追っていたのは、わたしを助けたかったからだと言う。ということは、彼が変わった原因の一部はわたしにもあるということだ。そう思うと、胸が痛んだ。

「ごめんなさい、マル。本当にごめん」

「きみのせいじゃないさ、アリーナ。ぼくが自分で選んだことだ。だがそのせいでぼくの友だちが死んだ」

マルに抱きついて、強く抱きしめたかった。だができない。ここにいる新しいマルが相手では。昔のマルであってもできなかったかもしれない。わたしたちはもう子供ではない。寄り添うことで安心できたのは昔の話だ。わたしは手を伸ばし、彼の腕に触れた。

「わたしのせいじゃないなら、あなたのせいでもないよ、マル。ミカエルとダブロフも自分で選んだんだから。ミカエルはあなたのいい友だちでいたかった。それにひょっとしたら、彼にもなにか牡鹿を追いたい理由があったのかもしれない。彼は子供じゃなかったんだし、そんなふうに考えてほしくはないと思う」

マルはわたしを見ようとはしなかったが、ややあってからわたしの手に自分の手を重ねた。雪の最初のひとひらが舞い落ちてきたときにも、わたしたちはまだそうやって座っていた。

19

光がひと晩中、岩陰にいるわたしたちを暖めてくれた。時折眠りに引きずりこまれそうになるとマルが突いて起こしてくれたので、そのたびにわたしは星が照らすだけのチベヤの暗い荒野に太陽の光を呼んで、毛皮にくるまった体を暖めた。

翌朝起き出したときには、太陽に照らされた大地は白一色に染まっていた。これほどの北の地では春の雪は珍しくないが、天気にまで見放されたと感じても仕方がないかもしれない。マルは足跡ひとつない真っ白な牧草地をひと目見るなり、うんざりしたように首を振った。なにを考えているのか、尋ねる必要はなかった。たとえ群れが近くにいたとしても、その痕跡はすっかり雪に覆われてしまっている。その一方で、わたしたちの足跡は雪にくっきりと残るのだ。

わたしたちは黙って毛皮をはたき、背嚢にしまった。マルは弓を背嚢にくくりつけ、わたしたちは高原地帯を歩き始めた。歩みは遅々として進まない。マルは足跡をごまかそうとできるかぎりのことをしたが、わたしたちが窮地に陥っていることは確かだった。

マルが牡鹿を見つけられない自分を責めていることはわかっていたが、わたしにはどうしようもなかった。どういうわけかチベヤは、昨日よりも大きく感じられた。それとも自分を小さく感じていたのかもしれない。

ようやく牧草地を抜けて、雪化粧した白樺《シラカバ》と松の木立にたどり着くと、マルが足取りを緩めた。青い日の下には黒い隈ができていて、疲れた様子だ。思わず、手袋をはめた手で彼の手を取った。振り払われるかと思ったが、マルは握り返してきた。その日の午後は、そうやって手を握り合ったまま歩いた。松の太い枝が頭上高くに作る樹冠の下を、暗い森の奥へと進んでいく。

日が傾きかけたころ、木々が途切れて開けた場所に出た。深く積もった雪が、薄れゆく日の光を反射している。足音は雪に呑まれ、あたりには音もない。寒さをしのげる場所を探して、野営の準備をしなければいけない時間だとわかっていたが、わたしたちは手を取り合ったままその場に立ち尽くし、迫りくる夕闇を見つめていた。

「アリーナ」マルが静かに口を開いた。「すまなかった。あの夜、小王宮《リトル・パレス》で言ったことだ」

わたしは驚いて彼を見た。なにもかも、もう遠い昔のことのように思える。「わたしもごめん」

「ほかのこともすべて悪かったと思っている」

彼の手を握りしめた。「牡鹿を見つけるのが難しいことはわかっていたから」

「そうじゃない」マルは視線を逸らした。「そのことじゃないんだ。ぼくは……きみを追っていたとき、きみに命を助けてもらったから、きみに借りがあるから、そうしているんだと思っていた」

胸が少しだけ痛んだ。マルがわたしを追ってきたのは、あると思っていた借りを返すためだと考えると、覚悟していた以上につらかった。「いまは?」

「いまはどう考えればいいのかわからない。わかっているのは、なにもかもが変わったということだけだ」

さらに惨めさが増した。「わたしもそう思う」

「本当に? あの夜、小王宮で彼といっしょにステージにあがったきみはとても幸せそうに見えた。彼の隣が自分の場所だというように。そのときの光景が頭から離れないんだ」

「幸せだった」わたしは答えた。「あのときは、確かに幸せだった。わたしはあなたとは違う。あなたみたいに、自分の居場所があったことはなかった。どこにもわたしのいるべき場所はなかった」

「ぼくの横がそうだった」マルは静かに言った。

「そうじゃない。もうずっとそうじゃなかった」

マルはわたしを見つめた。夕闇のなかで、その目は濃い青色に輝いている。「ぼくに会いたいと思っていたかい、アリーナ? 離れていたあいだ、ぼくのことを考えていたかい?」

「毎日」正直に答えた。

「ぼくはいつもきみのことを考えていた。なにが最悪だったかわかるか? そうなるなんて、まったく予想もしてなかったっていうことなんだ。気がつけばぼくはきみを探していた。これといった理由があったわけじゃなくて、習慣のようなものだった。なにかきみに教えてやりたいものを見たとか、ただきみの声が聞きたいとか。そしてきみがどこにもいないことに気づくと、そのたびに、そのたびごとに息が止まりそうになるんだ。ぼくはきみのために命をかけた。ラヴカの半分は歩いた。きみといられるなら、何度でも同じことをするよ。きみといっしょに腹をすかせ、きみといっしょに凍え、硬いチーズに文句を言うきみの声が聞けるのなら。だから、きみの居場所はここにはないなんて言わないでくれ」熱っぽい口調だった。わたしの心臓が激しく打ち始める。「長いあいだ、きみのことが見えていなかったぼくを許してくれ、アリーナ。だがいまはきみしか見えない」

マルが顔を近づけてきて、唇が重なった。世界から音が消える。感じられるのはただ、わたしを引き寄せる彼の手と押しつけられた唇のぬくもりだけだった。

マルのことはあきらめたつもりだった。彼への愛は過去のもので、以前の孤独で愚かな娘が抱いていた気持ちなのだと思っていた。かつて自分の力を押しこめていたように、わたしはその娘のことも、彼女が抱いていた愛も葬ろうとした。だが、二度と同じ過ちは繰り返さない。わたしたちのあいだには、確かになにかがあるのだから。唇と唇が触れた瞬間、はっきりと悟った。わたしは、いつまでも彼のことを待ち続けていただろうと。

マルが顔を離し、わたしは震えながら目を開けた。マルは手袋をはめた手をわたしの顔に当て、探るようにわたしを見つめている。そのとき、視界の隅で動くものがあった。

「マル」彼の背後に目を向け、わたしはささやくように言った。「見て」

木の陰から数頭の白い生き物が姿を現わした。優美な首を曲げて、雪に覆われた空き地の端の草を食んでいる。モロッォーヴァの群れの中央には大きな白い牡鹿がいて、美しい黒い目でわたしたちを見つめていた。銀の角が薄明かりのなかで輝いている。

流れるような素早い動きで、マルは背嚢に結わえつけてあった弓を取った。「アリーナ、おれがあいつを倒す。きみがとどめを刺すんだ」

「待って」わたしは彼の腕に手を当てて言った。

牡鹿はゆっくり近づいてくると、わたしたちからほんの数メートルのところで止まった。横腹が上下し、鼻孔が開いて、冷たい空気のなかに白い息が広がるのが見える。

牡鹿は濡れたような黒い目でわたしたちを見つめている。わたしはそちらに近づいた。

「アリーナ！」

近づいても牡鹿は逃げなかった。手を伸ばして温かな鼻に触れても動こうとはしない。耳をわずかにひくつかせただけで、次第に濃くなる夕闇のなかで全身を乳白色に輝かせている。

マルとわたしが手放したすべてのもののことを思った。冒した危険を思った。群れを追って過ごした数週間、凍える夜、延々と歩き続けた惨めな日々を思い、そのすべてを受け入れた。この寒い夜に、生きてここにいることを感謝した。マルが隣にいることがうれしかった。牡鹿の黒い目を見つめ、その揺るぎないひづめの下の大地の感触を、松のにおいを、心臓の力強い鼓動を感じた。わたしには、牡鹿の命を奪えないことを悟った。

「アリーナ」切羽つまったマルの口調だった。「時間がない。するべきことはわかっているだろう？」

わたしは首を振った。牡鹿の黒い瞳から目が離せない。「いいえ、マル。別の方法を探す」

それは空気を切るかすかな笛の音のようだった。直後に矢が的を捕らえたずんという鈍い音が続く。牡鹿が悲鳴をあげてうしろ脚で立ちあがる。その胸に矢が突き刺さっているのが見えたと思う間もなく、鹿は前脚からくずおれるようにして倒れた。わたしがよろめきながらあとずさっているあいだに、群れのほかの鹿たちは森のなかへと逃げこんだ。次の瞬間にはわたしの隣でマルが弓をかまえ、濃灰色の制服をまとった〈護衛団《オプリクニキ》〉と青と赤のケフタのグリーシャが空き地になだれこんでくるのを眺めていた。

「彼の言うとおりにするべきだったな、アリーナ」暗がりから冷ややかな声が響いたかと思うと、〈闇の主《ダークリング》〉が姿を現わした。口元にぞっとするような笑みを浮かべ、黒のケフタを黒檀の染みのようにはためかせている。

牡鹿は雪の上に横向きに倒れていた。息は荒く、黒い目は恐怖に見開かれている。

視界でとらえるより先に、マルが動いたのを肌で感じた。弓を牡鹿に向けて放ったが、青いケフタの〈嵐を呼ぶ者《スクエラー》〉が前に出て、宙で手をなぎ払った。矢は左に逸れ、何事もなかったかのように雪の上に落ちた。

マルがつぎの矢に手を伸ばしたのと、〈闇の主《ダークリング》〉が手を突き出したのが同時だった。闇の黒いリボンをわたしたちのほうへと送りこんでくる。わたしは両手をあげて指から光を放ち、やすやすとその闇を粉砕した。

だがそれは陽動にすぎなかった。〈闇の主《ダークリング》〉は牡鹿に向きなおり、わたしがよく知っているあの体勢に腕を構えた。「だめ！」わたしは叫び、考えるより先に牡鹿の前に体を投げ出していた。目を閉じ、〈切断〉で真っ二つにされるのを待ったが、〈闇の主《ダークリング》〉は最後の瞬間に体の向きを変えたらしい。うしろの木がすさまじい音と共に裂け、裂け目から闇が筋のように広がった。

〈闇の主《ダークリング》〉の顔からいっさいの表情が消えた。両手を勢いよく合わせると、波打つ巨大な闇の壁が立ちあがり、わたしたちを呑みこもうと迫ってきた。考える必要はなかった。拍動する光の球がマルとわたしを包み、闇を阻止すると同時に、〈護衛団《オプリクニキ》〉たちの視界を奪った。その瞬間、わたしたちは互角だった。彼らにわたしたちの姿は見えず、わたしたちにも彼らが見えない。闇は光の球のまわりで渦を巻きながら、侵入しようとしていた。

「たいしたものだ」〈闇の主《ダークリング》〉の声は、どこか遠いところから聞こえるようだった。「バグラは必要以上のことを教えたようだ。だがまだ充分ではないね、アリーナ」

わたしの気を逸らそうとしていることはわかっていたから、聞こえないふりをした。

「おい！　〈追跡者〉！　おまえは彼女のために死ぬつもりなのか？」〈闇の主《ダークリング》〉が呼びかけた。マルの表情は変わらない。矢をつがえ、弓をかまえて、〈闇の主《ダークリング》〉の声の源を探りながらゆっくりとその場でまわっている。「心打たれる場面を目撃させてもらったよ」〈闇の主《ダークリング》〉はあざ笑った。「彼に話したのかい、アリーナ？　きみが自らわたしに自分を捧げようとしたことを？　あの暗がりでわたしがきみになにを見せたのかを？」

恥ずかしさがどっと押し寄せて光が揺らぎ、〈闇の主《ダークリング》〉が笑った。

ちらりとマルを見る。奥歯を嚙みしめているのがわかった。冬の祝宴の夜に見せたものと同じ、冷たい怒りを発散させている。光が逃げようとしているのを感じて、あわててつかみなおした。あらためて意識を集中させる。光の輪はまたたきながら鮮やかさを増したものの、自分の力が限界に近づいていることをわたしはすでに感じていた。インクのように、闇が光の球の端からじわじわと広がり始めている。

なにをすべきかはわかっていた。〈闇の主《ダークリング》〉の言うとおりだ。わたしの力では彼に対抗できない。いまが最後のチャンスだった。

「やって、マル」わたしは小声で言った。「なにをすればいいのか、わかっているはず」

マルがわたしを見た。瞳が恐怖に揺らいでいる。首を振った。光の球に闇が広がっていく。

わたしはよろめいた。

「早く、マル！　手遅れにならないうちに」

目にも留まらぬ動きでマルは弓を放し、ナイフに手を伸ばした。

「やって、マル！　いまよ！」

マルの手が震えていた。わたしは力が消えていくのを感じた。「できない」マルは悲しげにつぶやいた。「できない」ナイフが音もなく雪の上に落ちた。闇がわたしたちを包んだ。マルの姿が消えた。空き地が消えた。息がつまるような暗闇に押しつぶされそうになる。

マルの悲鳴が聞こえてそちらに手を伸ばしたが、いきなりたくましい腕が両側からわたしをつかんだ。わたしは激しく抗《あらが》った。

闇が消え、わたしはすべてが終わったことを知った。

わたしをつかんでいたのは〈闇の主《ダークリング》〉の護衛兵ふたりで、マルも別のふたりにはさまれてもがいていた。

「おとなしくしないと、いまこの場で殺すぞ」イヴァンが怒鳴った。

「彼を放して！」

「シーッ」嘲るような笑みを浮かべた〈闇の主《ダークリング》〉が指を唇に当て、わたしに近づいてきた。

「静かにしないと、イヴァンにあいつを殺させる。じわじわと」

頬を涙が伝い、冷たい夜気のなかで凍った。

「たいまつを」〈闇の主《ダークリング》〉が言うと、火打石を打つ音が聞こえ、二本のたいまつに火が灯った。空き地と兵士たちと地面の上であえぐ牡鹿が、その光に浮かびあがる。〈闇の主《ダークリング》〉がベルトから大きなナイフを取り出すと、たいまつの明かりがグリーシャ鋼に反射した。「ずいぶん時間を無駄にした」

彼は牡鹿に近づき、なんのためらいもなくその喉を切り裂いた。

血がほとばしり、牡鹿のまわりの雪を染めていく。わたしはその黒い瞳から命が消えていくのを眺めながら、すすり泣いた。

「角を切れ」〈護衛団《オプリクニキ》〉のひとりに〈闇の主《ダークリング》〉が命じた。「両方だ」

のこぎりを持った護衛兵が、牡鹿に近づいた。

わたしは顔をそむけた。静かな空き地に響くのこぎりの音を聞いていると、吐き気がした。だれもが無言だった。冷たい空気のなかで、息だけが渦巻いている。音はいつまでも続き、ようやくやんでからも嚙みしめた歯の奥にその音が聞こえる気がした。

〈護衛団《オブリクニキ》〉は空き地をこちらに近づいてきて、〈闇の主《ダークリング》〉に二本の角を手渡した。ほぼ同じ形をしていて、どちらも先端が同じような二股に分かれている。〈闇の主《ダークリング》〉は角を受け取ると、ざらざらした銀の角を親指で撫でた。彼が合図を送ると、驚いたことに暗がりから紫色のケフタを着たデヴィッドが現われた。

驚くことではなかった。一番腕のいい〈作り出す者《ファブリケーター》〉に首輪を作らせようとするのは当然だろう。デヴィッドはわたしと視線を合わせようとはしなかった。彼がいまどこにいてなにをしているのか、ジェンヤは知っているのだろうかといぶかった。彼を誇りに思っているかもしれない。彼女もまた、わたしを裏切り者だと考えているのかもしれない。

「デヴィッド」小声で言った。「こんなことしないで」

デヴィッドはわたしを見たが、すぐに視線を逸らした。

「デヴィッドは未来を理解している」〈闇の主《ダークリング》〉の声には脅すような響きがあった。「それに抗《あらが》うほど愚かではない」

デヴィッドはわたしの右肩のうしろに立った。〈闇の主《ダークリング》〉はたいまつの明かりに照らされながらわたしを見つめている。すべてが沈黙に包まれた。日は完全に沈み、丸く明るい月が空にのぼった。空き地が静寂に支配された。

「コートを開け」〈闇の主《ダークリング》〉が言った。

わたしは動かなかった。

〈闇の主《ダークリング》〉がイヴァンに向かってうなずく。マルは悲鳴をあげ、両手で胸を押さえて地面にくずおれた。

「やめて！」マルのもとに駆け寄ろうとしたが、両脇の護衛兵にしっかりと腕をつかまれている。「お願い」〈闇の主《ダークリング》〉に懇願する。「やめさせて！」

〈闇の主《ダークリング》〉が再びうなずき、マルの悲鳴がやんだ。マルは荒い息をつきながら雪の上に横たわり、憎しみをこめた眼でイヴァンの傲慢そうな顔をにらんでいる。

〈闇の主《ダークリング》〉は表情のない顔でわたしを見つめ、待っている。退屈そうにも見えた。わたしは〈護衛団《オプリクニキ》〉の手を振りほどき、震える手で涙を拭うとコートのボタンをはずして肩からずらした。

ウールのチュニックごしに忍びこんでくる寒さと、護衛兵とグリーシャたちの視線をぼんやりと意識した。いま視界に映っているのは〈闇の主《ダークリング》〉の手のなかの曲線を描く角だけだ。恐怖が忍び寄ってくる。

「髪をあげろ」わたしは両手で髪を持ちあげ、首を露わにした。

〈闇の主《ダークリング》〉はわたしに近づいて、チュニックを押しさげた。彼の指先が肌に触れるのを感じて、ぎくりとした。彼の顔に怒りがよぎる。

〈闇の主〉はわたしの首を二本の角で左右からはさみ、鎖骨の上に乗せて手を離した。彼がうなずき、デヴィッドが角に手を触れたのがわかった。デヴィッドが背後に立ち、小王宮の作業場で初めて会った日に見たのと同じ表情を浮かべているところを想像する。二本の角の端が溶けるようにひとつになる。つなぎ目も、蝶番もない。この首輪は永遠にわたしの首からはずれない。

「できた」デヴィッドがつぶやくように言った。彼が手を放すと、角の重みが首に感じられた。両手を握りしめて、待った。

なにも起こらない。不意に根拠のない希望が湧き起こった。〈闇の主〉《ダークリング》が間違っていたとしたら？　首輪がなんの変化ももたらさないとしたら？

そのとき、〈闇の主〉《ダークリング》がわたしの肩に手を乗せた。無言の命令がわたしのなかで反響した。

〝光〟あたかも、目に見えない手を胸に突っこまれたかのようだ。

金色の光がわたしの内から炸裂し、空き地を満たした。〈闇の主〉《ダークリング》がまぶしさに目をすがめたのが見えた。勝ち誇った歓喜の表情を浮かべている。

だめ、わたしは光を手放し、追い払おうとした。だがそう考えたとたん、見えない手はあっさりとそれを追い払った。

さらなる命令が響く。〝もっとだ〟これまで感じたどんなものよりも強く、荒っぽい力がわたしのなかで雄叫びをあげる。その力に際限はなかった。学んだはずのコントロールの仕方も、得たはずの知識も、その力の前にあっさりと屈した。まるで、わたしが建てたもろくて不完全な家が、牡鹿の力という津波に粉々に砕かれてしまったかのようだ。光は揺らぐ波となって次々にわたしから放たれていき、夜空を光の奔流に変えた。力を使ったときに感じるはずの高揚感や喜びはかけらもない。力はもはやわたしのものではなかった。わたしは目に見えない恐ろしい手につかまり、どうすることもできずに溺れていた。〈闇の主《ダークリング》〉はわたしをつかんだまま、限界を確かめていた。どれくらいのあいだそうしていたのかは、わからない。目に見えない手に解放されて、ようやく我に返った。

空き地に暗闇が再び戻ってきた。わたしは荒い息をつきながら、自分の居場所を確かめ、気持ちを落ち着かせようとした。たいまつの揺らめく明かりが、護衛兵とグリーシャの恐れおののいた表情を浮かびあがらせている。地面に倒れたままのマルはうちひしがれた様子で、後悔しているのがわかった。

〈闇の主《ダークリング》〉に顔を向けると、彼は目を細くしてじっとわたしを見つめていた。わたしからマルに、それから自分の部下へと視線を移す。「そいつを鎖で縛れ」

わたしは反論しようとしたが、マルの顔を見て口をつぐんだ。

「今夜は野営して、明日の夜明けと共に〈影溜まり〉に向かって出発する」〈闇の主《ダークリング》〉が言った。「準備を整えておくようにと〈アパラット〉に伝令を送れ」部下たちにそう命じてから、わたしに言った。「自分を傷つけるようなことをしたら、〈追跡者〉がその罰を受けるぞ」

「牡鹿はどうしますか？」イヴァンが訊いた。

「燃やせ」

〈召喚者の騎士団〉《エセリアルキ》のひとりがたいまつに向かって手を差し出すと、炎が弧を描きながら伸びていき、牡鹿の死体を包んだ。空き地を出ていくとき、聞こえていたのは自分たちの足音と背後で炎がはじける音だけだった。木々のざわめきも、虫の声も、鳥の鳴き声も聞こえない。森は悲しみに沈黙していた。

20

わたしたちは無言のまま、一時間以上歩いた。わたしはぼんやりと足元に視線を落とし、牡鹿と自分の弱さの代償について考えながら、雪の上で動くブーツを見つめていた。やがて、木立のあいだに明かりが見えてきて、野営をしている空き地に出た。勢いよく燃えるたき火のまわりにいくつかのテントが張られ、木の合間に何頭もの馬がつながれている。たき火の脇ではふたりの〈護衛団《オプリクニキ》〉が夕食をとっている最中だった。

マルを拘束していた兵士たちはテントのひとつに彼を連れて入っていった。わたしはマルと視線を合わせようとしたが、そうする間すらなかった。

イヴァンはわたしを空き地の反対側にある別のテントに連れていき、なかへと押しこんだ。毛布が数枚敷かれている。彼はさらにわたしを奥へと進ませ、テントの中央にあるポールを示して命じた。「座れ」ポールに背を向けて座ると、彼はわたしをそこに縛りつけ、うしろにまわした両手と足首を拘束した。

「苦しくないか？」

「彼がなにをするつもりなのか、わかっているわよね？」

「その代償は？　狂気の沙汰だって、あなたもわかっているはず」

「おれに兄がふたりいたのを知っているか？」イヴァンは唐突に尋ねた。そのハンサムな顔から、いつものにやにや笑いは消えている。「知っているはずがないよな。ふたりはグリーシャではなかった。ただの兵士で、どちらも王の戦いで命を落とした。おれの父親もだ。それから叔父も」

「気の毒に」

「ああ、そうさ。だれもが気の毒がる。王も、女王も。おれだってそうだ。だがなにかしようとしたのは〈闇の主《ダークリング》〉だけだ」

「こんなやり方をする必要はないわ。わたしの力で〈影溜まり〉を破壊できるかもしれない」

イヴァンは首を振った。「〈闇の主《ダークリング》〉はすべきことをわかっている」

「彼は絶対にやめない！　あなたもわかっているわよね？　これほどの力を一度味わえば、手放すことなんてできなくなる。いま首輪をつけているのはわたしだけれど、いずれはみんなそうなるのよ。それを阻止できるものはなにもない。だれも止められない」

イヴァンの顎の筋肉がぴくぴく痙攣した。「これ以上〈闇の主《ダークリング》〉に逆らうようなことを言うのなら、猿ぐつわをするぞ」イヴァンはそれ以上なにも言うことなくテントを出ていった。

しばらくすると〈召喚する者《サモナー》〉と〈破壊する者《ハートレンダー》〉がテントに入ってきた。どちらにも見覚えはない。ふたりはわたしと目を合わせないようにしながら黙ってそれぞれの毛皮にくるまり、ランプの火を消した。

わたしはテントのキャンバス地越しにたき火の明かりを眺めながら、暗闇のなかに座っていた。縛られた手ではどうにもできなかったが、首輪の重みが気になって仕方がない。ほんの数メートル先のテントにいるマルのことを考えた。

こんなことになったのはわたしのせいだ。わたしが牡鹿を殺していれば、その力はわたしのものになっていた。慈悲をかけることの代償はわかっていたはずなのに。わたしの自由。マルの命。数えきれないくらい大勢の人の命。それなのにわたしには、必要なことをするだけの強さがなかった。

その夜は牡鹿の夢を見た。〈闇の主《ダークリング》〉が繰り返し喉を切り裂く夢。牡鹿の黒い瞳から命が失われていく。だが視線を落とすと、雪を赤く染めているのはわたしの血だった。

あえぎながら目を覚ますと、人々が活動を始めようとしているところだった。テントのフラップが開いて、〈破壊する者《ハートレンダー》〉が入ってきた。わたしをポールに縛りつけていたロープを切り、強引に立たせようとする。ひと晩じゅう窮屈な格好で座っていたせいで全身がこわばっていて、あちこちが悲鳴をあげた。

〈破壊する者《ハートレンダー》〉は鞍を乗せた馬が待つ場所にわたしを連れていった。〈闇の主《ダークリング》〉がイヴァンともうひとりのグリーシャと話をしている。あたりを見まわしたがマルの姿を見つけられず、一瞬パニックを起こしかけたが、まもなく〈護衛団《オプリチニキ》〉が別のテントから彼を連れてきた。

「この男をどうしますか？」護衛兵がイヴァンに尋ねた。

「裏切り者は歩かせろ。歩けなくなったら、馬に引かせればいい」イヴァンが答えた。

わたしは反論しようとしたが、口を開くより先に〈闇の主《ダークリング》〉が告げた。

「いや、だめだ」優雅に馬にまたがる。「〈影溜まり〉に着いたとき、その男には生きていてもらわなくては困る」

警備兵は肩をすくめ、マルを馬にまたがせると、縛った彼の手を鞍のグリップに結わえつけた。安堵したのもつかの間、鋭い恐怖が胸を刺した。〈闇の主《ダークリング》〉はマルを裁判にかけるつもりだろうか？ それとももっと恐ろしいことを考えているのか？ マルはまだ生きている。わたしは自分に言い聞かせた。つまりそれは、まだ彼を助けるチャンスがあるということ。

「彼女といっしょに乗れ」〈闇の主《ダークリング》〉がイヴァンに言った。「彼女がばかな真似をしないように気をつけろ」彼はわたしに一瞥もくれることなく、速足で馬を走らせ始めた。

森を抜け、マルとふたりで群れが現われるのを待った高原地帯を通り過ぎた。吹雪の夜を明かした岩が見えて、凍えないために灯していた光が〈闇の主《ダークリング》〉にわたしたちの居場所を教えてしまったのだろうかと考えた。

クリバースクに戻ろうとしていることはわかっていたが、そこでわたしを待つもののことを考えたくはなかった。〈闇の主《ダークリング》〉はまずだれに戦いを仕かけるつもりだろう？ 砂船の艦隊を北のフョーダに差し向けるんだろうか？ それとも南に行進して、シュー・ハンにまで〈影溜まり〉を広げる？ わたしはだれの命を握っているのだろう？

南へ進み、ヴァイに出る大きな道路に着くまで一日半かかった。交差路では、武装した男たちが待っていた。ほとんどが〈護衛団《オプリクニキ》〉の灰色の制服を着ている。新しい馬と〈闇の主《ダークリング》〉の馬車を運んできたのだ。イヴァンはベルベットのクッションの上に乱暴にわたしを座らせてから、自分も乗りこんだ。手綱をふるう音がして、馬車は再び走り始めた。

イヴァンはカーテンを開けさせようとはしなかったが、こっそり外をのぞいてみると、馬にまたがった重武装の兵士たちに囲まれていることがわかった。イヴァンといっしょにこの同じ馬車に初めて乗ったときのことが、いやでも思い出された。

夜になると兵士たちは野営をしたが、わたしはひとりで〈闇の主《ダークリング》〉の馬車に閉じこめられた。世話係の役目をさせられることに明らかにうんざりしながら、イヴァンが食事を運んでくれた。移動中も彼はわたしと話をしようとはせず、これ以上マルのことを尋ねたら、意識をなくすまで心臓の鼓動を遅くするといって脅した。それでもわたしは毎日マルのことを尋ねね、カーテンと馬車のわずかな隙間から外をのぞいては彼の姿を探した。

ほとんど眠れなかった。毎晩、雪に覆われた空き地と静かにわたしを見つめる牡鹿の黒い瞳の夢を見た。自分の過ちと慈悲がもたらした苦しみを、夜ごと思い出した。どちらにしろ、牡鹿は死ぬ運命だったというのに。そしてマルとわたしはいま、絶望的な状況に置かれている。毎朝わたしは、新たな罪悪感と慚愧の念と共に目覚めたが、同時になにかを忘れているというもどかしい思いも感じていた。夢のなかではっきりとわかっていたメッセージは、目を覚ましたときには手が届きそうで届かないぎりぎりのところを漂っていた。

次に〈闇の主《ダークリング》〉に会ったのは、クリバースク郊外に着いてからのことだった。馬車のドアが突然開いて、彼がわたしの前の席に座った。イヴァンは黙って姿を消した。

「マルはどこ?」ドアが閉まるなり、わたしは尋ねた。

手袋をした手を彼がぎゅっと握るのが見えたが、口を開いたときその声はいつものとおり落ち着いて冷ややかだった。「もうすぐクリバースクに着く。ほかのグリーシャたちに会ったら、きみのちょっとした遠出のことはなにも話してはいけない」

あんぐりと口が開いた。「みんな知らないの?」

「きみは身を清めていたことになっている。〈影溜まり〉の横断に備えて体を休め、準備を整えるためだ」

乾いた笑いが漏れた。「たっぷり休んだように見えるんでしょうね」

「断食していたと言うさ」

「だからライヴォストの兵士たちは、だれもわたしを探していなかったのね」わたしはようやく理解した。「あなたは王にも報告しなかった」

「きみがいなくなった話が広まれば、数日もしないうちにフョーダの殺し屋に捕まって殺されていただろう」

「そしてあなたは、この国唯一の〈太陽の召喚者〉を失った責任を取らなければならなくなる」

〈闇の主《ダークリング》〉は長いあいだ、わたしの顔を見つめていた。「彼といっしょにいて、どんな人生が待っているというんだ、アリーナ？　彼は〝見捨てられし者《オトウカザーチャ》〟だ。決してきみの力を理解できないし、たとえできたとしてもきみを恐れるだけだろう。きみやわたしのような人間には、当たり前の人生は望めないんだ」

「わたしはあなたとは違う」わたしはきっぱりと言った。

彼のこわばった口元に苦々しげな笑みが浮かんだ。「もちろんだ」礼儀正しく応じてから屋根を叩くと、馬車が止まった。「到着したらきみは皆に挨拶をし、疲れているからと断ってテントに戻るんだ。なにかばかな真似をしたら、殺してくれと懇願するまで〈追跡者〉を痛めつけるから、そのつもりでいろ」

そして彼は馬車を降りていった。

そこからクリバースクまで、わたしはひとりで馬車に揺られていた。全身の震えが止まらない。マルは生きている。大切なのはそれだけ。だがそう言い聞かせているあいだにも、恐ろしい考えが湧き起こってくる。わたしに言うことを聞かせるために、〈闇の主《ダークリング》〉は彼がまだ生きていると思わせているのかも。自分を抱きしめて、それが事実でないことを祈った。

クリバースクの町を通るときには、カーテンを開けた。もう何カ月も前にこの同じ道を通ったときのことを思い出し、悲しみに心を貫かれた。あのときは、いま乗っているこの馬車に危うくひかれそうになったのだ。マルが助けてくれて、〈召喚する者《サモナー》〉の馬車の窓からゾーヤが彼を見ていた。青いケフタを着た美しい彼女のようになりたいと、あのときわたしは考えたのだった。

巨大な黒いシルクのテントの前に馬車が止まると、グリーシャたちが取り囲んだ。マリーとイーヴォとセルゲイがわたしに会うために駆け寄ってきた。彼らとの再会を喜んでいる自分が意外だった。

わたしの顔をひと目みると、浮き立っていた彼らの気持ちはしぼみ、心配が取って代わったのがわかった。彼らが待っていたのは、最強の増幅物をつけ、力と〈闇の主《ダークリング》〉のうしろ立てを得て自信に輝く、勝ち誇った〈太陽の召喚者〉だったのに、そこにいたのは疲れて打ちひしがれた様子の青白い顔の娘だったからだ。

「大丈夫？」マリーはわたしを抱きしめながら聞いた。

「大丈夫。旅で疲れただけ」

せいいっぱいの笑みを浮かべて、彼らを安心させようとした。彼らがモロツォーヴァの首輪に感嘆し、手を触れてきたときには、わたしもおおいに喜んでいるふりをした。

牽制するようにこちらを見つめる〈闇の主《ダークリング》〉は必ず視界のどこかにいたから、わたしは頬が痛くなるまで笑顔を作り、人ごみのあいだを進んでいった。

グリーシャのパビリオンを通り過ぎたときには、重ねたクッションにむっつりと座りこんでいるゾーヤの姿が目に入った。物欲しげなまなざしで首輪を見つめている。これが欲しいなら、喜んであげるのに。苦々しげに心のなかでつぶやき、足を速めた。

イヴァンは〈闇の主《ダークリング》〉の居住区近くにあるひとり用テントにわたしを連れていった。寝台の上には新しい服とお湯の入った桶と青いケフタが置かれている。ほんの数週間しかたっていなかったが、ふたたび〈召喚する者《サモナー》〉の色を身につけるのは妙な気持ちだった。〈闇の主《ダークリング》〉の警備兵がテントを取り囲むように配備されていた。わたしを守るだけでなく、見張るためでもあるのだろう。テントは豪華な作りだった。何枚もの毛皮が敷かれ、彩色したテーブルと椅子が置かれ、金をちりばめた水のように澄んだ〈作り出す者《ファブリケーター》〉の鏡が飾られている。だがどれほど居心地がよかろうと、すりきれた毛布の上でマルといっしょに震えているほうがはるかによかった。

だれも訪れてくる者はいなかったので、最悪のことを想像しながら、ひたすらテントのなかを行ったり来たりして過ごした。なぜ〈影溜まり〉にいますぐ向かわないのか、〈闇の主《ダークリング》〉がなにを考えているのか、まったくわからない。警備兵たちがその話をするはずもない。

四日目の夜、テントのフラップが開いたときには、もう少しで寝台から落ちそうになった。そこにいたのは、夕食のトレイを持った信じられないくらい美しいジェンヤだった。なにを言えばいいのかわからず、わたしは体を起こして座った。

テントに入ってきたジェンヤはテーブルにトレイを置いた。「わたしはここに来てはいけないの」

「多分ね。だれも訪ねてきてはいけないんだと思う」

「そういうことじゃなくて、わたしはこんなところに来ちゃいけないっていうこと。ものすごく汚いんだもの」

彼女に会えたことがとてもうれしくなって、わたしは笑い声をあげた。ジェンヤはかすかな笑みを浮かべ、彩色した椅子の端に優雅に腰をおろした。

「あなたは、試練のために身を清めているところだって聞いているわ」

わたしはジェンヤの顔を眺め、どれくらい知っているのかを見極めようとした。「あなたにお別れを言う暇がなかった……留守にする前に」言葉を選びながら言う。

「言っていたら、止めていた」

彼女は、わたしが逃げたことを知っている。「バグラは？」

「あなたがいなくなったあと、彼女を見ていない。彼女も身を清めているみたいね」

身震いした。バグラが無事に逃げたことを願ったが、その可能性は低いとわかっていた。彼女の裏切りに、〈闇の主《ダークリング》〉はどんな罰を与えたのだろう？

わたしはためらい、唇を噛んだが、おそらく二度とこんなチャンスはないだろうと思い、心を決めた。「ジェンヤ、王に伝えたいことがあるの。〈闇の主《ダークリング》〉がなにを企んでいるのか、王は知らないはず。彼は――」

「アリーナ」ジェンヤがわたしを遮った。「王は病気なの。いまは〈アパラット〉が代わりをしている」

気持ちが沈んだ。〈アパラット〉に会った日、〈闇の主《ダークリング》〉がなんといったかを思い出した。

〝彼には彼の使い道がある〟

だがあのとき〈アパラット〉は、王だけではなく、〈闇の主《ダークリング》〉を倒すことも口にしていた。彼はわたしに警告しようとしていたんだろうか？　あれほど怯えていなければ。彼の言葉にもっと耳を傾けていれば。後悔することのリストがさらに長くなる。〈アパラット〉が本当に〈闇の主《ダークリング》〉に忠実なのか、それとももっと深いたくらみがあるのか、わたしには判断できなかった。いまとなっては、それを知るすべはない。

王に〈闇の主《ダークリング》〉と争う意思があるというのは、はかない望みだったが、この数日はその望みにしがみついていた。だがそれも塵と消えた。「女王は？」わずかな希望にすがりつく。

ジェンヤの口元に辛辣な笑みが浮かんだ。「女王は自分の居住区に閉じこもっているわ。もちろん自分の身を守るために。なにがあるかわからないものね」

ジェンヤが着ているものに気づいたのはそのときだった。彼女が現われたこと自体が驚きだったし、考えごとで頭がいっぱいだったせいで、見えているはずのものが見えていなかったのだ。ジェンヤは赤いケフタを着ていた。〈生者と死者の騎士団《コーポラルキ》〉の赤。袖口には青い刺繡が施されている。初めて見る組み合わせだった。

背筋を冷たいものが駆けあがった。王の急病にジェンヤはどんな役割を果たしたのだろう？　グリーシャの色を身につけるために、どんな取引をしたのだろう？

「そう」わたしは静かに応じた。

「あなたに警告しようとしたわ」どこか悲しそうな口調だった。

「〈闇の主《ダークリング》〉がなにを企んでいるのか、知っているの？」

「噂は聞いている」気まずそうに答える。

「全部本当よ」

「それなら、それはしなければならないことなんでしょうね」

じっと見つめると、ジェンヤは膝に視線を落とした。指先でケフタを折ったり、広げたりを繰り返している。「デヴィッドはつらい思いをしているの」つぶやくように言う。「ラヴカのすべてを破滅させたと思っているのよ」

「彼のせいじゃない」わたしはうつろな笑いを響かせた。「世界の終わりをもたらすために、わたしたちはそれぞれが自分の役割を果たしただけ」

ジェンヤはきっと顔をあげた。「そんなこと、信じていないわよね」つらそうな表情だ。そこには警告も含まれているだろうか？

マルと〈闇の主《ダークリング》〉の脅迫を思い出した。「もちろん、信じていない」むなしく答えた。

ジェンヤがわたしの言葉を信じていないことはわかっていたが、それでも眉間のしわは消え、穏やかな美しい笑みがその顔に浮かんだ。つややかな赤褐色の髪が後光のようで、聖人の肖像画を見ている気がした。立ちあがったジェンヤをテントの入口まで送っていこうとすると、牡鹿の黒い瞳が目の前に浮かんできた。毎晩、夢で見る瞳。

「言ってもどうしようもないかもしれないけれど、許すってデヴィッドに伝えてほしい」あなたのことも許すわ、ジェンヤ。わたしは声に出さずに言った。本気でそう思っていた。自分の居場所がないというのがどういうことなのか、わたしにはよくわかっていた。

「伝えるわ」ジェンヤは静かに応じ、背を向けて夜のなかを遠ざかっていった。だがその美しい目にいっぱい涙をたたえていたことにわたしは気づいていた。

21

夕食を少しついてから、また寝台に横になり、ジェンヤの言ったことをじっくり考えた。ジェンヤはこれまでの人生のほとんどをオス・アルタに閉じこめられ、グリーシャの世界と宮廷の陰謀のあいだで生きてきた。〈闇の主《ダークリング》〉は自分の利益のために彼女をそんな立場に置いてきたが、いまになって解放した。ジェンヤはもう王と女王の気まぐれに従う必要もなければ、使用人の色を身につけることもない。だがデヴィッドは後悔しているという。彼が後悔しているのなら、ほかにも後悔している人間はいるかもしれない。〈闇の主《ダークリング》〉が〈影溜まり〉の力を解き放ったら、さらに多くの人が後悔するだろう。だがそのときにはもう手遅れだ。

そこにイヴァンがやってきたので、思考が中断した。

「立て。彼が会いたがっている」

胃がねじれるような気がしたが、立ちあがって彼に従った。テントを出ると警備兵に両脇をはさまれ、そのまま〈闇の主《ダークリング》〉の居住区までの短い距離を歩いた。

入口に立っていた〈護衛団《オプリクニキ》〉はイヴァンを見ると、脇に移動した。イヴァンはテントを見てうなずく。

「行ってこい」薄ら笑いを浮かべて言った。知ったようなその顔を殴りつけたくなったが、つんと顎をあげて彼の前を通り過ぎるだけで我慢した。

どっしりしたシルクのフラップがうしろで閉じ、わたしは数歩進んでから足を止めた。広々としたテントは、ぼんやりしたランプの明かりに照らされている。床にはラグと毛皮が敷かれ、中央では大きな金の皿の上で火が燃えていた。テントの天井部分にもフラップがあって、そこから煙を外に逃がすと同時に夜空の一部を見ることができた。

〈闇の主《ダークリング》〉は長い脚を前に投げ出すようにして大きな椅子に腰かけ、炎を見つめている。手にはグラスを持ち、テーブルにはクヴァスのボトルが置かれていた。

彼はわたしに視線を向けることなく、向かいの椅子を身振りで示した。わたしは炎に近づいたが、座ろうとはしなかった。彼はいくらか怒ったような表情でわたしを見たが、すぐに炎に視線を戻した。

「座れ、アリーナ」

椅子の端に腰かけ、用心深く彼を見た。

「話せ」なんだか犬になった気分だ。

「話すことなんてない」

「言いたいことは山ほどあると思ったが」

「わたしがやめてと言っても、あなたはやめない。あなたは頭がおかしいと言っても、聞く耳を持たない。いまさらなにを言えというの？」

「あの若者に生きていてほしいんじゃないのか」

息ができなくなり、涙があふれそうになるのをこらえた。マルは生きている。〈闇の主《ダークリング》〉が嘘をついている可能性もあったが、そうは思わなかった。彼は人を支配するのが好きだ。マルの命を餌にすれば、わたしを支配できるのだ。

「なにを言えば彼を助けてくれるの？」わたしは身を乗り出して尋ねた。「教えて。そのとおり言うから」

「彼は裏切り者で脱走兵だ」

「彼はいままでも、これからも最高の〈追跡者〉よ」

「かもしれない」どうでもいいと言った様子で肩をすくめる。だが〈闇の主《ダークリング》〉のことは以前より理解できるようになっていたし、頭をのけぞらせてクヴァスを一気にあおったとき、その目にちらりと欲望が揺らめいたのをわたしは見逃さなかった。利用できそうなものを捨てることを彼がひどく嫌うのはわかっている。わたしはそこを突いてみた。

「追放すればいいじゃないの。彼のことが必要になるまで、北の永久凍土層にでも」

「強制労働所か監獄に一生閉じこめようと言うのか？」

喉がつまりそうになるのを呑みこんだ。「そうよ」

「そうしたらきみは、彼のところに行く方法を見つけるつもりでいるんだろう？」おもしろがっているような口調だった。「彼が生きてさえいれば、どうにかして彼のところに行こうと考えている」〈闇の主《ダークリング》〉は首を振り、小さく笑った。「わたしはきみに想像もできないほどの力を与えたというのに、きみはわたしから逃げ出してあの〈追跡者〉といっしょになることだけを考えている」

黙っているべきだとわかっていた。如才なく行動するべきなのに、どうしても我慢できなかった。「あなたはわたしになにも与えてくれていない。わたしを奴隷にしたにすぎない」

「そんなつもりはなかった」彼は顎を撫でた。疲れていらだった、いかにも人間らしい表情だ。だがそのうちのどれくらいが本物で、どれくらいが見せかけだろう？　「危険を冒すわけにはいかなかった。牡鹿の力を得たいまは。ラヴカの未来がぎりぎりのところにあるいまは」

「ラヴカのためだなんていうふりはやめて。あなたはわたしに嘘をついた。初めて会ったときからずっと嘘をついていた」

グラスを持つ彼の手に力がこもった。「きみはわたしの信頼に値するというのか？」彼の声が初めて冷静さを失った。「バグラはわたしを非難する言葉をきみに吹きこみ、きみは逃げ出した。それがわたしにとって、ラヴカにとってどういう意味を持つのか、少しでも考えてみたのか？」

「ほかに選択肢はなかった」

「いいや、きみは選ぶことができた。そしてきみは自分の国に、きみ自身のすべてに背を向けることを選んだんだ」

「そんな言い方は不公平よ」

「不公平！」〈闇の主《ダークリング》〉は声をあげて笑った。「よくもそんなことが言えたものだ。公平なものなんてどこにある？　人々はわたしを罵り、きみのために祈っている。だが彼らを見捨てようとしたのはきみだ。敵に勝る力を彼らに与えようとしているのはわたしだ。わたしこそが、王の専制から彼らを自由にしようとしているんだ」

「そして代わりに、あなたが君臨しようとしている」

「だれかが先頭に立たなければならないんだ、アリーナ。だれかがこれを終わらせなければならない。ほかに方法があればよかったと思っているよ。本当だ」

いかにももっともらしい、心からの言葉に聞こえた。冷酷な野心を抱く男ではなく、人々のために正しいことをしているのだと信じている男の言葉に。彼がこれまでにしたすべてのこと、これからしようとしているすべてのことをわかっていながら、わたしはもう少しで彼を信じてしまいそうになった。もう少しで。

一度だけ、首を横に振った。

〈闇の主《ダークリング》〉はぐったりと椅子にもたれた。「いいだろう」うんざりしたように肩をすくめる。「わたしを悪者にすればいい」空のグラスを置くと、立ちあがった。「こっちへ」

恐怖に貫かれたが、それを抑えて立ちあがり、彼に近づいた。炎の明かりのなかで彼はじっとわたしを見つめ、やがて手を伸ばしてモロツォーヴァの首輪に触れた。ざらざらした角に長い指を這わせ、そのまま首を撫であげるようにしてわたしの頬を包む。嫌悪感を覚えたが、心を奪われるような確かな彼の力も同時に伝わってきた。いまだに彼の影響から逃れられないのだと思うと、いやでたまらなかった。

「きみはわたしを裏切った」〈闇の主《ダークリング》〉は静かに言った。

わたしが彼を裏切った？　彼はわたしを利用し、誘惑し、そして奴隷にした。そのわたしを裏切り者よばわり？　だがマルのことを思い出し、怒りと誇りを呑みこんだ。「ええ。悪かったと思っている」

〈闇の主《ダークリング》〉は笑って言った。「きみはなにも悪かったなどとは思っていない。〈追跡者〉と彼のみじめな境遇を思って心を痛めているだけだ」

わたしは黙っていた。

「言ってみろ」彼の手に力がこもる。指先が痛いほど頬に食いこんだ。炎の明かりに照らされながら、彼の瞳はひたすら暗かった。「彼をどれほど愛しているのかを。彼の命ごいをしてみろ」

「お願い」こみあげる涙をこらえながら懇願した。「彼を許して」

「なぜだ？」

「首輪はあなたの望むものを与えてはくれないから」わたしの言葉はむこうみずだったかもしれない。彼と取引できる材料はひとつだけで、それもほんのささやかなものでしかなかったが、わたしは言葉を継いだ。「わたしはあなたに仕えるしかない。でももしマルの身になにかあったら、決してあなたを許さない。わたしにできるやり方で、あなたと戦うから。自分の命を絶つ方法をひたすら探して、いずれはきっとやり遂げてみせる。でももしあなたが慈悲を見せて彼の命を助けてくれたら、わたしは喜んであなたに仕える。残りの人生すべてで、あなたに感謝を捧げるわ」最後の言葉は、口にするのがやっとだった。

〈闇の主《ダークリング》〉は口元に懐疑的な笑みをかすかに浮かべ、首をかしげた。やがて笑みはなにか別のものに変わった。わたしには理解できない、切望にも似たなにか。

「慈悲か」珍しいものを味わっているかのように、〈闇の主《ダークリング》〉はその言葉を口にした。「わたしも慈悲深くなれるかもしれない」もう一方の手をわたしの頬に添え、優しくキスをする。

わたしのなかのすべてが反発していたが、逆らわなかった。彼を憎んでいた。恐れていた。にもかかわらず、彼の力に惹きつけられるのを感じたし、不実な自分の心がそれに従いたがるのをどうしようもなかった。

〈闇の主《ダークリング》〉は顔を離してわたしを見た。そして視線を合わせたまま、イヴァンを呼んだ。「彼女を牢屋に連れていけ」イヴァンがテントの入口にやってくると、〈闇の主《ダークリング》〉は言った。「〈追跡者〉に会わせてやれ」

ひと筋の希望が心に射しこんだ。

「そうだ、アリーナ」彼はわたしの頬を撫でながら言った。「わたしも慈悲深くなれる」わたしを引き寄せて顔を近づけ、耳元でささやく。「明日、わたしたちは〈影溜まり〉に向かう」愛撫のような声だった。「そこでわたしはきみの友人をヴォルクラに差し出す。きみは彼が死ぬのを目撃するんだ」

「いや！」わたしは恐怖にすくみあがった。彼から離れようとしたが、その手はまるで鋼鉄のようにしっかりとわたしの顔をつかんでいた。「あなたはさっき――」

「今夜きみは彼に別れを告げることができる。裏切り者にふさわしい慈悲はこの程度だ」

わたしのなかでなにかがぷつりと切れた。ありったけの憎しみをこめて、〈闇の主《ダークリング》〉につかみかかり、爪を立てようとした。イヴァンにすぐに押さえつけられたが、それでもひたすら身をよじり、振りほどこうとした。

「人殺し！　怪物！」

「なんとでも呼ぶがいい」

「あなたが憎い」

〈闇の主《ダークリング》〉は肩をすくめた。「じきに憎むことにも飽きる。すべてに飽きるだろう」彼はそういって微笑んだが、わたしはその目の向こうにバグラの老いた瞳のなかに見たものと同じ、暗い深淵を見て取った。「残りの長い長い人生を、きみはその首輪をつけて生きるんだ、アリーナ。可能なかぎり、わたしに抗《あらが》うといい。わたしが永遠というものをどれほど知っているか、きみにもいずれわかるだろう」

彼がもういいというように手を振ると、イヴァンは暴れているわたしをテントから連れ出して、通路を進んだ。喉から嗚咽が漏れる。〈闇の主《ダークリング》〉と話をしているあいだはこらえていた涙が、いまはとめどもなく頬を流れていた。

「泣くのはやめろ」イヴァンが腹立たしげに言った。「だれかに見られる」

「どうでもいいわ」

どちらにしろ〈闇の主《ダークリング》〉はマルを殺すつもりだ。いまさら、泣いているところをだれかに見られたからといって、なにが変わるというのだろう？　マルの死と〈闇の主《ダークリング》〉の残酷さを目の前に突きつけられて、わたしは恐ろしくも厳しい現実をまざまざと感じていた。

イヴァンはわたしをテントに押しこむと、乱暴に揺すぶった。「あの男に会いたいのか、会いたくないのかどっちだ？　泣いている娘を連れて、野営地を歩くつもりはないぞ」

わたしは両手を目に押しあて、泣きやもうとした。

「よし。これを着ろ」長い茶色のコートを差し出した。わたしがケフタの上からそれを着ると、イヴァンは大きなフードをかぶせて言った。「顔を伏せて静かにしているんだ。でないと、ここに連れ戻す。〈影溜まり〉で別れを言わなきゃならなくなるぞ。わかったか？」

うなずいた。

わたしたちは野営地の周囲に作られた明かりの灯されていない通路を進んだ。警備兵たちは距離を置いて、ずっと前とうしろを歩いている。だれにもわたしが牢獄に行くことを知られたくないのだ。

兵舎とテントのあいだを歩いていく途中で、奇妙な緊張感があたりに漂っていることに気づいた。行きから兵士たちはいらだっている様子だったし、なかには敵意をむき出しにしてイヴァンをにらみつけている者もいる。〈アパラット〉が突然権力の座についたことを、第一軍はどう感じているのだろうと考えた。

牢屋は野営地のはずれにあった。まわりにある兵舎よりも前に建てられたことがはっきりわかる古い建物だ。退屈そうな兵士たちが入口に立っている。

「新しい囚人か？」そのうちのひとりがイヴァンに尋ねた。

「客だ」

「いったいいつから、あんたは牢屋を訪ねる客に付き添うようになったんだ？」

「今夜からだ」イヴァンの声には剣呑な響きがあった。

兵士たちは不安そうに視線を交わし、横に移動した。「そんなにいらつかなくてもいいさ、命盗っ人め」

イヴァンに連れられて、ほとんどが空《から》のままの牢屋が並ぶ通路を進んだ。みすぼらしいなりの男が数人と、独房の床でいびきをかいている酔っ払いがひとりいるだけだ。通路の突き当たりまでくるとイヴァンは門の鍵を開け、壊れそうな階段をおりて、弱々しい明かりを灯すランプに照らされた窓のない部屋に入った。そこにあるのは独房がひとつだけで、薄明かりのなかに浮かびあがったのは太い鉄格子と奥の壁にぐったりともたれて座るひとりの囚人の姿だった。

「マル？」ささやくように呼びかける。

次の瞬間には彼は立ちあがり、わたしたちは鉄格子をはさんでしっかりと手と手を握りあっていた。こらえきれずにしゃくりあげる。

「シーッ。大丈夫だよ、アリーナ。大丈夫だ」

「ひと晩だ」イヴァンはそう言い残し、階段をあがっていった。外の門が閉まる音が聞こえ、マルはわたしに向き直った。

彼の視線がわたしの上でさまよう。「きみが来ることを許したなんて、信じられないよ」

また新しい涙が頬を伝った。「マル、彼が許したのは、その理由は……」

「いつだ？」しわがれた声で尋ねる。

「明日。〈影溜まり〉で」

マルはごくりと唾を飲み、その知らせに心をかき乱されているのがわかったが、口に出しては「大丈夫だ」と言っただけだった。

わたしは笑っているような、泣いているような声をあげた。「死がそこまで迫っているのに、〝大丈夫だ〟しか言えないのね」

マルは笑みを浮かべ、涙に濡れたわたしの顔から髪をはらった。「〝なんてこった〟のほうがいいかい？」

「マル、わたしがもっと強ければ、もっと強ければ……」

「ぼくがもっと強ければ、きみの心臓にナイフを突き立てていた」

「そうしてほしかった」

「しなくてよかったんだ」

わたしはからませた手に視線を落とした。「マル、〈闇の主《ダークリング》〉が空き地で言ったことだけど……彼とわたしのこと。わたしは……決して……」

「いいんだ」

顔をあげた。「本当に？」

「ああ」その返事には、いくらか熱がこもりすぎている気がした。

「信じられない」

「ぼく自身も完全には信じていないのかもしれないな。だが本当なんだ」マルはわたしの手を握る手に力をこめ、自分の胸に当てた。「きみが小王宮《リトル・パレス》の屋上で、はだかで彼と踊っていたとしても、かまわない。愛している、アリーナ。たとえきみの一部が彼を愛しているとしても」

違うと言いたかった。否定したかった。けれどできなくて、また涙がこみあげてきた。

「あんなことを考えた自分が……わたし……」

「きみはぼくの過ちすべてを責めるつもりかい？　ぼくが手を出した女の子たちひとりひとりのことを？　ぼくが口にしたばかなこと全部を？　愚かさを数えあげていったら、どっちが勝つかはわかりきっているじゃないか」

「いいえ、あなたを責めたりしない」わたしはかろうじて笑顔を作った。「それほどは」

マルはにこやかに笑い、いつもそうだったようにわたしの心臓が高鳴った。「ぼくたちは互いのところに戻ってきたんだ、アリーナ。大事なのはそれだけだ」

わたしたちは鉄格子ごしにキスをした。冷たい鉄に頬を押し当てながら、唇を重ねた。

最後の夜をそうやってふたりで過ごした。孤児院の思い出話をした。怒ったアナ・クーヤの耳障りな声、盗んださくらんぼジュースの味、刈ったばかりの牧草地の草のにおい、夏の暑さが耐えがたくて、音楽室の大理石の床の冷たさが気持ちよかったこと、入隊するためにふたりで駐屯地まで旅したこと、ほかに家と呼べるものを知らないわたしたちが初めてそこを離れて過ごした夜に聞いた、スリのバイオリンの音色。

ケラムツィンの厨房でメイドのひとりといっしょに陶器を修理しながら、狩りに出ていたマルを待っていた日のことを話した。あのころマルは、狩りで留守にすることが頻繁になっていた。わたしは十五歳で、カウンターの前に立ち、割れた青いカップの破片を糊ではりつけようと悪戦苦闘していた。野原を近づいてくるマルの姿が目に入ると、わたしは戸口に駆け寄って手を振った。マルはわたしに気づいて、走り出した。

近づいてくるマルを見つめ、心臓が妙なふうに跳びはねることにとまどいながら、わたしはゆっくりと庭を横切った。マルはわたしを抱きあげると、その場でくるくるとまわった。わたしは彼にしがみつき、嗅ぎなれた甘い香りを吸いこみながら、どれほど彼を恋しいと思っていたかに気づいて驚いていた。青いカップの破片を握りしめたままで、手のひらに食いこんでいることをぼんやりと意識したが、手を放したくはなかった。

マルがようやくわたしをおろして昼食をとるために厨房へと入っていったあとも、わたしはその場に立ち尽くしていた。手のひらからは血が滴り、頭はまだぐるぐるまわっていたが、すべてが変わってしまったことに気づいていた。

アナ・クーヤは、きれいな厨房の床を血で汚したわたしを叱り、手に包帯を巻いて傷は治ると言った。だがいつまでも痛むことがわたしにはわかっていた。

きしむような沈黙のなかで、マルはわたしの手のひらの傷跡にキスをした。遠い昔に壊れたカップの破片でできたその傷は、淡いけれど消えることのないものだった。

わたしたちは鉄格子ごしに頰を寄せ合い、手を握りあったまま床の上で眠った。眠りたくはなかった。マルと過ごせる一瞬一瞬を大切にしたかった。だがいつのまにか眠りに落ちていたらしく、また牡鹿の夢を見た。今度の夢ではマルが隣にいて、空き地の雪を染めているのは彼の血だった。

次に気づいたときには、門の開く音と階段をおりてくるイヴァンの足音が聞こえていた。

泣かないでほしいとマルから言われていた。わたしが泣けばよけいにつらくなると。だから涙は見せなかった。最後にもう一度彼にキスをして、イヴァンについて部屋を出た。

22

イヴァンに連れられてテントに戻ったときには、クリバースクの夜は明けようとしていた。わたしは寝台に腰をおろし、ぼんやりとテントのなかを見つめた。手足は妙に重たく、頭のなかは空《から》っぽだ。ジェンヤがやってきたときにも、まだそうやって座っていた。

彼女の手を借りて顔を洗い、冬の祝宴のときに着た黒のケフタに着替えた。シルクの生地を見ながらずたずたに引き裂いてやろうと思ったが、なぜか動くことができず、両手はだらりと体の脇に垂れたままだった。

ジェンヤは、彩色した椅子にわたしを座らせた。モロツォーヴァの首輪がよく見えるように、彼女が輪を作ったりねじったりした髪を頭の上でまとめて金のピンで留めるあいだ、わたしはじっと座っていた。

髪を整え終えると、ジェンヤはわたしの頬に頬を押し当ててから、イヴァンのところに連れていき、花嫁がするように彼の腕にわたしの手をからませた。

イヴァンに連れられてグリーシャのテントに入り、〈闇の主《ダークリング》〉の隣に立った。友人たちがわたしを見つめ、どうしたのだろうとささやき合っている。〈影溜まり〉に向かうことを不安がっていると考えているに違いない。だがそれは間違いだ。わたしは不安でもなければ、怯えてもいない。なにも感じてはいなかった。

わたしたちはきちんと整列したグリーシャをうしろに従え、乾ドックに向かった。そのうちのごく一部の人間だけが、その砂船に乗ることを許されている。それはこれまでに見たどの砂船より大きく、〈闇の主《ダークリング》〉のシンボルが描かれた巨大な三枚の帆が張られていた。わたしは、船の上の兵士とグリーシャたちに目を凝らした。マルがどこかにいることはわかっていたが、見つけることはできなかった。

〈闇の主《ダークリング》〉とわたしは砂船の前方へといざなわれ、金色の顎ひげと射るような青い目をした凝った服装の男たちに紹介された。フョーダの大使であることを知って、わたしは仰天した。その横にはシルクの服をまとったシュー・ハンの代表団の人々、さらにはベルのような形の袖のショートコートを着た、カーチの商人たちが立っている。いっしょにいる王の代理人は軍服姿で、金の双頭の鷲の紋章がある水色のサッシュをつけ、風雨にさらされた顔にいかめしい表情を浮かべていた。

わたしは好奇心にかられて彼らを眺めた。〈闇の主《ダークリング》〉が〈影溜まり〉への出発を遅らせたのは、これが理由だったに違いない。観客を集めるための時間が必要だったのだ。新たに手に入れた力を彼らに見せつけようというのだろう。だが彼はいったいどこまでやるつもりだろうか？　不吉な予感が湧き起こり、朝からずっとわたしを支配していた無感覚を揺すぶった。

砂船が震えるように揺れ、〈影溜まり〉の不気味な黒い霧に向かって草の上を滑るように動き始めた。三人の〈召喚する者《サモナー》〉が両手をあげると、巨大な帆が風を受けて広がった。

初めて〈影溜まり〉に入ったとき、わたしは暗闇と死を恐れていた。だがいまは、暗闇などなんとも思わない。それどころかそのうちに贈り物のように感じるだろうと思った。いずれ〈偽海〉に戻ってこなければならないことは承知していたが、いま考えてみると、わたしはどこかでその日が来るのを待っていたのだとわかった。自分自身の力を証明し、〈闇の《ダークリ》主《ング》〉を喜ばせる——そう考えただけで身震いした——チャンスがあることを歓迎していた。彼の隣に立つこのときが来ることを夢見ていた。彼がわたしのために用意した運命を信じたがっていた。だれからも見捨てられた孤児が世界を変え、人々から崇められるという運命を。

〈闇の主《ダークリング》〉は自信と安心感を漂わせながら、前方を見据えている。太陽が揺らめきながら、視界から消えようとしていた。やがてわたしたちは暗闇に包まれた。

長いあいだ、わたしたちは闇のなかにいた。〈嵐を呼ぶ者《スクエラー》〉が砂船を前方へと運んでいく。

〈闇の主《ダークリング》〉の声が轟《とどろ》いた。「燃やせ」

砂船の両側に陣取っていた〈火を呼ぶ者《インフェルニ》〉たちが放った巨大な炎が、黒い空をつかの間彩った。大使たちだけでなく、わたしのまわりにいる護衛兵でさえもが、不安そうに身じろぎする。自分たちがここにいることを教えて、ヴォルクラを呼んでいるのだ。

答えが返ってくるまで、それほど時間はかからなかった。革の翼が風を切る音が遠くから聞こえてきて、背筋がぞくりとした。砂船の乗員たちのあいだに恐怖が広がり、フョーダ人が自分たちの国のリズミカルな言葉で祈りを唱え始める。グリーシャの炎に照らされて、こちらに向かって飛んでくる黒い影がぼんやり見えた。ヴォルクラの鳴き声が空気を切り裂く。護衛兵たちがライフルを構えた。だれかがすすり泣き始めた。だが〈闇の主《ダークリング》〉はヴォルクラがさらに近づいてくるのを待った。

ヴォルクラは、かつては人間だったのだとバグラは言っていた。〈闇の主《ダークリング》〉の欲望が解き放った、自然に反する力の犠牲者だと。そのせいで心がいたずらをしたのかもしれない。ヴォルクラの鳴き声に、ただ恐ろしいだけではない、人間の声のようなものが聞こえた気がした。

彼らがほぼ頭上にまでやってきたところで、〈闇の主《ダークリング》〉はわたしの腕をつかんで短く言った。

「いまだ」

目に見えないあの手がわたしのなかの力をつかんだかと思うと、その力が光を求めて〈影溜まり〉の闇に延びていくのを感じた。光がシャワーのように明るさと温かさを降り注ぐ。そのあまりのスピードと激しさにわたしは危うく倒れそうになった。

〈影溜まり〉はまるで昼間のように、底なしの闇など最初からなかったかのように、明るく照らされた。どこまでも広がる青白い砂と荒涼とした景色のなかに点々と残る難破船らしきものの残骸、そしてその上空に集まるヴォルクラの群れが見えた。怯えて悲鳴をあげているが、明るい光のなかで身もだえするその灰色の姿はぞっとするほど薄気味悪かった。これが彼の姿だ、まばゆい光に目をすがめながらわたしは思った。類は友を呼ぶ。彼の魂を形にしたものがこれだ。神秘と影を奪われ、燦々《さんさん》と照る太陽の日差しに露わになった彼の真実の姿。整った顔と奇跡のような力の陰に隠されていたのは、星々のあいだに広がるような死と空虚であり、怯えた怪物だけが住む不毛の地だった。

〝道を作れ〟その命令が、〈闇の主《ダークリング》〉が声に出して言ったものなのか、それともただ考えただけだったのかはわからない。どうすることもできず、わたしは光に意識を集中させて砂船が通ることのできる通路を作り、そこだけを残して自分たちのまわりの〈影溜まり〉を閉じた。通路の両脇に闇が波のように押し寄せる。闇のなかを飛んできたヴォルクラが、通ることのできないカーテンにはばまれたかのように怒りと困惑の鳴き声をあげるのが聞こえた。

わたしたちの船は色のない砂の上をするすると進んでいく。太陽の光が輝く波となって前方に広がっていた。遠くのほうに緑色のなにかが見え、それが〈影溜まり〉の向こう側であることに気づいた。西ラヴカだ。さらに近づくにつれ、草地や乾ドックやその奥にあるノヴォクリバースクの村が見えてきた。オス・ケルヴォのいくつもの塔が遠くで光っている。〈真海〉の塩のにおいがすると思ったのは、気のせいだろうか？

村から走り出てきた人々が乾ドックに集まり、〈影溜まり〉を切り裂く光を指差している。草の上で子供たちが遊んでいるのが見え、港湾労働者たちが何事かを叫び合っているのが聞こえた。

〈闇の主《ダークリング》〉の合図で砂船は速度を落とし、彼が両手をあげた。なにが起きようとしているのかを悟って、わたしは恐怖に貫かれた。

「あの人たちは仲間よ！」絶望にかられて叫んだ。

だが〈闇の主《ダークリング》〉は耳を貸そうともせず、轟くような音と共に両手を合わせた。スローモーションを見ているような気がした。彼の手から波打ちながら伸びていく闇が〈影溜まり〉の闇と出会い、死の砂から地響きのような音が立ちのぼった。わたしが作った通路の黒い壁が、脈打ちながらうねる。息をしているみたいだと、恐怖におののきながら考えた。

地響きが轟音に代わる。わたしたちのまわりの〈影溜まり〉が震えたかと思うと、突然恐ろしい大波となって対岸へと襲いかかった。

闇が迫ってくるのを見て、乾ドックに集まっていた人々から恐怖に満ちた悲鳴があがった。人々が逃げ惑う。まるで砕ける波のように、乾ドックと村の上で〈影溜まり〉の黒い布がちぎれて広がった。闇が彼らを包み、新たな獲物を見つけたヴォルクラが集まってきた。幼い息子を抱いた女性が懸命に逃げようとしていたが、彼女も闇に呑みこまれた。

わたしは必死になって自分の内側を探った。光を広げ、ヴォルクラを追い払い、どうにかして彼らを守ろうとした。だができることはなにもなかった。力はわたしの手をすり抜けていく。目に見えない、嘲るようなあの手がわたしから力を奪っていく。〈闇の主《ダークリング》〉の心臓にナイフを突き立ててやりたかった。自分の心臓でもいい。これを止めることができるものなら、なんでもよかった。

〈闇の主《ダークリング》〉は大使たちと王の代理人を振り返った。彼らは一様に恐怖と衝撃の表情を浮かべている。そこで見たものに満足したらしく、〈闇の主《ダークリング》〉は合わせていた手を離した。闇は前進を止め、轟音も収まった。

闇に呑みこまれた人々の苦悶の悲鳴と、ヴォルクラの甲高い鳴き声と、ライフルの銃声が聞こえた。乾ドックは消えていた。ノヴォクリバースクの村は消えていた。わたしたちの前にあるのは、新たに広がった〈影溜まり〉だった。

そこにこめられたメッセージははっきりしていた。今日は西ラヴカだった。明日は、フョーダか、あるいはシュー・ハンかもしれない。〈闇の主《ダークリング》〉は、やすやすと、そこまで〈影溜まり〉を広げることができるのだ。〈影溜まり〉は国全体を呑みこみ、〈闇の主《ダークリング》〉の敵すべてを海へと追いやるだろう。いったいわたしは、何人くらいの人の死に加担してしまったのだろう？　今後さらに、何人くらいの人に死をもたらすのだろう？

〝通路を閉じろ〟〈闇の主《ダークリング》〉が命じた。従うほかはない。砂船を包むドームのようになるまで、光を引き寄せた。

「なにをした？」王の代理人の声は震えていた。

〈闇の主《ダークリング》〉は彼を見て答えた。「もっと見たいのか？」

「この忌むべきものを広げるのではなく、退治するはずだったではないか！　おまえはラヴカの人々を殺した。王は絶対におまえを――」

「王は言われたとおりにするだろう。でなければ、オス・アルタの壁まで〈影溜まり〉を広げるまでだ」

代理人は声もなく、口を開けたり閉じたりするだけだった。〈闇の主《ダークリング》〉は大使たちに向きなおった。「きみたちも理解したはずだ。もはやラヴカもフョーダンもカーチもシュー・ハンも存在しない。国境がなければ、戦争もない。今後存在するのは、〈影溜まり〉の内側と外側だけだ。そして平和がもたらされる」

「おまえの思う平和だろう」シュー・ハンのひとりが腹立たしげに言った。

「そんなものは認めない」フョーダン人が怒鳴る。

〈闇の主《ダークリング》〉は彼らを見まわし、ごく穏やかに言った。「わたしの考える平和だ。それがいやなら、きみたちの大切な山やツンドラは消えてなくなるだろう」

彼が本気で言っていることが、わたしにはよくわかった。大使たちはそれがこけおどしであることを願っているのかもしれない。彼の欲望にも限度はあると信じているのかもしれない。だがすぐにそれが間違いであることを知るだろう。〈闇の主《ダークリング》〉はためらわない。悲しまない。彼の闇が世界を呑みこんでも、決して迷うことはないだろう。

〈闇の主《ダークリング》〉は驚愕と怒りの表情に背を向け、砂船の上のグリーシャと兵士たちに告げた。「おまえたちが今日見たことを話すがいい。恐怖と不安の日々は終わったのだと、人々に告げるがいい。果てなき戦いは終わったと。新たな時代が幕を開けたのだと、人々に告げるのだ」

歓声があがった。数人の兵士たちが言葉を交わしているのが見える。狼狽している様子のグリーシャたちもいる。だがほとんどの顔は意気揚々と輝いていた。

彼らもこれを求めていたのだと気づいた。〈闇の主《ダークリング》〉になにができるのかを、自分たちの仲間が死んだのをその目で見たというのに。〈闇の主《ダークリング》〉が終わらせたのは戦いだけではなかった。弱さにも終止符を打ったのだ。恐怖と苦しみの長い歳月を耐えた彼らに、〈闇の主《ダークリング》〉は永遠に手に入れられないと思われていたものを与えようとしている。勝利を。彼らは恐怖を感じながらも、そのことだけで〈闇の主《ダークリング》〉を崇めている。

〈闇の主《ダークリング》〉は、傍らで命令を待っていたイヴァンに合図を送った。「囚人を連れてこい」

わたしはさっと顔をあげた。両手を縛られたマルが人々のあいだを連れてこられるのを見て、新たな恐怖が体を突き抜ける。

「わたしたちはラヴカに戻る」〈闇の主《ダークリング》〉が言った。「だが裏切り者はここに残る」

なにが起きているのかを理解するまもなく、イヴァンがマルを砂船から突き落とした。ヴォルクラが甲高い声をあげ、翼をはためかせた。わたしは手すりに駆け寄った。マルはわたしの光の輪のなかで、砂の上に横向きに倒れている。口に入った砂を吐き出し、縛られた手を使って体を起こした。

「マル！」わたしは叫んだ。

気がつけばイヴァンに向き直り、彼の顎を殴りつけていた。彼はよろめいて手すりまであとずさったが、すぐにわたしにつかみかかってきた。そうよ、わたしのことも外に放り投げて。

「やめろ」〈闇の主《ダークリング》〉の声は氷のようだった。イヴァンは怒りとばつの悪さで赤く染まった顔をしかめた。握りしめたこぶしを緩めたが、完全にほどくことはなかった。

砂船に乗った人々が困惑しているのがわかった。いったいなにが起きているのか、〈闇の主《ダークリング》〉がなぜ脱走兵ともめているのか、もっとも貴重なグリーシャがどうして彼の副官を殴ったのか、理解できずにいるのだ。

〝光を退け〟無言の彼の命令が響き、わたしは恐怖のまなざしを彼に向けた。

「いや！」そう言ったが、止めることはできなかった。光のドームが小さくなっていく。マルがわたしを見た。青い目に後悔と愛が浮かんでいる。イヴァンに支えられていなかったなら、わたしは膝からくずれ落ちていただろう。自分の内にあるありったけのもので、ありったけの力で、バグラから教わったすべてで抗《あらが》おうとした。だが〈闇の主《ダークリング》〉の力の前では、それも無に等しかった。光の輪の縁が少しずつ、砂船に近づいてくる。

手すりをつかみ、怒りと悲嘆に泣き叫んだ。涙がとめどなく頬を伝う。マルがいるのは光の輪の縁だ。渦巻く闇のなかにヴォルクラの姿が見えたし、翼をはためかせる音が聞こえた。マルは逃げることも、泣くことも、闇に包まれるまで砂船の縁にしがみついていることもできたのに、そのどれもしようとはしなかった。迫りくる闇の前で、身じろぎひとつせず立っている。

彼を助ける力がわたしにあったなら。だがわたしは無力だった。そして次の瞬間、闇がマルを呑みこんだ。彼の悲鳴が聞こえた。牡鹿の記憶が蘇ってきたのはそのときだった。それはあまりに鮮明で、あの雪の空き地が突如として〈影溜まり〉の不毛の地に移動してきたかのように、目の前に広がった。松のにおいを嗅ぐことができたし、頬に冷たい空気を感じることができた。牡鹿の濡れたような黒い瞳を、夜気に白く見えた息を、その命を奪うことはできないと悟ったときのことを思い出した。そしてようやく、あれから毎夜、牡鹿が夢に現われた理由を悟った。

牡鹿の記憶に悩まされているのだと思っていた。自分の過ちと、弱さの代償を思い出させるための夢だと思っていた。だがそれは間違いだった。

牡鹿はわたしが持つ強さを教えてくれていたのだ――慈悲を見せたことの代償ではなく、それが与えてくれる力を。そして慈悲こそが、〈闇の主《ダークリング》〉が決して理解できないものだ。わたしは牡鹿の命を奪わなかった。牡鹿の命が持つ力が、その命を奪った男のものになるのなら、その力はわたしのものでもあるはずだ。

そう理解すると同時に、見えない手の力が緩むのを感じた。わたしの手に力が戻ってくる。バグラの小屋で初めて光を呼び出したときのことが蘇った。わたしに向かってどっと押し寄せてきて、本来自分のものである力を取り戻したときのこと。わたしはこのために生まれてきたのだ。二度とだれかに奪わせたりはしない。

わたしのなかで光が炸裂した。濁りもなく、揺らめくこともない確かな光が、ついいましがたまでマルが立っていた暗がりを照らし出した。ヴォルクラは悲鳴をあげて彼を放した。わたしの光がすっぽりとマルを包み、ヴォルクラを再び闇へと追いやったが、彼は傷から血を流しながら、がっくりと膝をついた。

〈闇の主《ダークリング》〉はとまどっているように見えた。彼が目を細めると、その意思が再びこちらに向かってきて、見えない手に力がこもるのを感じたが、わたしはそれを払いのけた。なんでもないことだった。彼など取るに足りない。

「どういうことだ？」〈闇の主《ダークリング》〉は両手をあげた。闇のリボンが渦を巻きながら迫ってきたが、わたしが片手をひらめかせると、霧のように蒸発して消えた。

〈闇の主《ダークリング》〉は整った顔を怒りに歪ませ、近づいてきた。わたしは必死に考えをめぐらせた。彼はこの場でわたしを殺したいと思っているだろうが、光を呼ぶことができるのはわたしだけで、その光の外にヴォルクラがいることを考えるとそれはできない。

「彼女を捕まえろ」警備兵に向かって〈闇の主《ダークリング》〉が叫んだ。イヴァンが手を伸ばした。

首輪の重みを意識した。時を重ねた牡鹿の心臓が、わたしの心臓に合わせて拍動する着実なリズムを感じた。力が高まって濃い塊となり、わたしは躊躇せず、ひと振りの剣となったそれを手に持った。

腕をあげ、振りおろす。耳をつんざくような音と共に、砂船のマストの一本が真っ二つになった。折れたマストが甲板に倒れてくると、人々は慌てふためき、悲鳴をあげながら逃げた。太い木が明るく輝いている。〈闇の主《ダークリング》〉は明らかにショックを受けていた。

「〈切断〉！」イヴァンがあとずさりながら、うめいた。

「近寄らないで」わたしは警告した。

「きみには人は殺せない、アリーナ」〈闇の主《ダークリング》〉が言った。

「たったいま、わたしを使ってあなたが殺したラヴカ人たちは、そうは思わないでしょうね」

砂船にはパニックが広がりつつあった。〈護衛団《オプリクニキ》〉は警戒しながらも、わたしたちを取り囲むように扇形に広がった。

「彼があの人たちになにをしたのか、見たでしょう？」兵士とグリーシャたちに向かって叫ぶ。「あんな未来が欲しいの？　闇の世界が？　彼の意のままに作られた世界が？」彼らの困惑や怒りや恐怖を見て取ることができた。「まだ間に合う。手を貸して。彼を止めるの。お願い、助けて」

だがだれも動こうとはしなかった。兵士もグリーシャたちも甲板の上で凍りついている。だれもが恐怖に囚われていた。彼が、彼の保護のない世界が怖くてたまらないのだ。〈護衛団《オプリクニキ》〉がじりじりと迫ってくる。決断しなければならなかった。マルとわたしに二度目のチャンスはない。

なるようになる、心を決めた。

マルが理解してくれることを祈りながら、肩越しに彼に視線を投げ、それから砂船の縁に向かって突進した。

「彼女を手すりに近づけるな！」〈闇の主《ダークリング》〉が叫んだ。

護衛兵たちがいっせいに襲いかかってくるのを見て、わたしは光を消した。

いっさいの光が消えた。人々は悲鳴をあげ、頭上ではヴォルクラが鳴いている。伸ばした手が手すりに当たった。わたしは手すりの下をくぐり、砂の上に身を投げた。少し転がってから立ちあがり、前方を光の弧で照らしながらひたすらマルのほうへと走っていく。うしろからは殺戮の音が聞こえていた。ヴォルクラが砂船の上の人々を襲い、グリーシャが炎で対抗している。あの場に残してきた人々のことを考えずにはいられなかった。光の弧が砂の上でうずくまっているマルを照らし出すと、彼に覆いかぶさっていたヴォルクラが鳴き声をあげ、闇のなかへと飛びすさった。わたしは彼に駆け寄り、立たせた。傍らの砂に銃弾が跳ね、わたしはマルを連れて再び闇のなかに飛びこんだ。

「撃つな！」砂船の喧騒《けんそう》のなかに〈闇の主《ダークリング》〉の声が響いた。「彼女を死なせるわけにはいかない！」

わたしは新たな光の弧を呼び出し、頭上で待機しているヴォルクラを追い払った。

「わたしからは逃げられないぞ、アリーナ」〈闇の主《ダークリング》〉が叫んだ。

追われるわけにはいかなかった。彼を生き延びさせてはいけない。するべきことはわかっていたが、それがいやでたまらなかった。砂船にいる人々はわたしに手を貸してはくれなかった。だがそれが、彼らをヴォルクラの餌にする理由になるだろうか？

「わたしたち全員を見殺しにすることはできないぞ、アリーナ。もしそんなことをすればどうなるか、よくわかっているはずだ」

ヒステリックな笑いがこみあげてきた。わかっている。わたしは彼と同じような存在になってしまう。

「きみはかつて慈悲を求めた」〈影溜まり〉の死の広がりの向こうから、彼自身が作り出した恐怖の鳴き声の向こうから、〈闇の主《ダークリング》〉が言った。「これがきみの考える慈悲なのか？」

次の弾が、わたしからわずか数センチのところに着弾した。そうよ、内側から力が湧きあがるのを感じながら心のなかでつぶやく。あなたが教えてくれた慈悲。

片手をあげ、空気を切り裂くようにその手を振りおろして、輝く弧を宙に描く。大地が震えるような大音響が〈影溜まり〉に響き、砂船が真っ二つに割れた。悲鳴があたりを満たし、ヴォルクラは狂ったような鳴き声をあげた。

わたしはマルの腕をつかむと、自分たちのまわりに光のドームを作った。よろめく足で暗闇のなかを走っていく。怪物たちから遠ざかるにつれ、戦いの物音も小さくなっていった。

ノヴォクリバースクの南のどこかで〈影溜まり〉を抜け、わたしたちは初めて西ラヴカに足を踏み入れた。午後の太陽は燦々《さんさん》と照り、野原の草は青々として甘いにおいを放っていたが、足を止めてその景色を楽しんでいる余裕はなかった。疲れて、空腹で、傷も負っていたが、敵は休息を取ったりしないだろう。わたしたちもそのつもりはなかった。

果樹園のなかで身を隠せる場所を見つけ、だれにも気づかれないことを願いながら暗くなるまでそこに潜んだ。林檎の花の香りは濃厚だったが、実はまだ食べられるほど熟してはいなかった。

隠れている木の下に悪臭を放つ雨水が溜まったバケツが置かれていたので、血に染まったマルのシャツを洗った。破れたシャツを頭から脱ぐときも、マルは顔をしかめないようにしていたが、ヴォルクラのかぎ爪が肩や背中に残した深い傷をごまかすことはできなかった。

日が落ちるのを待って、海岸に向かって歩き始めた。迷うかもしれないと不安になったが、見知らぬ土地であってもマルが道を間違えることはなかった。

夜が明ける少し前に丘の頂上までのぼると、緩やかな曲線を描くアルケム湾とオス・ケルヴォの町のまたたく明かりが見えた。道路から離れなければならないことはわかっていた。じきに商人や旅人たちが行きかい始め、傷を負った〈追跡者〉と黒のケフタを着た娘に目を留めるだろう。だがわたしたちのどちらも、初めて見る〈真海〉の誘惑には勝てなかった。

背後から日がのぼると、町なかに立つすらりとした塔にピンク色の光が反射し、湾内の水面を金色にきらめかせた。不規則に広がる町並み、港で揺れる大きな船、そしてその向こうにはどこまでも青く広がる海が見えた。ありえないほど彼方の水平線まで続く海は、終わりがないように思えた。これまで数々の地図を見てきたし、長い航海の先にはどこかに陸地があることも知っている。だがそれでも、世界の果てに立っているかのような、めまいがしそうな感覚を拭い去ることはできなかった。海から風が吹いてきて、塩のにおいと湿気、カモメの鳴き声を運んできた。

「広すぎる」わたしはようやく言った。

マルはうなずき、わたしを見て微笑んだ。「身を隠すにはいいところだ」

マルは手を伸ばし、わたしの髪に手を差し入れた。もつれた髪から金のピンを一本抜き取る。ほどけた髪がはらりと首に当たるのを感じた。

「これを服にしよう」ポケットにピンをしまいながらマルが言った。

ジェンヤが金のピンで髪を留めてくれたのは、ほんの一日前のことだ。二度と彼女に会うことはないだろう。ほかのだれにも。心が痛んだ。ジェンヤが友人だったのかどうかはさだかではなかったが、それでも彼女に会えないのは寂しかった。

マルは道路から少しはずれたところにある木立の陰にわたしを残し、町へと向かった。オス・ケルヴォには彼ひとりで行くほうが安全だという結論に達してはいたものの、彼を見送るのはつらかった。休んでいるようにと言われたが、彼がいなくなってしまうと、とても眠れそうになかった。いまもまだ、〈影溜まり〉でしたことの残響が体のなかで脈打つのを感じることができる。首輪にそっと手を触れてみた。あんなものを感じたのは初めてだ。もう一度感じてみたいと望んでいるわたしが、どこかにいた。

あそこに残してきた人たちはどうなの？　頭のなかで聞こえた言葉を、必死になって聞くまいとした。大使や兵士やグリーシャたち。わたしは彼らに死を宣告したも同然だというのに、〈闇の主《ダークリング》〉が死んだという確信はなかった。彼はヴォルクラに八つ裂きにされただろうか？　かつてトゥラ・ヴァレーで暮らしていた人々は、〈黒の異端者〉にようやく復讐を果たしたのだろうか？　それとも彼はいまこの瞬間にも、わたしに報いを受けさせるために〈偽海〉を追ってきているだろうか？

わたしは身震いし、うろうろと歩き始めたが、かすかな物音にもぎくりとするのをどうしようもなかった。

午後遅くになるころには、マルは見つかってつかまったのだと確信していた。足音が聞こえ、木立の合間に見慣れた姿が現われたときには、安堵のあまり泣きそうになった。

「問題なかった？」不安を見せないようにしながら、震える声で尋ねた。

「なにも。あんなに人でごみごみしている町は初めて見たよ。だれもぼくに目を留めたりしなかった」

マルは新しいシャツとサイズの合わないコートを着て、手にはわたしのための服を抱えていた。ひどく色あせているせいでオレンジ色に見える赤いサックドレスと、毛玉だらけのマスタード色のコートだ。彼はわたしに服を手渡すと、背中を向けてわたしが着替えるのを待った。

ケフタの黒い小さなボタンをはずすのは大変だった。千個ほどもあるように思える。シルクの生地がようやく肩から落ちて足元にたまると、大きな荷物をおろしたような気になった。冷たい春の空気が素肌を刺すのを感じて、本当に自由になったのかもしれないとわたしは初めて考えた。だがすぐにその考えを脇へ押しやる。〈闇の主《ダークリング》〉が死んだことがわかるまでは、安心するわけにはいかない。

目の粗いウールのドレスと黄色いコートを着た。

「わざと一番醜い服を買ってきたわけ？」

マルは振り返ってわたしを見ると、こらえきれずににやりと笑った。「最初に目についた服を買ったんだ」その顔から笑みが消える。わたしの頰にそっと触れ、ひりひりするような低い声で言った。「黒を着たきみは二度と見たくない」

わたしは彼の視線を受け止めた。「二度と着ない」

マルはコートのポケットから長く赤いスカーフを取り出した。わたしの首にそっと巻いて、モロツォーヴァの首輪を隠す。「これでいい」その顔に笑みが戻ってきた。「完璧だ」

「夏が来たらどうすればいいの？」わたしは笑いながら尋ねた。

「それまでには、これをはずす方法を考えるさ」

「だめ！」わたしは険しい声で言い、そんなことを考えただけでひどく狼狽している自分に驚いていた。マルはたじろいだ。「これをはずすわけにはいかない。ラヴカが〈影溜まり〉から自由になる唯一のチャンスなのよ」

それは事実だった――だがすべてではない。確かに首輪は必要だ。これは〈闇の主《ダークリング》〉の力に対する保険であり、いつかはラヴカに戻ってすべてを正しい状態にするための手段でもある。だがマルに言えなかったのは、この首輪はわたしのものだということだった。牡鹿の力はすでにわたしの一部になったように感じられていて、手放したいのかどうか自分でもわからない。

マルは眉間にしわを寄せてわたしを見つめた。わたしは〈闇の主《ダークリング》〉の警告を、彼とバグラの顔に見た暗い表情を思い出した。

「アリーナ……」

彼を安心させるような笑顔を作った。「はずすわ。できるだけ早く」

数秒の沈黙。「わかった」マルはそう応じたものの、その顔はまだ不安げだ。やがて彼はブーツの爪先で、わたしが脱ぎ捨てたケフタを突いた。「これをどうする?」

ぼろぼろになったシルクの山を見おろすと、怒りと恥ずかしさが湧き起こった。

「燃やして」わたしは言った。

シルクが炎に包まれるのを眺めながら、マルは残りの金のピンを一本ずつゆっくりとわたしの髪から抜いていった。垂らした髪が肩のあたりで揺れる。マルは優しくその髪を脇へよけると、首にキスをした。首輪のすぐ上あたりだ。涙を浮かべたわたしをマルは抱き寄せ、炎が消えて灰だけになるまでずっとそうしていた。

その後

若者と娘は船の手すりにもたれて立っている。〈真海〉のうねる波間を進んでいく本物の船だ。

「おはよう、フェントメン《ゴード・モルゲン》！」腕いっぱいにロープを抱えた甲板員が、通りすがりに声をかける。

その船の乗組員は全員がふたりをフェントメンと呼んだ。カーチの言葉で〝幽霊〟という意味だ。

娘がその理由を操舵手に尋ねると、彼は笑って、ふたりがとても色白で、まるで一度も海を見たことがないかのように、手すりにもたれて立ち、何時間でも黙って海を見つめているからだと答えた。娘は笑みを浮かべるが、真実を話すことはない。水平線に目を凝らしてなければならないこと。黒い帆の船に注意しなければならないこと。

バグラが手配した《ヴァーロレン》はとうに出航したあとだったので、若者が娘の髪を留めていた金のピンで別の船に乗る手筈を整えるまで、ふたりはオス・ケルヴォのスラムに身を隠した。町はノヴォクリバースクで起きたことに対する恐怖でざわついていた。〈闇の《ダークリ》主《ング》〉を非難する者もいれば、シュー・ハンやフォーダのせいだと言う者もいた。怒れる聖人の正義の行ないだと主張する者すらいた。

ふたりの耳に、ラヴカの妙な出来事についての噂が届き始めていた。〈アパラット〉が姿を消した、国境に諸外国の軍隊が終結している、第一軍と第二軍が武力に訴えると互いを脅している、〈太陽の召喚者〉は死んだといった話だ。〈闇の主《ダークリング》〉が〈影溜まり〉で死んだという知らせを待ったが、そういう話を聞くことはなかった。

夜になると、若者と娘は船倉で身を寄せ合って眠る。娘が悪夢を見て目を覚ますと、若者は彼女を強く抱きしめる。娘は歯をかたかた鳴らし、壊れた船に置き去りにした人々の恐怖に満ちた悲鳴を耳の奥に聞き、力の残響が残る手足を震わせる。

「大丈夫だ」暗闇のなかで若者がささやく。「大丈夫だ」

その言葉を信じようとしても、娘は恐ろしくて目を閉じることができない。

風を受けた帆がきしむ。はためく帆のまわりで船がため息をつく。年上の子供たちから、機嫌の悪いアナ・クーヤから、闇のなかでうごめくなにかから隠れていた幼いころと同じように、彼らはまたふたりきりだ。

ふたりはよるべのない孤児に戻っていた。家もなく、あるのは互いの存在と、この海の向こうに待つ、どんなものかすらわからない運命だけだった。

謝辞

わたしのエージェントであり支持者でもあるジョアンナ・スタンフェル-ボルペにお礼を言わせてください。彼女とナンシー・コフェイ・リテラリーの素晴らしいチーム――ナンシー、サラ・ケンダル、キャスリーン・オルティス、ジャクリーン・マーフィー、ポウヤ・シャーバジアン――がそばにいてくれる自分の幸運を、日々実感しています。直観力がありかつ洞察力の鋭い編集者ノア・ウィーラーは、この物語を信じ、どうすればよりよいものにできるかをよく知っていました。ホルト・チルドレンズ・アンド・マクミランの驚くべき人々――デザイン担当のローラ・ゴッドウィン、ジーン・フェイウェル、リッチ・ディアズ、エイプリル・ウォード、マーケティングおよび広報担当のカレン・フランジペイン、キャスリン・ビラド、リジー・メイソン――に心からの感謝を。また、ダン・ファーレイとジョイ・ダラネグラ-サンガーにもお礼を言わせてください。本書はもっともふさわしい場所でうぶ声をあげることができました。

寛大な読者であるミシェル・チハラとジョシュ・カメンスキーは、卓越したその頭脳を貸してくれたのみならず、容赦のない熱意と忍耐力でわたしを励ましてくれました。遠くで見守ってくれた兄のジェム、ミリアム・〝シス〟・パスタン、ヘザー・ジョイ・カメンスキー、ピーター・ビブリング、トレーシー・テイラー、ザ・アポカリプシーズ（とりわけ、最初の批評をしてくれたリン・ケリー、グレッツェン・マクニール、サラ・J・マース）同僚のWOARTレスリー・ブランコ、そして川に消えたダン・モルダーにも感謝いたします。

わたしの誇大妄想を促し、悪役に対する愛情を育ててくれたのはギャマイン・ギロテ、壮大なファンタジーを教えてくれ、英雄を信じさせてくれたのはジョシュ・ミヌートでした。深夜の映画を山ほど見ることになったのはレイチェル・テジャダの責任です。ヘドウィグ・アーツは、夜中に延々とタイプを打つわたしに我慢してくれましたし、アーディーン・ウクハサイはフェイスブック上でロシア語とモンゴル語を熱心に翻訳してくれました。モーガン・ファヘイはカクテルとおしゃべりにつきあってくれ、そして素敵な小説に出合わせてくれ、ダン・ブラウンとマイケル・ペッサーはわたしが立ち止まらないように背中を押してくれました。

ラヴカの着想を得、そこに命を吹きこむためには、オーランド・フィギスの *Natasha's Dance : A Cultural History of Russia*、スザンヌ・マッシーの *Land of the Firebird : The Beauty of Old Russia*、リンダ・J・イヴァニッツの *Russian Folk Belief* などの多くの本の助けが必要でした。

最後に家族に心からの感謝を捧げます。決して揺らぐことのない信念の持ち主で、だれよりもケフタを欲しがった母ジュディに。父のハーヴはわたしの心の支えで、会いたいと思わない日はありません。そして祖父のメル・セダー。詩を愛すること、冒険を求めること、さらにはパンチの仕方を教えてくれたのは彼でした。

訳者あとがき

本書を手に取ってくださった方は、すでに見開きの地図をご覧になったでしょうか？　ページを縦に切り裂くように伸びる〈偽海〉――この物語のすべての始まりはここでした。あるとき、慣れない家で夜中にトイレに行こうとした著者は、明かりのスイッチを闇のなかで手さぐりしていたとき、ふと暗がりのなかに鋭い歯を持つ恐ろしい生き物が潜んでいるような思いにとらわれたといいます。気持ちを落ち着けてベッドに戻ったところで、悪や破壊や混沌の比喩として使われる〝闇〟ではなく、現実としての〝闇〟を題材にした物語を書こうと思い立つのです。そこに潜むのは、蝙蝠のような翼を持ち、長年暗闇で生きてきたせいで視力を失い、闇のなかで人間を襲う怪物――著者が最初に作りあげたのが、ヴォルクラでした。

（ここから先は本書の内容に触れますので、「あとがき」から先にお読みの方はご注意ください）

本書の舞台となっているのが、そのヴォルクラが住む〈偽海〉によって国土を東西に分断されたラヴカです。北はフョーダ、南はシュー・ハンの両隣国と長年戦いを続けているラヴカは、海を渡った先にある他国との貿易を必要としていました。ですがそのためには、〈偽海〉を横断し、海岸線までたどりつかなければなりません。定期的に砂船を出してはいましたが、無事に横断できるときもあれば、ヴォルクラの襲撃を受けるときもあり、命を落とす者があとを絶ちませんでした。

ラヴカには第一軍と呼ばれる通常の軍隊に加え、特殊な力を持つグリーシャたちによる第二軍が存在しました。風を操る者、傷を癒す者、他人の心臓を止める者など、様々な力を持つ者たちが幼いころから訓練を受け、軍隊を構成していたのです。同じような力を持つ者は他の国々にもいましたが、魔女扱いされたり、医学の研究の対象にされたりするため、ラヴカに逃げこんでくるグリーシャも少なくありませんでした。

グリーシャたちの頂点に立つのが、〈闇の主《ダークリング》〉でした。彼の力は強大で、王につぐ権力の持ち主でもあります。だれからも恐れられていて、グリーシャ以外の人間は近づくこともできませんでしたから、孤児であり、いまは地図製作者の見習いとなったアリーナは、彼の姿を見たこともなかったのです。あの日までは。

アリーナは幼馴染であるマルと共に〈偽海〉を渡る砂船に乗りこみましたが、その船がヴォルクラの大群に襲われます。ひそかに愛していたマルの命が危険にさらされたのを見て、アリーナはそれまで自分でも知らなかった力——光を呼ぶ力——を発動させます。光に耐えられないヴォルクラは逃げていき、マルは助かるのですが、そこからアリーナの運命は大きく変わっていきます。

グリーシャとして訓練を受けるようになったアリーナは、それまで考えもしなかったことに気づき始めます。雲の上の存在だと思っていたグリーシャたちもただの人間だったこと。農民たちがろくに食べることもできず、兵士たちには充分な装備もないというのに、王宮では贅の限りを尽くしていること。すべては〈偽海〉のせいだとばかり思っていたことが、実はそうではなかったのかもしれないと考え始めるのです。一方で、〈闇の主《ダークリング》〉は彼女の力を利用しようとします。ふたりで世界を変えよう、きみにはその力がある、すべてはラヴカのためだと囁かれ、一度はその言葉を信じるアリーナですが……。

さて、本書に登場する地名や人名から察していらっしゃる方もおられるでしょうが、著者はこの世界を作りあげるときに、ロシアをイメージしていたようです。その理由を訊かれて、これまでのハイ・ファンタジー（独自の世界観や歴史をもつ架空の世界を主な舞台とするファンタジー）は中世のイギリスを下敷きにしたものが多いので、それとは違うものにしたかったと答えています。メーキャップ・アーティストとしての一面も持つ著者にとっては、視覚的なイメージも重要だったようで、王が暮らす大王宮《グランド・パレス》は、壮麗なロココ建築の代表であるエカテリーナ宮殿と、噴水で有名なペテルゴフ夏の宮殿から着想を得たということです。また、グリーシャの象徴でもあるケフタは、カフタンをベースにしたものに装飾を施しています。夏はシルク、冬はウールに毛皮の裏打ちのついた豪華なものですが、これもクレムリン武器庫博物館に展示されている衣装を参考にしたようです。

本書は三部作の第一部で、物語はまだ始まったばかりです。アリーナの未来、マルとの関係、〈闇の主《ダークリング》〉の野望、そしてラヴカの運命、今後どう展開していくのか、目が離せません。映画化の話もあるようで（あのドリームワークスがオプションを取得し、《ハリー・ポッター》シリーズのデイヴィッド・ハイマンがプロデュースするとのこと。まだオプションの権利を取得したという段階なので、どうなるかはわかりませんが）、もしそれが現実になったなら、豪華な衣装や王宮がどんな風に描かれるのか、ひそかに楽しみにしているところです。著者にとっては本書が処女作となりますが、この魅力的な舞台にはおおいに思い入れがあるらしく、スピンオフも考えているとか。そちらも楽しみに待ちたいと思います。

第二部には、著者の一番のお気に入りだという人物が登場します。本書ではアリーナの運命が大きく変わりましたが、第二部ではラヴカの国に激震が起こります。さて、アリーナを始めとするラヴカの人々の運命は、どうなっていくのでしょうか。第二部は引き続きこのハヤカワ文庫FTから九月に刊行される予定です。どうぞお楽しみに。

訳者略歴　ロンドン大学社会心理学科卒，翻訳家　訳書『ドレスデン・ファイル』ブッチャー，『大魔導師の召喚』クック，『鉄の魔道僧』ハーン（以上早川書房刊）他多数

HM=Hayakawa Mystery
SF=Science Fiction
JA=Japanese Author
NV=Novel
NF=Nonfiction
FT=Fantasy

魔法師グリーシャの騎士団①

太陽《たいよう》の召喚者《しようかんしや》

〈FT567〉

二〇一四年七月十日　印刷
二〇一四年七月十五日　発行

（定価はカバーに表示してあります）

著者　リー・バーデュゴ
訳者　田《た》辺《なべ》千《ち》幸《ゆき》
発行者　早川浩
発行所　株式会社　早川書房

郵便番号　一〇一‐〇〇四六
東京都千代田区神田多町二ノ二
電話　〇三‐三二五二‐三一一一（大代表）
振替　〇〇一六〇‐三‐四七七九九
http://www.hayakawa-online.co.jp

乱丁・落丁本は小社制作部宛お送り下さい。
送料小社負担にてお取りかえいたします。

印刷・株式会社亨有堂印刷所　製本・株式会社フォーネット社
Printed and bound in Japan
ISBN978-4-15-020567-6 C0197

本書は活字が大きく読みやすい〈トールサイズ〉です。